Revolver im Strumpfband Vol. II

Jennifer Albrecht

Von dieser Autorin bereits erschienene Titel:

Revolver im Strumpfband: u.a. ein Liebesroman

Jennifer Albrecht

Revolver im Strumpfband Vol. II

Roman

Bibliografische Information der Deutschen Nationalbibliothek: Die Deutsche Nationalbibliothek verzeichnet diese Publikation in der Deutschen Nationalbibliografie; detaillierte bibliografische Daten sind im Internet über http://dnb.dnb.de abrufbar.

Lektorat: Jessica Weber, Lektorat Buchgezeiten
Covergestaltung: Jennifer Albrecht unter der Verwendung von unsplash.com und Canva.com

Herstellung und Verlag: BoD – Books on Demand, Norderstedt

ISBN: 978-3-7597-5897-2

However long the day,
the evening will come

– Irisches Sprichwort

Kapitel 1

»Allmählich hab ich von der Farbe Grün die Schnauze voll«, sagte Nancy, während sie auf einer Leiter stand und versuchte, eine Kleeblatt-Girlande an der Wand anzubringen.

»Dann solltest du dir die Haare umfärben«, erwiderte Rosie mit einem Schmunzeln in der Stimme und reichte ihr ein Stück Klebeband.

»Dieses verfickte … « Nancy kämpfte mit einem der Streifen, der lieber an ihren Fingern klebte als dort, wo er sollte. »Kannst du mir bitte mal ein neues geben?«

Rosie reichte es ihr.

»Ich weiß eh nicht, was der Zirkus soll.« Nancy schaffte es endlich, ein Ende der Girlande zu befestigen. »Der ganze Aufwand für einen Abend, und dann ist es auch noch ein Donnerstag. Das macht sie doch nur wegen Angus.«

Nancy stieg von der Leiter, trat einen Schritt zurück und sah, dass die Girlande hängen blieb. Daraufhin stieß sie einen triumphierenden Laut aus.

»So was ist halt Ruby-Jeans Art, ihre Zuneigung auszudrücken«, sagte Rosie.

Nancy verrückte die Leiter ein Stück weiter nach links und stieg hinauf. »Mit einem Thementag im Puff?«, fragte sie, hielt der Bardame die Hand hin und gab ihr so zu verstehen, dass sie ihr Klebeband reichen sollte.

»Mike kommt doch auch aus Irland«, erwiderte Rosie.

Nancy korrigierte: »Nordirland.«

»Macht das einen Unterschied?«

»Allerdings.« Sie schlug mit der flachen Hand mehrmals auf das Klebeband, als würde es so besser haften. »Einen gewaltigen sogar.«

»Wie dem auch sei. Seitdem du mit Mike zusammen bist, willst du immer irischen Whiskey in deine Cola. Also hat er dich da auch beeinflusst.«

Ehe Nancy etwas erwidern konnte, wurde ihre Unterhaltung unterbrochen.

»Entschuldigung, falls wir stören«, sagte eine Frau in schwarzer Stoffhose und hellblauer Bluse. Neben ihr stand ein Mann in braunem Anzug. »Ich bin Kommissarin Müller und das ist mein Kollege, Kommissar Engler. Wo können wir Frau Hartmann finden?«

»Die ist im Moment nicht da«, sagte Nancy, bemüht, sich ihre Verunsicherung nicht anmerken zu lassen. »Worum geht es denn?«

»Arbeiten Sie hier?«, fragte die Kommissarin. »Frau … «

»Armstrong. Und ja, ich arbeite hier.«

»Und was ist Ihre Tätigkeit?«

»Ich möchte nicht unhöflich sein, aber Sie haben mir schon eine Menge Fragen gestellt, meine einzige bisher aber nicht beantwortet.«

Kommissarin Müller lächelte freundlich. »Pardon. Wie unhöflich von mir. Wir ermitteln in einem Vermisstenfall. Eine fünfzehnjährige Schülerin wird seit gestern vermisst.«

»Also hier ist sie ganz sicher nicht«, sagte Rosie und verschränkte die Arme. »Und bevor Sie fragen müssen, mein Name ist Roswitha Schmidt. Und ich arbeite auch hier, ich bin die Barfrau.«

Kommissar Engler kritzelte alles zügig in sein Notizbuch.

»Da ich Ihre Frage beantwortet habe, Frau Armstrong, können Sie mir ja verraten, was Sie hier machen.«

»Dies und das«, erwiderte Nancy trocken und legte sich im Kopf die passenden Lügen zurecht.

»Dies und das?«, fragte die Kommissarin skeptisch, und der Kommissar sah von seinem Block auf.

»Kondome auffüllen, Bettwäsche waschen, Kaffee kochen und so weiter«, zählte sie auf. »Quasi Mädchen für alles. Ich bin keine Prostituierte oder Tänzerin, falls Sie das vermuten.«

Die Kommissarin lächelte wieder freundlich. Zu freundlich. »Armstrong ist ein ungewöhnlicher Name«, merkte sie an.

Nancy nickte stumm. Sie widerstand dem Impuls, zu erzählen, dass ihre Mutter US-Amerikanerin gewesen war. Weder wollte sie zu viele persönliche Informationen preisgeben, noch sich verdächtig verhalten. Sie spürte den Schweiß am Haaransatz.

»Nein, wir wollen keinem etwas unterstellen«, unterbrach die Kommissarin die Pause. »Wir gehen nur alle Möglichkeiten durch, wo das Mädchen untergekommen sein könnte. Hier steht niemand unter Verdacht, falls Sie das befürchten. Dies ist ein Foto der Vermissten.« Sie reichte Nancy einen Ausdruck. Vom Foto strahlte sie ein brünetter Teenager an.

»Falls Sie sie sehen oder Hinweise haben, rufen Sie bitte an.« Sie gab ihr eine Visitenkarte.

»Das werden wir«, versicherte Rosie lächelnd. »Ach, da ist ja Ruby-Jean. Also, Frau Hartmann.«

Ruby-Jean kam mit zwei Einkaufstüten in die Bar. Verwirrt sah sie alle an und stellte die Tüten auf dem Boden ab. »Was ist hier los?«

Nancy ging zu ihr, gab ihr das Foto und flüsterte ihr zu: »Polizei. Teenager wird vermisst.«

Ruby-Jeans Augen weiteten sich. »Ich mach das schon«, sagte sie leise zu Nancy und dann in normaler Lautstärke zu den Kommissaren: »So, Sie wollen mit mir sprechen? Wie wäre es, wenn wir dafür in mein Büro gehen? Kaffee? Kaffee. Rosie, setz mal welchen auf, bitte.«

Rosie tat, wie ihr geheißen, und Nancy fragte: »Werde ich noch gebraucht?«

»Nein, vielen Dank für Ihre Zeit«, erwiderte Müller und wurde im nächsten Moment von Ruby-Jean geradezu Richtung Büro geschoben.

»Gott sei Dank, sind die weg.« Nancy seufzte und Rosie nickte zustimmend. »Was ist eigentlich in den Tüten?«, fragte

Nancy und sah hinein. »Leck mich doch am Arsch! Noch mehr dusselige Deko!«

In diesem Moment löste sich ein Ende der Girlande, welche Nancy mühevoll angebracht hatte. Kurz darauf auch das andere Ende, und die Girlande fiel zu Boden.

»Fuck!«

Nancy wollte eine weitere Begegnung mit Kommissarin Müller vermeiden. Sie ging hinaus und um die Ecke, stellte sich so hin, dass man sie vom Eingang aus nicht sehen konnte. Sie steckte sich einen Zigarillo an und stieß seufzend den Rauch aus. Es passte ihr nicht, dass die Polizei hier herumschnüffelte. Vor allem bei der Kommissarin hatte sie ein ungutes Gefühl, weil sie Nancy so misstrauisch beäugt hatte.

Kaum hatte Nancy aufgeraucht, hörte sie die beiden Kommissare die Bar verlassen.

»Armstrong …«, murmelte die Kommissarin. »Der Name kommt mir bekannt vor.«

»Ist ein geläufiger Nachname«, erwiderte der Kommissar.

»Ja, aber nicht in Deutschland. Gab es da nicht vor zwanzig Jahren einen Doppelmord?«

»Jetzt, wo Sie es sagen. War das nicht eine Frau, die aus Eifersucht zwei Menschen getötet hat?«

»Ich glaube, das war es. Kommt ja nicht so häufig vor, dass eine Frau ihren Partner tötet. Es ist meistens andersherum. Ob sie mit der Mörderin verwandt ist?«

»Gut möglich.«

Sie gingen zu ihrem Auto, und die weitere Unterhaltung war nicht mehr zu verstehen. Nancy holte aus ihrer Jackentasche ihr Smartphone – ein zu teures Geburtstagsgeschenk von Mike – und knipste unauffällig ein Foto vom silbernen BMW der Polizisten, ehe diese wegfuhren.

»Scheiße«, zischte sie.

Es wäre ein Leichtes für die Kommissarin, herauszufinden, dass sie die Tochter einer Doppelmörderin war. Andererseits war es nichts, womit sie sie hätte belasten können.

Ruby-Jean stand an der Theke und unterhielt sich mit Rosie.

»Und?«, fragte Nancy.

»Alles gut. Haben ein paar Fragen gestellt und ich habe mich so kooperativ gezeigt, dass sie uns hoffentlich ansonsten in Ruhe lassen.« Ruby-Jean klatschte in die Hände. »So, wird Zeit, hier fertig zu werden. Weit seid ihr ja nicht gekommen mit der Deko.«

Nancy sah zur Uhr. Es war fast Mittag und sie hatte Mike versprochen, ihm zu helfen, sobald sie hier fertig war. Obwohl sie sich fragte, wie weit man einen Irish Pub für den Saint Patrick's Day zu dekorieren hatte. Eigentlich hatte sie ihm ihre Hilfe nur aufgedrängt, damit sie Zeit mit ihm verbringen konnte.

»Was ist los?«, fragte Ruby-Jean und packte die Einkaufstüten aus. »Hast du noch was vor oder warum guckst du ständig zur Uhr?«

»Also … ja, eigentlich schon«, druckste sie.

Ruby-Jean seufzte. »Mike, nicht wahr? Na los, geh schon.«

»Wirklich?«, erwiderte Nancy erstaunt.

»Ja, wirklich«, sagte sie, hob die herabgefallene Girlande vom Boden und hielt sie wie ein Beweisstück hoch. »Du bist eh keine Hilfe. Wenn ich dich machen lasse, dann sind wir vielleicht zum Saint Patrick's Day in zwei Jahren fertig.«

»Danke, Mutti!«

Kapitel 2

Während der Busfahrt hörte Nancy über ihren MP3-Player das Lied *Far Side of Nowhere* von *Social Distortion*. Um sich von dem Gespräch mit der Polizei abzulenken, überlegte sie, was sie Mike zum Geburtstag schenken sollte. Zwar hatte sie noch zwei Monate Zeit, aber da er ihr das Handy geschenkt hatte, wollte sie sich revanchieren. Außerdem war es der erste Geburtstag, seit sie zusammen waren, darum sollte es etwas Besonderes werden.

Nancy erreichte das *Rose in the Heather*. Sie ging um das Gebäude herum zum Hintereingang und hielt inne, als sie Stimmen hörte. Neugierig lugte sie um die Ecke und sah, wie Mike sich mit jemandem unterhielt. Einer jungen Frau, etwa in ihrem Alter. Sie hatte lange, wellige, blonde Haare.

»Bitte«, flehte sie ihn an. »Ich weiß nicht, was ich sonst machen soll.«

Er zog an seiner Zigarette und seufzte. »Vergiss es, nach der Scheiße, die du gemacht hast.«

Sie faltete die Hände vor der Brust, die sie dadurch mit ihren Oberarmen zusammendrückte. »Es tut mir leid! Ich war jung und dumm, fast noch ein Kind. Und ich war einsam. Immer musstest du arbeiten …«

Nancys Innereien versackten und verknoteten sich ineinander. Allmählich verstand sie, wer die Frau war. Sie musterte sie genau. Die schlanke Figur, die großen Brüste, den runden Po. Sie war attraktiv und feminin. Nancy fühlte sich auf einmal klein, plump und pummelig. Zuvor hatte sie sich nie Gedanken über ihr Aussehen gemacht, oder besser gesagt, es hatte ihr deswegen nie an Selbstbewusstsein gemangelt. Sie hatte immer Wert auf ihr Äußeres gelegt, doch nicht im konventionellen Sinne. Neben der Frau kam sie sich vor, als würden sie nicht dem gleichen Geschlecht angehören.

»Außerdem kann ich das nicht entscheiden. Der Pub gehört immer noch meiner Mutter.« Mike trat die Zigarette aus.

»Komm schon, die Sache ist wie lange her, sieben Jahre?«, fragte sie, und Nancys Verdacht bestätigte sich. Fieberhaft überlegte sie, ob sie zu ihnen hingehen oder sie weiter beobachten sollte.

Mike seufzte ausgiebig und sagte: »Wir sind unterbesetzt. Aber ich weiß nicht, ob Mum davon begeistert sein wird, wenn du hier arbeitest.«

Die Blondine quietschte freudig. »Oh, Mike, du bist ein Schatz!« Dann warf sie sich ihm an den Hals. Nancy war kurz davor, hinüberzustürmen, ihr die Extensions aus dem Haar zu reißen und sie damit von hinten zu erwürgen.

Mike schob sie grob von sich. »Das reicht, Mareike. Versuch es nicht mal. Wir sind durch.«

Beleidigt schob sie die Unterlippe vor. »Hast du eigentlich eine Freundin?«

»Ja«, antwortete er prompt, und Nancy entschied, die Szene zu betreten. »Wenn man vom Teufel spricht«, sagte er lächelnd und drückte Nancy einen Kuss auf, den sie erwiderte. Aus dem Augenwinkel sah sie, dass Mareike das Gesicht verzog. Mike legte den Arm um Nancy. »Nancy, das ist Mareike. Eine … Bekannte von früher.«

»Hi, schön, dich kennenzulernen«, log Nancy freundlich.

Mareike erwiderte die gleiche Floskel im gleichen Tonfall. »Wegen des Jobs«, sagte sie, »wäre es gut, wenn wir Nummern austauschen. Gib mir dein Handy, dann speichere ich meine Nummer ein.« Mike zögerte einen Herzschlag lang, ehe er nickte und ihr sein Handy reichte. Flink tippte sie die Zahlen ein und rief sich selbst an. »Super, jetzt hab ich auch deine Nummer«, flötete sie.

Es fiel Nancy schwer, sich nicht anmerken zu lassen, wie ihr das Ganze missfiel. Bisher hatte Mike sich vorbildlich verhalten, trotzdem kroch etwas ihr den Nacken hinauf. Immerhin hatte er sie über sein Verhältnis zu Mareike belogen.

Selbst nachdem Mareike sich verabschiedet hatte und gegangen war, blieb etwas zurück. Nicht nur die Wolke ihres aufdringlichen Parfüms.

Was außerdem blieb, war Eifersucht.

Kapitel 3

Nancy verkniff es sich, Mike zu sagen, dass sie wusste, wer Mareike war. Dass sie wusste, dass sie eine Ex-Freundin war. Diejenige, die vor circa sieben Jahren mit ihm Schluss gemacht hatte, indem sie mit seinem damals besten Kumpel im Pub aufgetaucht war und vor Mike herumgeknutscht hatte. Woraufhin er sich mit ihm geprügelt und dabei einen Vorderzahn verloren hatte, der durch eine Metallkrone ersetzt worden war.

»Ich freu mich, dich zu sehen«, sagte Mike.

»Ich mich auch«, erwiderte Nancy lächelnd und der Knoten in ihrem Inneren löste sich. »Und, gibt es viel zu tun?«, fragte sie und setzte sich auf einen Hocker an der Theke.

»Was meinst du?« Er stellte Nancy einen Becher Kaffee hin.

»Na, dekorieren?«

Mike schmunzelte und nippte an seinem Kaffee. »Sieh dich doch um, die Einrichtung schreit ja förmlich Irland. Noch mehr Kitsch und Deko geht ja kaum.«

»Ich hab's schon geahnt«, gab Nancy zu. »Ich hab ehrlich gesagt nur einen Vorwand gesucht, der grünen Hölle, die Ruby-Jean bei uns erschafft, zu entkommen. Meinst du, heute wird viel los sein?«

»Ich hoffe doch. Das Einzige, was mir Sorgen bereitet, ist, dass uns Personal fehlt.«

»Ging es vorhin darum?«

Mike nickte, drehte sich rasch herum, sodass Nancy sein Gesicht nicht mehr sehen konnte, und goss sich Kaffee nach. »Ich kann das aber nicht entscheiden, Mum hat bei so was das letzte Wort«, sagte er mit dem Rücken zu ihr und rührte lange in seinem Becher. Verdächtig lange, denn sie wusste, dass er seinen Kaffee nur mit Milch trank und man eigentlich gar nicht umrühren musste. Mit scharfen Krallen kletterte die Eifersucht Nancys Nacken hinauf und bohrte sich in ihre Wirbelsäule.

»Die Polizei war vorhin bei uns«, wechselte Nancy abrupt das Thema, um das Gefühl abzuschütteln.

Mike drehte sich um. »Was wollten die?«

»Eine Fünfzehnjährige wird vermisst und die wollten wissen, ob wir was wissen.«

»Und?«

»Ruby-Jean achtet darauf, dass alles korrekt ist. Die Prostituierten müssen ihren Ausweis vorzeigen und sie ist sehr penibel mit dem Papierkram. Also haben die nichts, um uns anzukacken, und falls das Mädchen bei uns auftaucht, dann merken wir das.« Sie trank einen Schluck Kaffee. Den Teil, dass die beiden Kommissare über Nancys Nachnamen gemutmaßt hatten, ließ sie bewusst aus.

»Ich hoffe, sie taucht wieder auf«, sagte Mike.

Nancy nickte. »Vielleicht ist sie auch nur ausgerissen, hängt bei ein paar Freunden ab, um ihren Eltern einen Schrecken einzujagen, und kommt ein paar Tage später nach Hause.«

»Hoffentlich«, erwiderte er und beugte sich zu Nancy vor. Sie sah ihm in die grauen Augen und konnte kaum glauben, was für ein Glück sie hatte. Und sie würde es sich nicht mehr nehmen lassen. Nancy würde es verteidigen. Sie näherte sich seinem Gesicht und sie küssten sich. Wie ein Stromstoß verteilte sich das Prickeln von ihren Lippen ausgehend im ganzen Körper.

»Wie lange musst du heute arbeiten?«, flüsterte sie in sein Ohr.

»Kommt darauf an, wie viel heute los ist«, erwiderte er und ging um die Theke herum zu ihr. Er umfasste ihre Taille und sie legte ihre Arme um seinen Hals. Sie sahen sich tief in die Augen und Mike fragte leise: »Warum?«

»Weil …«, antwortete Nancy, ließ ihre Hände in einer fließenden Bewegung seinen Rücken herabgleiten, seitlich an seinen Hüften entlang zu seinem Schritt. »Darum.«

Mike vergrub sein Gesicht an ihrem Hals und drückte ihren Körper an seinen. »Ach, deshalb«, raunte er und seine rechte Hand wanderte unter ihren Rock, massierte ihre Pobacke. »Genau, deshalb«, hauchte sie und ihr Unterleib drängte sich gegen seinen.

»Wird schwierig heute Abend«, sagte er zwischen zwei Küssen.

»Mhm«, erwiderte sie.

Dann ließ er von ihr ab und ging zur Tür, verriegelte sie und navigierte Nancy zu dem Billardtisch in der Ecke.

»Was ist mit deiner Mutter?«, fragte sie und sah herab zu Mike, der ihren Slip herunterzog.

»Bei Angus, die kommt erst heute Nachmittag«, antwortete Mike und tastete behutsam mit der Hand zwischen ihre Beine. Nancy lehnte sich an den Tisch und krallte sich fest. Mit sanftem Druck glitt sein Mittelfinger zwischen ihre Schamlippen. »Wir können auch erst heut Abend …«, feixte er.

Nancy atmete schwer. Sie öffnete den Reißverschluss seiner Jeans, griff hinein und sagte: »Als ob du es bis dahin aushältst.«

Er packte ihre Hüfte, half ihr, sich auf die Tischkante zu setzen, und fummelte sein Glied durch den Hosenstall. Mike drang in sie ein und Nancy stöhnte leise auf. Sie stützte sich mit den Armen ab und seine Bewegungen wurden allmählich schneller. Nancy überkreuzte ihre Beine um seine Hüfte und klammerte sich an ihn, vergrub ihr Gesicht an seinem Hals. Er keuchte leise direkt in ihr Ohr und sie krallte ihre Finger fester in sein T-Shirt, als würde ihr Leben davon abhängen. Nancy zog die Beine enger zusammen, wollte Mike in sich spüren, so tief es ging.

Sein Schambein drückte fest gegen ihre Klitoris und mit jeder Bewegung näherte sie sich dem Höhepunkt. Mike schlang die Arme um sie, presste sie fest an sich, während der Orgasmus durch ihren ganzen Körper fuhr und sie erzittern ließ.

Seine Bewegungen wurden langsamer, aber kräftiger. Für einen Augenblick verweilte er tief in ihr, jeder Muskel seines Körpers angespannt. Nancy löste ihren Griff und auch Mike entspannte sich.

»Ich glaube«, keuchte Mike, »das ist ein neuer Rekord.«

Schwer atmend lächelte Nancy und nickte. Sie befühlte ihre Wangen, die noch heiß von der Erregung und der Anstrengung waren. Mike küsste sie auf die Stirn und half ihr vom Billardtisch herab.

»Ich sollte mal aufschließen«, sagte er und sah auf seine Armbanduhr. »Und das Schild draußen hinstellen.«

»Ich komm mit nach vorne, eine rauchen«, sagte Nancy, nachdem sie sich ihren Slip hochgezogen und ihre sonstige Kleidung gerichtet hatte.

Mike schloss die Tür auf, nahm den Aufsteller, der danebenstand, und ging hinaus. Nancy folgte ihm. Draußen steckte sie sich einen Zigarillo an und sah Mike dabei zu, wie er den Aufsteller positionierte.

»Musst du heute eigentlich arbeiten?«, fragte er und zündete sich eine Zigarette an.

»Eigentlich schon«, antwortete Nancy.

»Und uneigentlich?«

»Ich weiß nicht, ob ich Lust habe, mir ansehen zu müssen, wie zu *Whiskey in the jar* gestrippt wird.« Nancy schüttelte sich. »Ach du Scheiße.« Er lachte. »Das klingt … interessant.«

»Ruby-Jean gibt sich große Mühe, deinen Onkel zu beeindrucken. Es ist schräg, aber auch irgendwie niedlich.«

Mike nickte und ehe er etwas sagen konnte, klingelte drinnen das Telefon. »Sorry«, sagte er, drückte die Zigarette in dem Standaschenbecher neben der Tür aus und ging hinein. Nancy sah ihm nach. Fast ein halbes Jahr waren sie und Mike zusammen. Es war immer noch ungewohnt für Nancy, dennoch fühlte es sich natürlich an.

Mike kam zurück, die miese Laune stand ihm ins Gesicht geschrieben.

»So eine Scheiße«, zischte er und zündete sich eine Zigarette an.

»Was ist los?«, fragte Nancy und drückte ihren aufgerauchten Zigarillo im Aschenbecher aus.

»Thorsten hat sich krankgemeldet. Hat sich das Handgelenk gebrochen. Das heißt, Mum und ich sind heute allein. Das kann ja heiter werden. Die Bude wird gerammelt voll sein. Ich hab auch niemanden, der einspringen kann. Franziska hat letzte Woche gekündigt und Simone ist im Urlaub.«

»Scheiße.«

»Kannst du laut sagen.« Mike seufzte und starrte für einen Moment ins Nichts.

Nancy kannte diesen Blick. Sie wusste, dass ihm gerade etwas bewusst wurde. Kaum merklich schüttelte er den Kopf, als würde er eine Idee aus seinem Gehirn werfen wollen. Nancy ahnte, was es für eine Idee war, und in ihrem Bauch bildete sich wieder ein schmerzhafter Knoten.

»Wird schon irgendwie gehen«, sagte Mike und zog an seiner Zigarette.

Nancy sagte dazu nichts. Sie hoffte nur, dass er nicht seine Ex anrief, um sie zu fragen, ob sie heute Abend einspringen könnte.

»Alles okay?«, fragte Mike und drückte seine Zigarette aus. »Du bist so still.«

»Ach, nichts«, erwiderte Nancy. »Ich werd langsam nach Hause und mal schauen, wie weit Ruby-Jean mit allem ist. Du hast ja heute auch noch einen stressigen Abend vor dir.«

Mike seufzte. »Allerdings.« Er trat einen Schritt auf Nancy zu und lächelte. Ihr Blick fiel auf die Metallkrone und sie spürte einen Stich in ihrer Brust. Sie versuchte, sich nichts anmerken zu lassen, und erinnerte sich daran, dass es keinen Grund gab, eifersüchtig zu werden. Schließlich liebte Mike sie.

»Schön, dass du gekommen bist«, raunte er in ihr Ohr, und Nancy schmunzelte über diese Doppeldeutigkeit.

Kapitel 4

Auf der Busfahrt ging Nancy die Begegnung mit Mareike nicht mehr aus dem Kopf. Zwar hatte Mike ihr damals von ihr erzählt, doch jetzt hatte Nancy nicht nur einen Namen, sondern auch ein Gesicht dazu. Und einen Körper. Einen verdammt attraktiven Körper. Aber Mike hatte so viel auf sich genommen, um mit Nancy zusammen zu sein, da würde er doch nicht bei solchen Oberflächlichkeiten schwach werden, oder? Außerdem hatte er sie deutlich abgewiesen, und das, obwohl er nicht einmal wusste, dass Nancy das alles mitbekommen hatte.

»Fuck«, flüsterte Nancy zu sich selbst. Ihr wurde bewusst, dass, wenn sie nicht per Zufall das Gespräch beobachtet hätte, sie absolut keine Ahnung hätte, dass sich Mareike wieder in sein Leben drängen wollte. Mike hatte Nancy praktisch angelogen.

Nancy wurde schlecht. Krampfhaft versuchte sie, sich vor Augen zu halten, dass Mike es nicht aus böser Absicht getan hatte. Er wollte sie nicht aufregen und die Situation war unangenehm. Wahrscheinlich hätte sie genauso gehandelt.

Trotzdem blieben Zweifel.

»Jesus«, murmelte Nancy, als sie die Bar betrat und sah, wie drei Tänzerinnen in knappen Matrosenuniformen ihre Choreografie zu *Shipping up to Boston* von *Dropkick Murphys* probten.

»Und, wie findest du es?«, fragte Ruby-Jean mit einem stolzen Lächeln.

»Es ist definitiv … was anderes«, sagte Nancy.

»Es braucht natürlich noch etwas Feinschliff. Aber ich bin so weit zufrieden. Und was sagst du zu der Deko?«

Nancy sah sich um. Sie verkniff sich zu sagen, dass es aussah, als wäre ein mit Kleeblättern und grünen Girlanden gefüllter Kobold explodiert und hätte seine Innereien verteilt. Wenn Ruby-Jean sich Mühe gab, dann richtig, das musste Nancy ihr lassen. »Es ist grün. Sehr grün.«

»Zu grün?«

»Grün genug.«

Ruby-Jean lächelte zufrieden und ging zu den Tänzerinnen, die gerade eine Pause machten. Seitdem sie mit Angus zusammen war, schwebte sie auf Wolke sieben. Nancy fragte sich, ob sie sich wegen Mike auch so verhielt. Sie steckte sich einen Zigarillo an, setzte sich in die Nähe der Bühne und spielte mit ihrem Smartphone herum. Sie überlegte, ob sie Mike über die Choreografien texten sollte.

»So, als Nächstes gehen wir *Irish Rover* durch«, sagte Ruby-Jean. »Wo ist Nina?«

Die Tänzerinnen sahen sich ratlos an, so als würden sie sich telepathisch absprechen wollen, wer als Erste etwas sagt. Schließlich brach eine das Schweigen. »Die sitzt in der Umkleide und heult.«

Nancy hielt inne und blickte auf.

»Sie versucht, ihr Veilchen mit Schminke zu verstecken, kriegt es aber nicht hin«, sagte eine andere Tänzerin.

Ruby-Jean fragte: »Veilchen? Was für ein Veilchen?«

Nancy stand auf und steckte ihr Smartphone in die Jackentasche.

»Ihr Freund hat sie verprügelt«, sagte die erste Tänzerin. Ruby-Jean drehte sich zu Nancy um. Das war ihr Zeichen. Sie nickte, drückte ihren Zigarillo aus und ging Richtung Umkleide, wo sie auf Ruby-Jean wartete. Diese wies die Tänzerinnen an, noch paar Minuten Pause zu machen und danach noch mal *Shipping up to Boston* zu proben. Dann kam sie zu Nancy.

Sachte klopfte Ruby-Jean an die Tür und öffnete sie langsam. »Hey, Nina«, sagte sie sanft, während sie hineinging.

Nancy folgte ihr. Nina saß am Spiegeltisch und sah ihnen durch die Reflexion entgegen. »Es tut mir so leid«, wimmerte sie leise. »Egal, was ich mache, man sieht es trotzdem …«

Ruby-Jean setzte sich neben sie. Nancy blieb an der Tür stehen, um zu verhindern, dass jemand reinkam.

»Schätzchen, das braucht dir doch nicht leidzutun«, tröstete Ruby-Jean sie. »Sieh mich mal bitte an.«

Nina drehte das Gesicht zu ihr, und Ruby-Jean betrachtete es genau. Im Spiegel konnte Nancy einen dunkelblauen Bluterguss um Ninas linkes Auge erkennen.

»Ich habe es gekühlt wie bekloppt. Die Schwellung ist weg, aber egal wie viel Make-up ich auflege, es schimmert durch.«

Ruby-Jean stand auf und ging zu einer Kommode rechts vom Tisch. Sie durchsuchte die Schubladen. »Irgendwo hier muss es doch sein«, murmelte sie. »Ah, da ist es.« Sie zog einen Kulturbeutel heraus. »Das ist Theaterschminke. Ich verpasse dir eine weiße Grundierung, und darüber tragen wir das normale Make-up auf. Dann wird keiner mehr was sehen können.«

Schwach lächelte Nina und sagte leise: »Danke.«

Jemand versuchte, die Tür zu öffnen, und drückte Nancy die Klinke ins Kreuz. Sie drehte sich um und flüsterte durch den Spalt: »Jetzt nicht.«

Die abgewiesene Frau seufzte genervt und schloss die Tür wieder. Nancy rieb sich die schmerzende Stelle am Rücken und beobachtete, wie Ruby-Jean das Make-up auf Ninas Gesicht auftrug.

Sie machte es routiniert und flink. Kurz darauf konnte man tatsächlich nichts mehr vom Veilchen erkennen.

Ruby-Jean winkte Nancy zu sich heran. »Und?«, fragte sie und sah dabei Nancy an.

»Perfekt«, antwortete Nancy.

Nina begutachtete sich prüfend im Spiegel. »Man sieht wirklich nichts mehr. Vielen Dank!«

Zufrieden lächelte Ruby-Jean und fragte behutsam: »Was ist

passiert?«

Nina senkte den Blick und sah traurig auf ihre Hände.

»Jemand hat uns gesagt, das war dein Freund«, fügte Nancy hinzu.

Zögerlich nickte Nina, ohne aufzusehen, und knetete ihre Finger. »Dieses Arschloch hat mir gestern eine verpasst«, sagte sie leise, fast flüsternd. Daraufhin seufzte sie und sprach allmählich lauter: »Er glaubt, ich gehe nach meiner Schicht nach oben, um mich zu prostituieren. Nur weil ich ein paarmal den Bus verpasst habe und später zu Hause war. Jetzt holt er mich immer nach der Arbeit ab. Als ich ihm sagte, dass das nicht nötig ist und ich gern noch mit ein paar Kolleginnen quatschen möchte, ist er ausgerastet. Ich hab die Schnauze voll von seinem Kontrollzwang und davon, dass er mich ständig als schäbige Hure bezeichnet. Und er hat mir gedroht.«

»Womit?«, fragte Ruby-Jean.

»Damit, dass er mir die Fresse zu Hackfleisch prügelt, falls ich ihn verlasse. Damit mich kein Mann mehr mit'm Arsch anguckt.«

»Ich kümmere mich darum«, sagte Nancy, und Ruby-Jean nickte.

»Danke«, sagte Nina und lächelte.

Kapitel 5

Nancy hätte den Saint Patrick's Day gern mit Mike verbracht. Aber da er arbeiten musste, hätte es wenig Sinn gehabt, in den Pub zu gehen. Außerdem war die Burlesque-Bar des *Ruby's Rooms* brechend voll. Sie hätte nicht gedacht, dass der Themenabend so viel Anklang fand. Wahrscheinlich waren viele neugierig darauf zu sehen, wie zu irischer Musik gestrippt wurde.

Nancy war sich sicher, dass der Pub ebenfalls voll mit Gästen war. Auf der einen Seite freute es sie, denn das bedeutete Umsatz. Auf der anderen tat ihr Mike leid, denn sie wusste, dass sie unterbesetzt waren.

Während Nancy an der Theke saß und an ihrem Whiskey Cola nippte, musste sie wieder an Mareike denken. Hoffentlich war Mike nicht auf die Idee gekommen, sie anzurufen und ihr einen Job anzubieten. Bei der Vorstellung, dass dieses Miststück bei ihm sein könnte, stachen tausend kleine Nadeln in ihren Bauch.

Sie starrte auf die Eiswürfel in ihrem Glas, als könnte sie sie allein durch ihren Blick zum Schmelzen bringen. Plötzlich fühlte sie eine Hand auf ihrer Schulter und fuhr erschrocken herum.

»Guten Abend, Nancy«, sagte Angus freundlich.

Nancy atmete erleichtert auf. »Meine Fresse. Hab ich mich erschrocken. Hi.«

Angus grinste breit und fuhr sich mit einer Hand durch den langen Bart.

»Was sagst du zu dem Aufgebot, das Ruby-Jean für dich veranstaltet?«, fragte sie und zündete sich einen Zigarillo an.

»Ich bin geschmeichelt«, erwiderte er aufrichtig und kramte seinen Tabak und Blättchen aus seiner Kutte. Er setzte sich neben Nancy und drehte sich eine Zigarette. »Und wie läuft's?«, fragte er und steckte sich die Zigarette an.

»Es ist zwar viel los, aber bisher alles ruhig. Die Themenabende locken aber auch andere Klientel an als sonst. Mehr *normale* Leute.«

»Biste mit den Jungs zufrieden?«

Nancy nickte. Angus war das Oberhaupt eines Motorradclubs namens *Sick Boys* und stellte seit etwa einem halben Jahr einige seiner Rocker als Türsteher und Security. Nach einem Vorfall mit einem der *Sick Boys* – bei dem eine vermeintlich drogenabhängige Prostituierte und ihr Baby gestorben waren – hatte Angus gründlich aufgeräumt. Seine zuvor lockeren Aufnahmebedingungen waren verschärft worden und Zuhälterei wurde nicht mehr geduldet.

»Ich habe später noch einen Spezialauftrag«, sagte Nancy und drückte ihren Zigarillo aus. »Ich leih mir dafür mal Pulverfässchen aus.«

Angus schmunzelte. »Du nennst ihn immer noch so?«

Grinsend nickte Nancy. Pulverfässchen hieß eigentlich Christoph und war der erste *Sick Boy*, der im *Ruby's Rooms* angefangen hatte. Nancy hatte ihm diesen Spitznamen bei der ersten Begegnung verpasst, denn er war klein und kräftig gebaut. Zudem hatte er ein irres Flackern in den Augen, so als würde er jeden Moment hochgehen.

Dabei war er einer der ruhigsten Menschen, die sie kannte. Selbst in den stressigsten Situationen blieb er entspannt. Wenn ihm jemals der Arsch platzen sollte, wollte Nancy nicht in der Nähe sein.

»Was habt ihr zwei denn vor?«, fragte Angus.

»Wir werden dem Freund einer Tänzerin erklären, dass sie sich von ihm trennt.«

Nancy wartete, nachdem Ninas Schicht zu Ende war, an der Umkleide auf sie. Pulverfässchen war draußen in Position.

Nina sah nervös aus, als sie herauskam.

»Alles okay?«, erkundigte sich Nancy auf dem Weg zum Ausgang.

Nina nickte. »Ich hab nur ein bisschen Angst. Was ist, wenn er hinterher durchdreht?«

»Wem gehört die Wohnung?«

»Der Mietvertrag läuft auf meinen Namen.«

»Sehr gut. Du brauchst keine Angst zu haben, wir kümmern uns um alles.«

Draußen wartete er bereits. Ein großer Kerl mit Lederjacke und Dreitagebart stürmte auf Nina und Nancy zu, kaum hatte er sie entdeckt.

»Da bist du ja!«, herrschte er Nina an und packte sie grob am Arm.

Nancy legte ihre Hand auf seinen Arm. »Finger weg«, sagte sie ruhig und starrte ihm in die Augen.

»Verpiss dich, das geht dich gar nichts an!«

Nancy stellte Blickkontakt mit Pulverfässchen her, der nickte und zu ihnen kam.

»O doch, das geht mich wohl was an«, erwiderte Nancy und fragte: »Wie heißt du?«

»Dennis«, antwortete Nina für ihn.

»Halt dein Maul, Schlampe«, zischte er und versuchte, sie wegzuziehen. Dabei stieß er gegen Pulverfässchen, der hinter ihm stand. »Was willst du Gartengnom hier?«, blaffte Dennis ihn an.

Nancy zog aus ihrem Oberschenkelholster ihren stupsnasigen Revolver und drückte ihn ihm in den Rücken. »Wir wollen nur reden«, sagte sie und spannte den Hahn. Bei dem Geräusch ließ Dennis Nina los. »Lass uns ein paar Schritte gehen.«

Pulverfässchen packte ihn am Arm und führte ihn um das Gebäude herum, abseits von den potenziellen Blicken der Gäste. Widerwillig ließ Dennis sich mitschleifen.

Als sie die Rückseite des *Ruby's Rooms* erreicht hatten, drückte Pulverfässchen Dennis gegen die Wand. Er war zwar relativ klein, aber er hatte Kraft. Erfolglos versuchte Dennis, sich zu wehren, und als Nancy ihm den Revolver an die Schläfe drückte, gab er auf.

»So, Dennis«, raunte sie ihm ins Ohr. »Wir haben gehört, dass ihr Beziehungsprobleme habt. Darum bieten wir dir eine kostenlose Beratung an.« Nancy sah die Angst in seinen Augen und grinste zufrieden. »Du wirst Nina in Ruhe lassen, verstanden? Du wirst deinen Scheiß aus ihrer Wohnung holen, dich bei ihr entschuldigen und dich dann verpissen. Für immer. Ich schicke ein paar meiner Leute vorbei, die aufpassen, dass du dich benimmst. Verstanden?«

Zitternd nickte er.

»Und komm bloß nicht auf die Idee, dich Nina zu nähern. Ich habe Männer überall in der Stadt verteilt, die dich im Auge behalten werden. Höre ich nur einen Pieps von dir, dann komme ich höchstpersönlich und puste dir dein Hirn aus dem Schädel. Okay?«

Plötzlich hörte Nancy ein Tropfen, und der Geruch frischen Urins stieg auf. Eine kleine Pfütze bildete sich unterhalb von Dennis' rechtem Hosenbein, auf dem sich deutlich eine Spur zeigte.

»Das werte ich mal als Zustimmung«, sagte sie amüsiert und senkte den Revolver. Sie entspannte den Hahn und wies Pulverfässchen an, die Pissnelke wegzubringen. »Ich sag Manni Bescheid, dass er mit euch mitfährt.«

Da Nina keinen Führerschein hatte, fuhr Manni, einer der Türsteher. Pulverfässchen hatte sich mit Dennis auf die Rückbank gesetzt.

»Danke«, sagte Nina auf dem Beifahrersitz durch die heruntergelassene Scheibe zu Nancy.

»Kein Problem, das ist mein Job.«

Nancy sah ihnen nach, während sie davonfuhren. Als Ruby-Jean ihr damals gesagt hatte, dass sie sich mit Angus zusammentun und *Sick Boys* einstellen würde, hatte Nancy befürchtet, dass sie ihren einzigen Job im Leben verlieren würde. Aber es hatte sich als Beförderung herausgestellt. Nancy war quasi jetzt die Chefin der Security, und obwohl es alles Männer waren und zum Teil bald doppelt so alt wie sie, respektierten und hörten sie auf Nancy.

Die Autorität fühlte sich gut an.

Kapitel 6

Am nächsten Morgen schrieb Nancy Mike eine Textnachricht und fragte, wie sein Abend gewesen war. An das Tippen auf einem Touchscreen gewöhnte sie sich nur langsam. Immer wieder erwischte sie auf der kleinen Tastatur die falschen Buchstaben. Auf ihrem alten Handy hatte sie blind die Zahlentasten wiederholt drücken können, bis sie die richtigen Buchstaben gehabt hatte.

Danach ging Nancy in die Küche. Angus saß am Tisch und las Zeitung. Er hatte die Nacht in ihrer und Ruby-Jeans Wohnung verbracht.

»Morgen«, sagte Nancy.

Er sah auf. »Morgen.«

Sie nahm sich aus dem Schrank einen Becher und goss sich Kaffee ein. »Auch noch welchen?«, fragte sie und hielt die Kanne hoch.

»Bevor ich mich schlagen lasse«, antwortete Angus und lächelte. Er faltete die Zeitung zusammen, legte sie beiseite und hielt Nancy seinen Becher hin.

»Und wie lief es gestern?«, fragte er, während sie ihm einschenkte.

»Gut. Sehr gut. Der hat sich im wahrsten Sinne des Wortes in die Hose gepisst.«

»Ruby-Jean hat mir erzählt, was er getan hat. Ich kann solche Feiglinge nicht ab, die Schwächere verprügeln. Und die, sobald sie an wen geraten, der mithalten kann, sich in die Hosen machen.«

Nancy setzte sich an den Tisch und nickte. »Manni und Pulverfässchen sind gestern mit und haben aufgepasst, während die Pissnelke seinen Scheiß aus der Wohnung geholt hat.«

Ruby-Jean betrat die Küche im Bademantel. Ihre langen, blonden Haare waren in ein Handtuch gewickelt und sie roch nach Duschgel und Parfüm. »Was sind das hier wieder für Themen am Frühstückstisch?«, fragte sie schmunzelnd und drückte Angus einen Kuss auf.

Nancy trank einen Schluck Kaffee und zündete sich einen Zigarillo an. Ruby-Jean war in den letzten sechs Jahren Nancy gegenüber schon immer sehr mütterlich gewesen, aber seit sie mit Angus zusammen war, hatte es zugenommen. Als wären sie eine kleine, seltsame Patchworkfamilie. Bei dem Gedanken grinste Nancy und verzog kurz darauf für einen Moment das Gesicht, als hätte sie auf etwas Bitteres gebissen. Denn Mike war Angus' Neffe. Wären sie in der Konstellation nicht Cousin und Cousine? Dann wurde ihr wieder bewusst, dass Ruby-Jean ja nicht wirklich ihre Mutter war.

Nancys leibliche Mutter war letztes Jahr im September plötzlich über Nacht im Gefängnis gestorben.

»Ich muss endlich mal einen Stuhl kaufen«, sagte Ruby-Jean und trank ihren Kaffee im Stehen.

Nancy drückte ihren Zigarillo aus und stand auf. »Ich wollte eh in mein Zimmer. Kannst dich setzen.«

Dankend nahm Ruby-Jean das Angebot an, und Nancy ging mit ihrem Becher in ihr Zimmer.

Als Erstes nahm Nancy ihr Handy in die Hand. Noch keine Antwort von Mike. Sie tröstete sich damit, dass der gestrige Abend bestimmt stressig gewesen war und er noch schlief. Es war zwar schon zehn Uhr, aber sie wusste, dass er Langschläfer war, wenn er die Gelegenheit dazu hatte.

Um sich die Zeit zu vertreiben, stöberte Nancy im Internet nach Inspirationen für ein Geburtstagsgeschenk für Mike. Da sie absolut keine Idee hatte, war sie froh, dass sie bis Mai Zeit hatte. Sie hatte gerade eine kleine Liste aus potenziellen Geschenken zusammengestellt, da bekam sie eine Textnachricht von Mike.

»Es war die Hölle«, schrieb er. »Hab bis eben geschlafen. Sorry für die späte Antwort. Und wie war es bei euch?«

»Du Armer«, tippte Nancy. »Bei uns war auch viel los. Aber Angus war begeistert. Hast du heute Zeit?«

»Morgen wäre besser. Muss heute wieder arbeiten und Mum hat einen Hexenschuss.«

Enttäuscht seufzte Nancy und erwiderte: »Okay.« Sie legte das Handy beiseite, ging zum Fenster und öffnete es. Dann setzte sie sich auf die Fensterbank und steckte sich einen Zigarillo an.

Seufzend stieß sie den Rauch aus der Nase und überlegte, ob sie Mike heute Abend spontan im Pub besuchen sollte. Nancy hatte das Bedürfnis, ihn zu sehen. Sie war sich im Klaren, dass er kaum Zeit für sie haben würde. Aber in seiner Nähe zu sein, wäre für sie genug.

Sie mochte es sich nur ungern eingestehen, aber sie hatte ein ungutes Gefühl wegen Mareike. Nancy wusste, dass Mike mit seiner Mutter allein arbeiten musste, weil alle anderen ausgefallen waren.

»Verfickte Scheiße«, murmelte Nancy. Seine Mutter fiel jetzt auch noch aus, das hieß, Mike wäre allein.

Nancy rauchte auf und ging in die Küche.

»Mutti?«, sprach sie Ruby-Jean an, die in die Zeitung vertieft war.

»Mhm?«, erwiderte sie, ohne aufzusehen.

»Ist es okay, wenn ich heute Abend ein paar Stunden später anfange?«

Ruby-Jean sah auf. »Mike?«

Nancy nickte und rieb sich verlegen den Nacken.

»Okay. Aber spätestens um 22 Uhr bist du wieder hier, okay?«

»Danke, Mutti.«

Kapitel 7

Gegen 18 Uhr stand Nancy vor dem *Rose in the Heather*. Sie redete sich immer wieder ein, dass es völlig normal wäre, Mike bei der Arbeit zu besuchen. Trotzdem befürchtete sie, dass es den Eindruck machen könnte, dass sie ihn kontrollierte. Was eigentlich auch der Wahrheit entsprach. Nancy wollte sich vergewissern, ob Mareike jetzt auch im Pub arbeitete.

Es war ein milder Frühlingsabend und die Tür stand offen. Sie konnte Mike an der Theke sehen, wie er ein paar Bier zapfte. Nancy hatte Hemmungen, den Pub zu betreten. Es kam ihr falsch vor, so als wäre sie unerwünscht. Sie atmete tief ein und wieder aus und ging dann hinein.

Es war noch nicht allzu viel los im Pub. Nancy setzte sich an die Theke. Mike war gerade mit einem Tablett mit den Bieren an einem der Tische in der Ecke und hatte Nancy bisher nicht bemerkt.

Sie beobachtete Mike, der mit dem Rücken zu ihr stand. Er trug ein schwarzes Hemd, ordentlich in die Bluejeans gesteckt, die von weinroten Hosenträgern gehalten wurde.

Er drehte sich um und sah Nancy. Lächelnd kam er auf sie zu. »Na, was machst du denn hier?«, fragte er und drückte ihr einen Kuss auf.

»Ich wollte nur mal vorbeischauen. Ich weiß, du hast zu tun.«

»Im Moment hab ich Luft. Musst du heute nicht arbeiten?«

Nancy nickte. »Ja, ich fang heute aber später an. Wie geht es deiner Mutter?«

»Liegt im Bett und kann sich kaum rühren. Gestern, nachdem du weg warst, kam sie nach Hause, bückte sich und kam nicht mehr hoch.«

»Ach du Scheiße. Und jetzt?«

»Schluckt sie Schmerzmittel und Muskelentspannungstabletten wie Bonbons. Ich war mit ihr auch beim Arzt. Sieht aber nur nach einer Blockade aus. Möchtest du was trinken?«

»Ein Kaffee wäre super.«

»Kriegste.« Mike ging um die Theke herum und goss Nancy einen Kaffee ein.

»Wie war's dann gestern?«, fragte Nancy und rührte Zucker in ihren Kaffee. »Warst ja dann ganz allein, oder?«

»Nee«, antwortete Mike, »Mareike war da.«

Nancy wurde kotzübel und sie spürte Hitze in sich aufsteigen. Mit leicht zitternder Hand nahm sie den Löffel aus ihrem Becher und legte ihn beiseite.

Sie befürchtete, ihr Gesichtsausdruck könnte ihre Gefühle verraten, daher nahm sie einen Schluck des noch zu heißen Kaffees, um es zu verbergen.

Sie verbrannte sich die Zungenspitze, ließ sich aber nichts anmerken.

»Ist das die von gestern?«, fragte Nancy mit gespielter Ahnungslosigkeit. Mike nickte und Nancy glaubte zu sehen, dass sich seine Wangen leicht röteten. Bei ihm war es schwierig einzuschätzen, da er eine sehr helle Haut hatte und schnell rot im Gesicht wirkte.

Nancy überlegte, ob sie die Bombe platzen lassen und ihm offenbaren sollte, dass sie wusste, wer Mareike war.

»Wie war es bei euch gestern?«, fragte Mike. »Du hast gesagt, mein Onkel war begeistert?«

»Ja, diese Themenabende gehen echt gut. Es war brechend voll. Aber es war alles friedlich. Wir hatten nur einen internen Vorfall.«

»Interner Vorfall?«, hakte Mike nach.

Nancy erzählte ihm von der Tänzerin und ihrem mittlerweile Ex-Freund.

»Und er hat sich wirklich eingepinkelt?«, fragte Mike.

Nancy nickte. »Ja, ich war selbst überrascht. So was hatte

ich bisher auch noch nicht erlebt. Ich geb's zu, ich bin da schon schadenfroh. Ich meine, erst markiert er den großen Macker und dann das. Manchmal unterschätze ich die Wirkung, die der Revolver haben kann.«

Mittlerweile erzählte Nancy gern von ihrer Arbeit. Als sie und Mike sich kennengelernt hatten, hatte sie befürchtet, ihn damit abzuschrecken. Doch inzwischen fand er sogar Gefallen an ihren Erlebnissen. Auch weil er wusste, dass Nancy nicht mehr allein arbeitete und es dadurch nicht ganz so gefährlich war.

»Krieg ich noch ein Bier?«, fragte ein älterer Mann.

Mike antwortete: »Sicher. Kommt sofort.«

Nancy trank ihren Kaffee und beobachtete Mike bei der Arbeit. Für einen Moment waren die beschissenen Gefühle verschwunden und sie war einfach zufrieden, in seiner Nähe zu sein.

Doch das sollte nicht lange anhalten. Kaum war ihr Becher leer, kam Mareike durch die Tür.

»Fuck«, zischte Nancy leise.

»Hallöle«, flötete Mareike in Mikes Richtung und ignorierte Nancy. Sie trug eine hautenge, schwarze Leggings und ein schwarzes T-Shirt mit tiefem Ausschnitt. Ihr Parfum waberte wie eine unsichtbare Wolke herüber zu Nancy und drängte sich ihr auf.

»Du bist zu spät«, sagte Mike, während er ein paar Biergläser reinigte, und sah dabei nicht einmal zu Mareike. »Achtzehn Uhr war angesagt. Es ist fast halb sieben.«

»Es tut mir leid. Ich wurde aufgehalten.«

Nancy war verleitet zu fragen, ob sie zu spät kam, weil sie auf dem Weg in ein Fass Nuttendiesel gefallen war. Ihr wurde wirklich schlecht von dem Parfüm. Es hatte eine säuerliche Zitrusnote, die Nancy den Magen umdrehte. Es erinnerte sie an die Scheuermilch, die ihre Großmutter immer benutzt hatte.

Mike seufzte. »Aber jetzt, wo du da bist, kann ich ja kurz Pause machen. Komm, Nancy, wir gehen hinten eine rauchen.«

Nancy folgte Mike. Dabei beobachtete sie, dass Mareike sie giftig ansah, und erwiderte den Blick mit einem zufriedenen Grinsen.

»Gutes Personal ist wohl schwer zu finden, was?«, sagte Nancy und steckte sich einen Zigarillo an.

Mike nickte und zog an seiner Zigarette. »Ist erst ihr zweiter Tag und dann kommt sie fast eine halbe Stunde zu spät.«

Es beruhigte Nancy, dass Mike so genervt von Mareike war. Trotzdem stach der Gedanke, dass sie mal zusammen gewesen waren, in ihrer Brust.

»Aber sie stellt sich gar nicht mal so blöd an, muss ich gestehen«, sagte Mike und drückte seine Zigarette aus.

»Klingt trotzdem, als wärst du froh, sie bald los zu sein.«

Mike hielt inne. Nancy fixierte ihn. Sie war gespannt, ob er endlich mit der Wahrheit herausrücken und ihr gestehen würde, dass Mareike seine Ex-Freundin war.

Ehe er etwas sagen konnte, hörte man von drinnen ein lautes Scheppern und Klirren. Erschrocken sahen sie durch die offene Tür. Dann ging Mike schnellen Schrittes hinein und sagte dabei: »*For fuck's sake.*«

Nancy folgte ihm.

Mareike war ein Tablett mit mehreren Gläsern heruntergefallen. Hastig sammelte sie die Scherben auf und schien den Tränen nahe zu sein. Mike holte ein Kehrblech und einen Handfeger.

»Es tut mir so leid«, jammerte Mareike. »Mich hat jemand angerempelt.«

»Nicht schlimm«, seufzte Mike, »so was passiert.« Er schob die Scherben auf das Kehrblech. »Hol mal den Eimer aus der Küche.«

Mareike eilte in die Küche.

»Stellt sich ja wirklich gar nicht so blöd an, was?«, fragte Nancy schnippisch und nahm einen Lappen von der Theke. Mike fegte schweigend weiter die feuchten Scherben auf das

Blech. Er hatte die Lippen zusammengepresst und starrte auf die Pfütze aus Bier, Cola und Whiskey.

Nancy wusste, dass er innerlich kochen musste und sich zusammenriss, um nicht auszurasten.

»Gestern ist ihr das auch schon passiert«, sagte er schließlich. »Hab ihr schon dreimal gesagt, dass sie das Tablett nicht so vollstellen soll, wenn es ihr zu schwer ist. Entweder will sie mir was beweisen oder sie stellt sich mit Absicht so dämlich an.«

»Oder sie ist einfach so dämlich«, sagte Nancy grinsend und wischte die Pfütze auf.

Mike schmunzelte. Es war für Nancy eine Genugtuung zu sehen, wie ungeschickt Mareike war, und zu wissen, dass ihr Job im Pub nur auf Zeit war.

Mareike kam mit mehreren Lappen und dem Eimer wieder. Mike schüttete die Scherben mit dem Blech hinein. Sie hockte sich dicht neben ihn und drängte so Nancy weg.

Nancy stand auf und sah auf den nassen Lappen in ihrer Hand. Sie musste sich beherrschen, ihn Mareike nicht mit voller Wucht ins Gesicht zu klatschen. Stattdessen legte sie ihn in die Spüle hinter der Theke und atmete tief durch.

Mike war mittlerweile aufgestanden und brachte den Eimer nach draußen. Mareike sah zu Nancy auf. »Und du bist also Mikes neue Freundin?«, fragte sie und erhob sich.

Nancy verschränkte die Arme vor der Brust und antwortete: »Jep.«

»Interessant.«

»Was?«

»Ach, nichts.« Mareike grinste, ging an Nancy vorbei zur Spüle und wrang die Lappen aus. Nancy fixierte sie und war verleitet, nachzufragen, was sie mit *interessant* gemeint hatte. Sie verkniff es sich aber, da sie sich sicher war, dass es eine Falle war.

Mike kehrte mit einem Wischer und einem Eimer Wasser zurück. Wortlos beseitigte er die klebrigen Reste, die Mareikes

Ungeschicktheit verursacht hatte. Ein Schwung Gäste betrat den Pub und Nancy wusste, dass es für sie Zeit war zu gehen. Sie wollte Mike nicht bei der Arbeit stören und nicht doch noch die Beherrschung gegenüber Mareike verlieren.

Sie sah zur Uhr und entschied sich, ein Taxi zu rufen. Der nächste Bus würde erst in einer Stunde kommen.

»Ich werde auch langsam los, muss ja auch noch arbeiten«, sagte Nancy zu Mike, der mit dem Wischen fertig war.

»Soll ich dich kurz rumbringen?«, fragte er.

Nancy schüttelte den Kopf. »Das ist lieb, aber du hast hier genug zu tun. Und du kannst sie ja nicht allein lassen. Sonst habt ihr irgendwann gar keine Gläser mehr.«

Mike grinste und lehnte den Wischer an die Theke. »Na dann«, sagte er und umfasste ihre Taille.

»Na dann«, wiederholte Nancy und umarmte Mike.

»Ich melde mich morgen, wenn ich Zeit hab«, sagte er und drückte ihr einen Kuss auf die Lippen.

Auf dem Weg nach draußen sah Nancy, dass Mareike das Gesicht verzog. »Tüdelü«, sagte Nancy in ihre Richtung und hob zum Abschied die Hand.

Kapitel 8

Draußen rauchte Nancy einen Zigarillo, während sie auf das Taxi wartete. Zwei Männer verließen den Pub und steckten sich jeweils eine Zigarette an.

»Alter«, sagte der erste, »haste die Neue gesehen?«

»O ja«, antwortete der zweite. »Die sieht schon geil aus. Echt nette Hupen. Aber hast du das vorhin mitbekommen?«

»Was denn?«

»Wie sie das Tablett hat fallen lassen? Einfach so, rumms. Meine Fresse, gut, dass ich ihr dafür in den Ausschnitt gucken konnte, als sie sich gebückt hat. Und dieser pralle Arsch.« Er machte mit den Händen eine Geste, als würde er einen großen Ball halten.

»Ja, nur schade ums Bier. Egal, ich hab ihr trotzdem ordentlich Trinkgeld gegeben.«

Beide lachten und Nancy schnippte ihren aufgerauchten Zigarillo weg.

Sie konnte es nicht fassen. Mareike hatte das Tablett mit Absicht fallen lassen, und Nancy fragte sich, wieso. Vielleicht hatte es ihr nicht gepasst, dass Mike mit Nancy allein gewesen war, oder sie wollte damit Aufmerksamkeit erregen, dass sie sich als hilfloses Küken darstellte.

So oder so, irgendetwas führte Mareike im Schilde, und Nancy würde sie dieses Spiel nicht gewinnen lassen.

Das Taxi fuhr vor und Dieter, Rosies Ehemann, begrüßte Nancy mit einem Kopfnicken.

»Ich fasse es einfach nicht!«, sagte sie und setzte sich auf die Rückbank. Dieter sah sie kurz durch den Rückspiegel an und fuhr dann los.

»Da kommt diese Schlampe aus dem Nichts und macht sich an Mike ran! Diese dämliche Pute. Am liebsten würde ich ihr die Zähne aus der Fresse schlagen. Weißte, da kommt die nach sieben fucking Jahren angeschissen und klimpert mit den Wimpern.« Nancy äffte Mareike nach: »*Oh, es tut mir ja soo leid. Das war keine Absicht. Wir waren damals doch noch fast Kinder.* Ach, halt die Fresse, Mareike! Keiner kauft dir das ab. Dämliches Miststück.« Nancy beugte sich zu Dieter vor und fuhr fort: »Und dann versucht sie, mich aus der Fassung zu bringen. Spricht mich darauf an, dass ich Mikes Freundin bin, und sagt dann, das wäre *interessant*. Was ist daran verfickt noch mal interessant? Dass er dich Tussi abgeschrieben hat? Und das Beste kommt noch! Eben hat sie ein Tablett voller Getränke fallen lassen. Riesensauerei. Und dann heult sie auch noch fast. Und jetzt kommt der Twist: Die hat das mit Absicht gemacht! Ich hab keine Ahnung, was die damit bezwecken will, aber ich krieg das noch raus!«

Nancy ließ sich zurückfallen und verschränkte schnaufend die Arme.

»Dämliche Fotze«, zischte sie und sah aus dem Fenster. »Nicht mit mir.«

Sie erreichten das *Ruby's Rooms* und Nancy bezahlte Dieter. »Danke fürs Zuhören«, sagte sie und gab ihm ein großzügiges Trinkgeld.

Der Taxifahrer nickte und sagte: »Die ist echt 'ne Fotze.«

Nancy lächelte ihn an, stieg aus und ging in die Bar. Im Vorbeigehen begrüßte sie Kalle, den Türsteher. Drinnen setzte sie sich direkt an die Theke.

»Na, Nancy, wie geht's?«, fragte Rosie.

Nancy seufzte. »Ach, frag nicht. Machste mir 'nen Whiskey Cola?«

Rosie legte den Kopf kurz schief, nahm dann ein Glas und füllte es mit Eiswürfeln. »Ärger im Paradies?«, hakte sie nach, goss Whiskey und Cola ein.

»Nicht direkt. Also mit mir und Mike ist alles gut. Ach, ich erzähl es dir irgendwann. Ich mag jetzt gar nicht mehr drüber nachdenken.«

»Okay.«

Rosie stellte ihr den Drink hin und Nancy trank ihn in einem Zug leer. Dann zündete sie sich einen Zigarillo an. Immer wieder sagte sie sich in Gedanken, dass sie sich nicht verrückt machen sollte.

Wahrscheinlich war das Mareikes Plan, mietfrei in Nancys Kopf zu leben, aber das würde sie verhindern. Zur Not mit einer Zwangsräumung.

»Machste mir noch einen?«, fragte Nancy und hielt das leere Glas hoch.

»Mach mal langsam«, sagte Rosie. »Ein Drink zum Runterkommen ist ja okay, aber mach hier keine Druckbetankung. Es scheint dich ja echt was zu wurmen.«

Nancy zog an ihrem Zigarillo und massierte sich die Stirn. »Hast ja recht … gib mir lieber einen Kaffee.«

»Vernünftig.« Rosie nahm einen Becher, füllte ihn mit Kaffee und stellte ihn vor Nancy ab. »Du weißt, dass du mit mir reden kannst?«

»Das ist lieb. Danke.« Nancy drückte den aufgerauchten Zigarillo im Aschenbecher aus. »Im Moment ist mir aber nicht nach Reden.«

Verständnisvoll lächelte Rosie, nahm das leere Glas vom Tresen und wusch es in der Spüle hinter ihr ab.

Nancy umfasste den Becher mit beiden Händen und starrte in den schwarzen Kaffee. Ihr wäre es am liebsten gewesen, wenn Mareike einfach verschwinden würde. So wie das Mädchen. Das Beste wäre, wenn das Mädchen wieder auf- und Mareike dafür abtauchen würden.

Sie fand es schade, dass man solch einen Tauschhandel nicht einfach machen konnte.

»Ich geh mal frische Luft schnappen«, sagte Nancy und sprang vom Hocker.

Draußen vor der Tür fragte Nancy Kalle, ob alles in Ordnung sei.

»Ja, alles ruhig so weit.«

Nancy ließ den Blick über die Straße schweifen. »O Mann«, sagte sie und stupste Kalle an. »Da vorn sind wieder Bordsteinschwalben. Ich kümmere mich darum.«

Auf der gegenüberliegenden Straßenseite standen zwei Frauen, offensichtlich Prostituierte, die auf Kundenfang waren. Ruby-Jean duldete keine Straßenprostitution vor ihrer Haustür. Nicht allein wegen der Konkurrenz, sondern auch, weil es den Ruf des *Ruby's Rooms* schädigte. Die Frauen, die sich an die Straße stellten, waren häufig aufdringlich und sehr aggressiv. Männer, die sie abwiesen, wurden meist aufs Übelste beschimpft, und kaum einer von denen würde noch einmal hierherkommen.

»'n Abend, Ladys«, begrüßte Nancy die Frauen, als sie auf sie zuging. »Tut mir leid, euch das sagen zu müssen, aber ihr könnt hier nicht stehen.«

»Sagt wer?«, fragte eine von ihnen herausfordernd. Sie war bestimmt schon weit über sechzig, die Haut stark gebräunt und faltig.

Unwillkürlich musste Nancy auf das Dekolleté der Frau sehen, welches sie unter einem schwarzen Felljäckchen zur Schau zu stellen versuchte. Feine Falten hatten sich zwischen ihren schlaffen Brüsten gebildet. Sie erinnerte Nancy an eine abgewetzte Ledercouch.

»Das Management des *Ruby's Rooms*, dessen ausführende Kraft ich bin. Also Abmarsch.«

Verächtlich schnaubte die Alte und verschränkte ihre knochigen Arme. »Und was, wenn nicht?«

»Dann trete ich dir dermaßen in deinen knöchrigen Arsch, dass du eine neue Hüfte brauchst. Also, verpisst euch.«

»Komm schon, Inge«, sagte die andere Prostituierte fast flehend. Sie war vielleicht in Nancys Alter und trug eine schwarze Perücke mit sehr langen Haaren. »Ich habe dir doch gesagt, dass das hier keine gute Idee ist.« Sie hatte ihre Hand auf die Inges Schulter gelegt.

Ruckartig zog Inge die Schulter weg und keifte ihre Kollegin an. »Wer hat dich nach deiner Meinung gefragt? Ich mach das hier schon länger, als du auf der Welt bist! Ich lasse mir von euch Gören doch nicht meinen Job erklären!«

Inge erhob drohend die Hand und war kurz davor, der Jungen eine Ohrfeige zu verpassen. Aber Nancy packte ihr Handgelenk und verdrehte ihr den Arm nach hinten. Die Alte jammerte lautstark.

»Du solltest auf sie hören«, zischte Nancy in ihr Ohr. »Ich habe ein paar echt beschissene Tage hinter mir und große Lust, es an jemandem auszulassen. Also schwingst du deine staubige Muschi woanders hin und lässt dich hier nicht mehr blicken, verstanden?«

Wimmernd nickte sie, und Nancy ließ sie los. Wütend funkelte Inge sie an und rieb sich Arm und Schulter, sagte aber nichts. Stattdessen gab sie ihrer Kollegin mit einer Kopfbewegung zu verstehen, dass sie jetzt gehen würden.

»Es tut mir so leid«, sagte die Junge beschämt zu Nancy und folgte Inge.

»Junge, du hast der Alten ja bald den Arm ausgerissen«, sagte Kalle, als Nancy wieder am Eingang zur Bar war. Nancy antwortete nur mit einem Achselzucken und ging hinein.

Kapitel 9

Nach Feierabend trottete Nancy leicht erschöpft in die Wohnung und ließ sich auf ihr Bett fallen. Sie sehnte sich danach, dass Mike jetzt neben ihr liegen würde. Dann könnte sie sich an seine Brust kuscheln, seinem Herzschlag lauschen und einschlafen.

Doch solange er noch bei seiner Mutter und Nancy bei Ruby-Jean lebte, war so etwas schwierig. Sie überlegte, ob ein halbes Jahr Beziehung der richtige Zeitpunkt wäre, eine gemeinsame Wohnung zu nehmen. Zwar war es so im Moment für sie beide praktisch wegen der Arbeit, dennoch waren Sachen wie Intimität schwierig.

Nancy hoffte, dass sich wenigstens Mike bald eine eigene Wohnung suchen würde. Doch da seine Mutter mit einem Hexenschuss flachlag, wäre das kein guter Zeitpunkt, das Thema anzusprechen.

»Ist doch alles Scheiße«, murmelte Nancy und starrte zur Decke hinauf. Sie wünschte, dass es nur ein schlechter Traum wäre, dass Mikes Ex-Freundin um ihn herumtänzelte. Sie hoffte, dass es nur vorübergehend war.

Nancy hievte sich hoch, zog sich bis auf den Slip aus und streifte sich ihr altes *Motörhead*-T-Shirt über. Mittlerweile war es zwei Uhr morgens und sie fragte sich, ob Mike noch arbeitete. Nancys Herz wurde schwer bei dem Gedanken daran, dass Mareike bei ihm war. Allein dass sie eifersüchtig war, war für Nancy ein Zeichen der Schwäche, und sie kam sich albern vor. Mike hatte bisher nichts gemacht, trotzdem war sie auch sauer auf ihn. Sie konnte verstehen, dass er den Laden nicht allein schmeißen konnte, und es wäre egoistisch, das von ihm zu verlangen.

Nancy redete sich immer wieder ein, dass es bald vorbei sein würde. Trotzdem konnte sie nicht schlafen. Seufzend holte sie aus der Küche eine Flasche Cola und ein Glas und aus ihrem Nachtschrank eine Flasche Whiskey.

Am nächsten Morgen erwachte Nancy aus einem langen, aber wenig erholsamen Schlaf. Sie sah zum Uhrenradio auf ihrem Nachtschrank und konnte kaum die Ziffern erkennen. Nach mehrmaligem Blinzeln verstand sie, dass es Viertel nach elf war.

Stöhnend quälte sie sich hoch und hielt sich den Kopf. Ein dumpfer Schmerz setzte ein. Nancy fühlte sich völlig ausgetrocknet und ihre Augen brannten. Ihr Blick fiel auf die halb leere Flasche Whiskey auf dem Schreibtisch.

»Fuck«, stöhnte sie leise und stand auf. Wankend ging sie ins Badezimmer und pinkelte.

Beim Händewaschen sah sie im Spiegel, dass ihre Augen gerötet waren. Sie suchte aus dem Badezimmerschrank eine Schmerztablette und spülte sie mit Leitungswasser direkt aus dem Hahn hinunter. Nancy wusste, dass sie jetzt etwas essen musste, sonst würde sie Magenkrämpfe bekommen.

Sie schlurfte in die Küche. Ruby-Jean saß mit einer Tasse Kaffee am Tisch und sah Nancy erschrocken an. »Mäuschen, was ist passiert? Du siehst … scheiße aus.«

Nancy schnaubte und steckte eine Scheibe Toast in den Toaster. »Ich fühle mich auch scheiße.« Ihre Stimme war belegt und kratzig.

»Muss ich mir Sorgen machen?«

Nancy hielt inne und seufzte. Sie wusste, was Ruby-Jean mit ›sich Sorgen machen‹ meinte. Kurz bevor sie mit Mike zusammengekommen war, hatte Nancy einen Nervenzusammenbruch erlitten und war kurz davor gewesen, sich mit ihrem Revolver das Hirn wegzublasen.

Seitdem war Ruby-Jean sehr auf Nancys mentale Gesundheit bedacht, und beim leisesten Verdacht einer Depression erdrückte sie sie fast mit ihrer Fürsorge.

Nancy erinnerte sich noch gut an Ruby-Jeans Reaktion, als sie es ihr gebeichtet hatte. All die Tränen und wie sie sich Vorwürfe gemacht hatte, dass sie Nancy ausgerechnet an dem Tag alleingelassen hatte.

Da Nancy seitdem stabil war, hatte sie knapp einer Therapie entgehen können. Aber dafür hatte sie versprechen müssen, dass sie offen darüber reden würde, wenn sie etwas belastete.

»Belastet dich die Arbeit? Brauchst du heute Abend frei? Ist irgendwas mit Mike?«

Die Fragen prasselten wie ein Hagelsturm auf Nancy ein und sie hätte jede einzelne mit einem lauten *Ja* beantworten können.

»Mutti«, sagte Nancy müde. »Lass mich erst mal wach werden.«

Der Toast war fertig und Nancy bestrich die Scheibe mit Margarine. Lustlos kaute sie einen Bissen und musste sich zwingen, ihn herunterzuschlucken. Ruby-Jean legte den Kopf schief und sah Nancy mit besorgtem Blick an.

Sie wollte nicht darüber reden, denn sie wollte im Moment nicht einmal daran denken. Außerdem wollte Nancy nicht offen zugeben, dass sie sich von Mareike bedroht fühlte.

»Kann ich erst mal 'nen Kaffee trinken und selbst klarkommen?«, fragte Nancy und legte die halbe Scheibe Toast beiseite, um sich einen Becher aus dem Regal zu nehmen.

Ruby-Jean hob ergeben die Hände. »Okay, ich will dich auch nicht bedrängen. Aber du weißt, dass du mit mir über alles reden kannst. Wirklich alles.«

»Ich weiß, Mutti. Danke.« Nancy goss sich Kaffee in den Becher und sagte: »Ich trinke ihn in meinem Zimmer. Falls es dir nichts ausmacht.«

Kapitel 10

Nancy öffnete das Fenster in ihrem Zimmer, setzte sich mit ihrem Kaffee auf die Fensterbank und trank einen Schluck. Sie konnte verstehen, dass Ruby-Jean sich Sorgen machte, und Nancy war sich selbst bewusst, dass ihre Bewältigungsstrategie nicht die beste war.

Ihr Handy auf dem Nachtschrank vibrierte. Ein Anruf.

»Jesus. Kann ich mal eine Pause haben?«, sagte Nancy zu sich selbst und stieg von der Fensterbank.

Es war Mike, und Nancy zögerte ranzugehen. Zwar hatte sie ihn letzte Nacht schmerzlich vermisst, aber im Moment wollte sie lieber für sich sein.

Sie starrte auf das Display, bis die Vibration aufhörte und die Meldung *Ein verpasster Anruf* angezeigt wurde. Seufzend massierte Nancy sich die Schläfen und hoffte, dass die Tablette bald wirken würde. Sie nahm den Becher Kaffee von der Fensterbank, trank einen großen Schluck und zündete sich einen Zigarillo an.

Auf einmal kam es ihr vor, als hätte jemand die Farbsättigung heruntergeregelt. Trotz des Sonnenscheins und des blauen Himmels draußen wirkte es, als hätte alles einen Graustich.

Rauchend stand sie am Fenster, sah in die Ferne und überlegte, ob sie Mike zurückrufen oder ihm wenigstens eine Textnachricht schicken sollte.

Nachdem sie aufgeraucht hatte, setzte sie sich auf die Bettkante und starrte vor sich auf den Boden. Sie fühlte sich *unwirklich*. Wenn sie jemand gefragt hätte, was sie damit meinte, hätte sie es nicht weiter erklären können.

Dann schüttelte Nancy energisch den Kopf, als ob sie die

negativen Gefühle abschütteln wollte. Was sie kurz darauf bereute, denn die Tablette wirkte noch nicht ganz, und ein dumpfer Kopfschmerz drückte gegen ihre Schädeldecke. Zum Glück verflog er kurz darauf.

Sie würde sich von Mareike nichts kaputt machen lassen. Es war sicherlich der Plan dieser falschen Schlange, dass Nancy den Kontakt zu Mike meiden würde. Nein, nicht mit Nancy.

Sie griff nach ihrem Handy und rief Mike zurück.

»Hi«, sagte Mike am anderen Ende, und Nancy erwiderte den Gruß. »Wie geht's?«, fragte er.

»So weit ganz gut«, log Nancy. »Und selbst?«

»War wieder ein anstrengender Abend gestern. Sag mal, wollen wir irgendwo einen Kaffee trinken? Ich hab gestern eine Zwölf-Stunden-Schicht gehabt und muss mal was anderes sehen als den Pub.«

»Ja, das klingt gut.«

»Soll ich dich abholen?«

»Gerne, ich spring nur kurz unter die Dusche.«

»Okay, dann bin ich so in einer Stunde bei dir.«

»Geht klar, bis gleich.«

Nancy legte sich ein Outfit zurecht – ein *Bad-Religion*-T-Shirt, schwarze Netzstrümpfe und einen schwarz-weiß-karierten Faltenrock – und ging ins Badezimmer. Die Dusche tat gut und milderte ihren Kater. Doch dieses unbestimmte, bedrückende Gefühl blieb. Sie hoffte, dass es vorbeigehen würde.

Es klingelte an der Wohnungstür. Nancy sprang auf, ging zur Tür und atmete tief durch, ehe sie sie öffnete.

Mike stand lächelnd vor ihr, zog sie in seine Arme und küsste sie zärtlich. Dabei sog Nancy den Duft seines Aftershaves ein und fühlte sich daraufhin deutlich besser.

»Mutti, ich bin dann mal weg!«, rief Nancy in Richtung Küche.

Ruby-Jean erwiderte: »Bis später!«

»In der Stadt hat ein neuer Coffeeshop aufgemacht, wollen wir den mal ausprobieren?«, fragte Mike auf dem Weg zum Mini.

»Gerne«, antwortete Nancy.

Sie stiegen ins Auto und fuhren los. Im Radio lief *Baby did a bad bad thing* von Chris Isaak. Mike tippte mit dem Zeigefinger zum Rhythmus auf das Lenkrad.

»Wie geht's deiner Mutter?«, fragte Nancy.

»Etwas besser. Heute hat sie es alleine aus dem Bett zur Toilette geschafft, hat nach eigener Aussage auch nur zehn Minuten gebraucht. Gestern musste ich ihr noch helfen, da ging alleine gar nichts.«

»Das tut mir so leid zu hören. Richte ihr gute Besserung von mir aus.«

»Werd ich machen. Wie war dein Abend gestern?«

»Anstrengend. Gestern waren wieder zwei Bordsteinschwalben da und ich musste die verscheuchen. Und wie war's bei dir noch?«

»Ganz okay.«

Nancy sah zu Mike hinüber, der den Blick auf die Straße gerichtet hielt. Seine Antwort kam ihr ein wenig zu knapp vor und sie haderte mit sich, ob sie nachhaken oder es dabei belassen sollte.

An einer roten Ampel sah Mike sie direkt an und fragte lächelnd: »Alles okay?«

»Ja, wieso?«

»Weil du so guckst.«

»Wie guck ich denn?«

»Als würdest du mich beobachten.«

Die Ampel sprang auf Grün um und Mike fuhr weiter. Seine Hand ruhte auf dem Schaltknüppel und Nancy legte ihre auf seine. Zufrieden lächelte sie Mike an und sah danach aus dem Seitenfenster. Sie hielt sich vor Augen, dass sie jetzt Zeit miteinander verbrachten und dass sie ihn für sich allein hatte. Das wollte sie sich von Mareike nicht ruinieren lassen.

Kapitel 11

Mike war froh, dass Nancy Zeit hatte. Die Arbeit mit Mareike war anstrengend und nervenaufreibend gewesen. Er bereute es, dass er sie angerufen hatte, damit sie einsprang. Aber als seine Mutter plötzlich den Hexenschuss bekommen hatte, hatte er aus einer Kurzschlussreaktion gehandelt.

»Wollen wir draußen sitzen?«, fragte Nancy, als sie vor dem Coffeeshop standen.

»Klar«, antwortete Mike. »Kannst dich ja schon mal setzen und ich hol den Kaffee.«

Nancy schüttelte den Kopf. »Du setzt dich und ich hol den Kaffee. Heute lässt du dich mal bedienen. Was möchtest du?«

»Das ist aber lieb von dir. Ich nehme einen Cappuccino.«

Lächelnd nickte Nancy und verschwand in den Laden. Mike fand einen freien Tisch und setzte sich. Von seinem Platz aus konnte er in den Eingang sehen und beobachtete Nancy, wie sie sich an der langen Schlange anstellte.

Er kramte aus der Innentasche seiner Lederjacke eine Packung Zigaretten und steckte sich eine an. Ihm fiel auf, dass er in letzter Zeit mehr rauchte als üblich.

Mike wusste auch, warum. Dass er Nancy bisher nicht erzählt hatte, dass Mareike eine Ex-Freundin war, stresste ihn. Er hatte den richtigen Zeitpunkt verpasst, es ihr zu beichten. Beim ersten Aufeinandertreffen am Donnerstag hatte er es nicht für nötig gehalten, weil er gedacht hatte, dass es sowieso das erste und letzte Mal wäre, dass sie und Nancy sich begegneten.

Jetzt wusste er nicht, wie er es ihr erzählen sollte. Zwar hatte sie bisher keine Anzeichen von Eifersucht gezeigt, aber sie schien keine hohe Meinung von Mareike zu haben. Das hatte er gestern gemerkt. Er fragte sich, ob sie etwas ahnte.

Mike seufzte und zog an seiner Zigarette. Er wusste, je länger er es hinauszögerte, desto schlimmer würde es werden. Außerdem konnte er nicht einschätzen, wie Nancy darauf reagieren würde. Sie konnte sehr jähzornig sein, und obwohl er ihr nichts unterstellen wollte, dachte er an ihre Mutter. Diese hatte in einem Anfall von Eifersucht zwei Menschen die Schädel mit einer Axt gespalten.

Mike wusste selbst, dass es absurd war, Nancy die Tat ihrer Mutter vorzuwerfen, und er schämte sich sogar ein wenig, überhaupt auf diesen Gedanken gekommen zu sein.

Eigentlich brauchte Nancy sich auch keine Sorgen zu machen, denn Mike würde seine Beziehung zu ihr nicht wegen Mareike oder sonst wem aufs Spiel setzen.

Obwohl er nichts Verwerfliches getan hatte, fühlte er sich schuldig. Er gestand es sich nur ungern ein, aber dass Mareike nach all der Zeit so plötzlich wieder aufgetaucht war, hatte bei ihm einiges durcheinandergebracht.

Mareike hatte auch das Gespräch gesucht, was er aber gnadenlos abgeblockt hatte. Er hatte mit ihr abgeschlossen und wollte nichts davon hören, dass es ihr leidtat, was sie ihm angetan hatte. Er wollte nichts davon hören, dass sie es bereute und es der größte Fehler ihres Lebens gewesen war.

Mike drückte die aufgerauchte Zigarette aus und sah in den Coffeeshop hinein. Nancy war nicht mehr zu sehen. Sein Mund war trocken und er leckte sich über die Lippen. Trotzdem steckte er sich eine neue Zigarette an.

Er wünschte sich, dass Mareike schnell wieder aus seinem Leben verschwand. Denn sie war ein Teil seiner Vergangenheit, den er am liebsten vergessen würde.

Plötzlich kam ihm ein beängstigender Gedanke. Was, wenn sie Nancy erzählen würde, dass sie mal zusammen waren? Dann würde er als das absolute Arschloch dastehen, weil er es verschwiegen hatte.

Es war zu spät, die Bombe war scharf geschaltet und der

Timer lief. Sie würde hochgehen. Das Einzige, was er noch tun konnte, war, für eine kontrollierte Sprengung mit so wenig Kollateralschaden wie möglich zu sorgen.

Nancy kam mit den Getränken zurück und setzte sich an den Tisch. Jetzt, wo sie ihm direkt gegenübersaß, fiel ihm erst richtig auf, dass Nancy müde aussah. Sie wirkte noch blasser als sonst, und leichte Augenringe schimmerten durch ihre Haut.

»Ist mit dir alles in Ordnung?«, fragte er. »Du siehst irgendwie fertig aus.«

Nancy trank einen Schluck von ihrem Latte macchiato und antwortete: »Ich hab letzte Nacht nur beschissen geschlafen, das ist alles.« Dann lächelte sie ihn an. Es war ein mattes, leicht erzwungenes Lächeln. Die Art, die einem verstehen geben sollte, dass man sich keine Sorgen zu machen brauchte.

Mike überlegte, ob jetzt der richtige Zeitpunkt wäre, es Nancy zu beichten.

Tick … tack … tick … tack …

Er sammelte seinen ganzen Mut und wollte gerade zum Sprechen ansetzen, da sah Nancy erschrocken an Mike vorbei und zischte: »Shit!«

»Was ist los?«

Nancy sackte auf dem Stuhl zusammen und sagte leise: »Hinter dir kommen gerade die beiden Kommissare aus dem Laden, die wegen des vermissten Mädchens bei uns waren.«

Mike drehte sich nach hinten um.

»Mensch, guck da nicht so auffällig hin!«, flüsterte Nancy.

Mike drehte sich ruckartig wieder zu Nancy um. »Was ist mit denen? Ich dachte, es wäre alles in Ordnung?«

Nancy beugte sich vor und drückte ihren Zigarillo aus. »Ich hab mitbekommen, wie sie sich über meinen Nachnamen unterhalten haben. Die wissen mittlerweile bestimmt wegen meiner Mutter Bescheid. Ich hab einfach keine Lust, denen über den Weg zu laufen. Diese Kommissarin war eh schon so komisch mir gegenüber.«

Nancy sah über Mikes Schulter hinweg und beobachtete die beiden angespannt. Er widerstand dem Impuls, sich umzudrehen.

»Aber die können dir doch nichts ankreiden wegen deiner Mutter. Kannst du doch nichts für.«

»Ah, gut.« Sie entspannte sich. »Die gehen in die andere Richtung.« Sie sah Mike wieder ins Gesicht. »Ich weiß, aber trotzdem habe ich Schiss, dass sie was finden.«

»Was denn?«

Nancy schnaubte amüsiert. »Illegaler Waffenbesitz, Körperverletzung, Drohung, Nötigung. Und dass ich gelegentlich das Geld von Freiern eintreibe, zählt zur Zuhälterei, die verboten ist.«

»Shit, wenn du das so direkt aufzählst, wird mir das erst richtig bewusst. Aber ich meinte eher, ob es jetzt in letzter Zeit irgendetwas gibt, was sie dir ankreiden könnte.«

Nancy holte kurz Luft und sagte: »Illegaler Waffenbesitz, Körperverletzung, Drohung, Nötig–«

Mike unterbrach sie. »Ja, ich hab's ja verstanden. Aber die suchen ein vermisstes Mädchen, und warum sollten die anfangen, dich zu beobachten, nur wegen dessen, was deine Mutter getan hat? Ich würde mir da an deiner Stelle keine Sorgen machen.«

Nancy nickte. »Ich glaube, du hast recht. Trotzdem ist es gruselig. Irgendwie fühle ich mich jetzt beobachtet.« Sie beugte sich zu Mike vor und gab ihm zu verstehen, dass er näher kommen sollte. »Ich lass den Revolver auch jetzt im Zimmer«, flüsterte sie ihm direkt ins Ohr.

»Besser ist das«, erwiderte er. »Versuche dich einfach wie immer zu verhalten, sonst machst du dich erst recht verdächtig.«

»Das stimmt.«

Mike schoss die Hitze in die Wangen. Ihm wurde bewusst, dass sein letzter Satz genauso gut zu seiner Situation mit Mareike hätte passen können.

Er versprach sich, dass er es Nancy bald erzählen würde. Aber jetzt hatte sie genug andere Sorgen.

Kapitel 12

Mikes Worte hatten Nancy ein wenig beruhigt. Trotzdem blieb da noch die andere Sache: Mareike.

Nancy überlegte, ob sie das Thema ansprechen oder abwarten sollte, dass er es von sich aus erzählte.

Mittlerweile waren es zwei Tage, in denen er es ihr verschwiegen hatte. Obwohl Nancy fest daran glaubte, dass sie sich deswegen keine Sorgen zu machen brauchte, wuchsen die Zweifel, je länger er schwieg. Sie entschloss sich, ihm eine Vorlage zu bieten.

»Sag mal«, begann Nancy und steckte sich einen Zigarillo an. »Diese Mareike. Du hattest gesagt, sie ist eine alte Bekannte?«

Fast unmerklich zuckte Mike zusammen. *Erwischt*, dachte Nancy und wartete seine Reaktion ab.

»Ja«, antwortete Mike und zündete sich eine Zigarette an.

»Wie lange kennt ihr euch?«

»Lass mich mal überlegen … « Mike zog an seiner Zigarette und sah kurz hinauf zum Himmel. »Wir waren auf derselben Schule, haben uns aber ewig nicht mehr gesehen.«

Nancy fixierte Mike, und sie konnte deutlich sehen, dass er nervös war. Sie fragte sich, warum er ihr nicht einfach die Wahrheit sagte. Sie merkte, dass allmählich Wut in ihr aufstieg. Am liebsten hätte sie ihm ins Gesicht gebrüllt, dass er mit dem Scheiß aufhören und endlich zugeben sollte, dass Mareike seine Ex-Freundin war.

Aber Nancy tat es nicht. Schließlich liebte sie Mike, und das Letzte, was sie wollte, war, wütend auf ihn zu sein.

Nancy zog den Rauch tief in ihre Lunge. Hatte sie überhaupt ein Recht darauf, wütend auf Mike zu sein? Er hatte ihr zwar die Wahrheit verschwiegen, aber es würde keinen Unterschied machen, wenn er es ihr sagen würde. Es änderte nichts an der Tatsache, dass er und Mareike mal zusammen gewesen waren. Und ebenso wenig daran, dass sie jetzt zusammenarbeiteten. Es würde den Stachel nicht aus Nancys Herzen ziehen. Die Eifersucht würde weiterhin in ihr stecken und ihr Schmerzen bereiten.

»Möchtest du noch was?«, fragte Mike, und Nancy schüttelte den Kopf. Sie nahm ihr Handy aus der Jackentasche und tat so, als würde sie etwas lesen.

»Sorry«, sagte Nancy und stand auf. »Ich muss los. Ruby-Jean hat mir geschrieben, ist was Dringendes.«

»Oh, soll ich dich nach Hause fahren?«

»Nein, sie holt mich gleich ab. Tut mir leid.«

Ohne ein weiteres Wort zu verlieren, ging Nancy davon, und ihr Herz verkrampfte sich. Sie hatte Mike einfach sitzen gelassen und es tat weh. Kein Abschiedskuss, keine Floskel. Er schien selbst so überrumpelt von ihrem Aufbruch zu sein, dass er nichts weiter gesagt hatte.

Zügig ging Nancy durch eine Einkaufspassage, damit sie sich Mikes Blick so schnell wie möglich entzog, und als sie am anderen Ende herauskam, ging sie um die Ecke und lehnte sich an die Wand.

Nancy atmete hastig und kämpfte gegen die aufsteigenden Tränen. Der Schmerz in ihrer Brust war unerträglich. Es fühlte sich an, als hätte jemand ihr Herz in der Hand und quetschte es zusammen. Ihr wurde bewusst, dass sie selbst schuld daran war. Dass sie ihn so übereilt verlassen hatte, machte alles nur schlimmer.

Nancy machte sich Vorwürfe, dass sie überhaupt diese Gefühle hatte und dass sie nicht mit ihnen umgehen konnte.

»Oh, geht es Ihnen nicht gut?«, hörte Nancy jemanden neben sich sagen. Es war ein junger Mann im Anzug und neben ihm stand eine ältere Dame in einem knielangen Rock.

Sie hatten einen Aufsteller dabei mit Heften über die Bibel und Jesus.

Nancy rollte mit den Augen. Irgendwelche christlichen Bibelspinner hatten ihr noch gefehlt.

Die ältere Dame sagte: »Oh, Kindchen. Du siehst verloren aus.« Sie hielt Nancy eins der Heftchen hin. »Jesus sprach: *Kommt zu mir, alle, die ihr euch abplagt und belastet seid, und ich werde euch neue Kraft geben.*«

Nancy sah im Wechsel auf das Heft und zu der Frau. Es reichte ihr endgültig. »Geht mir nicht mit eurer beschissenen Religion auf die Eier!«, keifte sie. »Wegen irgendeines Scheißglaubens musste der Vater meines Freundes sterben! Wo war da euer Gott? Hä? Meint ihr, das war im Sinne Jesu? Boah, leckt mich am Arsch!«

Erschrocken ließ die Frau das Heft fallen und Nancy stürmte davon. All ihre Gedanken waren nur bei Mike, selbst bei einem Thema wie Religion.

Nancy ging immer schneller und rannte schließlich, bis ihre Oberschenkel schmerzten und ihre Lunge brannte. Erschöpft blieb sie stehen und hielt sich keuchend an einer Laterne fest. Sie spürte den Schweiß auf ihrem Rücken und fragte sich, was sie hier eigentlich tat. Es war sinnlos, vor ihren Problemen wegzurennen – abgesehen von ihrer beschissenen Kondition.

Allmählich beruhigte Nancy sich und es tat ihr ein wenig leid, dass sie die beiden vorhin so angepampt hatte. Sie waren zur falschen Zeit am falschen Ort gewesen.

Nancy merkte, dass ihre Wutausbrüche zunahmen. Erst die alte Prostituierte, jetzt die beiden Christen. Wenn sie nicht aufpasste, könnte sie noch mehr Scheiße bauen.

Sie hätte sich wenigstens vernünftig verabschieden sollen. Aber sie hatte es nicht gekonnt. Nancy gab es nur ungern zu, aber sie hatte Mike in dem Moment wehtun wollen. Wenn auch indirekt. Denn er hatte ihr wehgetan.

Wenn auch nur indirekt.

Kapitel 13

Fast eine Stunde hatte Nancy nach Hause gebraucht. Sie war den ganzen Weg gelaufen. Einerseits, weil es genauso lange gedauert hätte, bis der nächste Bus kam, und andererseits als eine Form der Selbstbestrafung.

Müde schleppte sie sich in die Wohnung. Ruby-Jean war nicht da und es kam Nancy gelegen. Sie wollte sich nur noch mit Whiskey Cola betäuben, ins Bett kriechen und schlafen. Dann fiel ihr aber ein, dass sie heute Abend noch arbeiten musste. Außerdem hatte Ruby-Jean sich heute Vormittag schon Sorgen gemacht, und wenn sie mitkriegen sollte, dass es Nancy so beschissen ging, würde das alles nur noch schlimmer machen.

Nancy ließ sich auf ihr Bett fallen und starrte die Decke an. Sie fühlte sich, als würde sie mit beiden Beinen in einem Moor stecken, das sie langsam herunterzog. Ihr Gesicht glühte vor Scham, als sie daran dachte, wie sie wortwörtlich vor Mike weggerannt war. Sie hoffte, dass er es ihr verzeihen konnte.

Die körperliche Anstrengung und die emotionale Belastung zehrten an Nancy, sodass sie einschlief.

»Mäuschen.«

Nancy merkte, wie jemand an ihr rüttelte. Mühsam öffnete sie die Augen und sah Ruby-Jean an ihrem Bett stehen.

»Es ist Viertel nach sechs. Geht's dir nicht gut? Brauchst du den Abend frei?«

Ächzend richtete sich Nancy auf und sagte: »Nein, alles gut. Ich hab vergessen, mir einen Wecker zu stellen. Sorry.«

Ruby-Jean lächelte sanft. »Okay, ich geh dann wieder ins Büro. Im Kühlschrank sind noch Reste vom Mittagessen.«

Dann verließ sie das Zimmer, und Nancy schlug die Bettdecke zurück. Für einen Moment setzte sie sich auf die Bettkante, gähnte und streckte sich. Ein leichter Schwindel überkam sie beim Aufstehen. Sie musste etwas essen, obwohl ihr nicht danach war.

Nancy musste an Mike denken und es traf sie wie herunterstürzendes Geröll. Ihr wurde bewusst, dass, wenn sie sich weiter so verhielt, sie ihn vergraulen könnte. Im schlimmsten Fall könnte sie ihn am Ende noch in Mareikes Arme treiben.

Nachdem sie aufgegessen hatte, ging sie ins Badezimmer, um sich ein wenig frisch zu machen und ihr Make-up zu richten.

Unten in der Bar war noch wenig los. Nancy setzte sich an die Theke und bat Rosie um einen Kaffee.

»Schätzchen«, sagte die Barfrau, »du siehst echt … scheiße aus.«

»Dir entgeht auch wirklich gar nichts«, erwiderte Nancy zynisch und steckte sich einen Zigarillo an. Rosie legte kurz besorgt den Kopf schief, dann drehte sie sich um, um Nancy einen Kaffee fertig zu machen.

»Dieter hat mir erzählt, dass du dich letztens ganz schön aufgeregt hast«, sagte Rosie und stellte Nancy den Becher hin.

Schweigend nippte sie an ihrem Kaffee.

»Wegen irgendeiner Ma…rianne? Marion? Marie?«

Nancy stöhnte genervt. »Mareike.«

»Mareike, genau. Wer ist das?«

Nancy massierte sich mit einer Hand die Schläfe und dachte, dass, wenn man ihren Namen jetzt noch ein drittes Mal aussprach, sie möglicherweise hinter einem auftauchen würde. »Nicht so wichtig«, sagte Nancy, drehte sich halb auf dem Hocker herum und ließ den Blick durch die Bar schweifen.

Dann sah sie Mike durch den Eingang hereinkommen und drehte sich blitzschnell zu ihrem Kaffee um. Sie wurde nervös, denn sie konnte nicht einschätzen, was er jetzt hier wollte.

Er stellte sich neben sie, stützte sich mit den Unterarmen auf der Theke ab und sagte leise zu Nancy: »Hey.«

»Hey … « Sie sah ihn kurz aus dem Augenwinkel an und dann auf ihren fast leeren Kaffeebecher vor sich. »Musst du nicht arbeiten?«, fragte sie, ohne aufzublicken.

»Im Moment ist nicht so viel los, da kann ich Mareike kurz allein lassen.«

Nancy lachte auf und wandte sich Mike zu. »Hoffentlich fackelt sie den Pub nicht versehentlich ab.«

Er schmunzelte und rieb sich den Nacken, dann setzte er sich auf den Hocker neben ihr. »Sag mal«, begann er, sah kurz hoch und dann zu Nancy. »Was war heute los?«

Nancy seufzte, starrte auf ihren Zigarillo, der bis zum Filter abgebrannt war, und drückte ihn im Aschenbecher aus.

»Ist es wegen … *ihr*?«, hakte er nach, und Nancy brauchte einen Moment, bis sie sich zumindest zu einem Kopfnicken durchringen konnte. Zaghaft berührte er ihre Hand, die auf der Theke ruhte. »Ich muss dir was beichten«, sagte er leise und drückte sanft ihre Hand.

Nancy drehte den Kopf zu ihm und sah ihm direkt in die grauen Augen.

Mike atmete tief durch, ehe er sagte: »Ich war nicht ganz ehrlich zu dir. Bevor du dich aufregst, hör mir bitte zu.«

Nancy senkte den Blick auf seine Hand, die ihre hielt.

»Also … Es stimmt, dass ich sie von früher kenne, aber wir waren nicht nur Bekannte. Wir waren mal … « Er holte tief Luft und stieß sie seufzend aus. »… zusammen. Sie ist meine Ex. Es tut mir leid, ich hätte es dir gleich sagen sollen. Ich hab aber irgendwie den Zeitpunkt verpasst.«

»Ich weiß«, flüsterte Nancy und sah Mike an.

Verdattert fragte er: »Was? Woher?«

»Am Donnerstag hab ich zufällig euer Gespräch mitgehört. Da hab ich eins und eins zusammengezählt.«

»Warum hast du nichts gesagt?«

»Warum hast *du* nichts gesagt?«

Mike schien darauf keine Antwort zu wissen. Zögerlich fragte er: »Bist du sauer auf mich?«

Nancy drehte ihre Hand herum, sodass sie ihre Finger zwischen seinen einhaken konnte, und drückte fest zu. »Ein wenig. Ich kann verstehen, dass es schwierig ist, so etwas zu erzählen. Trotzdem hatte ich das Gefühl, dass du mich belogen hast.«

»Es tut mir leid … Ich wollte es dir sagen, ich wusste nur nicht, wie. Ich konnte ja schlecht sagen: *Hey, das ist übrigens meine Ex.*«

Mike näherte sich Nancys Gesicht und drückte seine Lippen sanft auf ihre Wange. Sie drehte den Kopf und küsste ihn auf die Lippen.

»Ich liebe *dich*«, flüsterte er in ihr Ohr.

Nancy stieg vom Hocker und umarmte Mike. Er drückte sie fest an sich.

»Es tut mir leid, dass ich mich so verhalten habe«, sagte Nancy und sah zu ihm auf.

Mike streichelte lächelnd über ihren Rücken. »Ist schon gut, es war auch meine Schuld.« Er stützte sein Kinn auf ihrem Kopf ab und sagte: »Ich hab noch etwas Zeit, bis ich wieder zum Pub muss. Können wir irgendwohin, wo wir ungestört sind?«

Kapitel 14

Eng umschlungen ließen Mike und Nancy sich auf ihr Bett fallen. Es fiel ihr schwer, nur für einen Moment von ihm zu lassen, damit er sein Hemd aufknöpfen und seine Hose ausziehen konnte.

Völlig nackt lagen sie aufeinander und Nancy genoss es, seinen warmen Körper direkt auf ihrem zu spüren. Sie wollte den Akt selbst so lange wie möglich hinauszögern. Denn mit dem Orgasmus wäre diese Nähe abrupt vorbei. Doch irgendwann hielt sie es nicht mehr aus und ihr Unterleib schrie förmlich nach seinem.

Als könnte Mike ihre Gedanken lesen, begann er mit langsamen Bewegungen. Er hielt sogar zwischenzeitlich kurz inne, und sie lagen für einen Augenblick auf- und ineinander. Schwer atmend versuchte Nancy, sich nicht zu bewegen, und sie merkte, dass es ihm auch schwerfiel, sich weiter zu beherrschen.

Langsam, aber gleichmäßig bewegte er sich wieder, wurde allmählich schneller. Keuchend klammerte Nancy sich an seinen Rücken, überkreuzte ihre Beine um seine Hüfte.

Beim Höhepunkt sahen sie sich direkt in die Augen, und obwohl sie schon einige Male miteinander geschlafen hatten, war es diesmal eines der intensivsten Male.

Nancy lag an Mikes Brust und er streichelte mit seiner Hand über ihren Arm.

»Ich feuere sie bei der nächstbesten Gelegenheit«, sagte er und küsste Nancy auf die Stirn.

»So dusselig, wie die sich anstellt, kannst du das wahrscheinlich schon heute Abend machen.« Nancy schmunzelte.

Mike lachte kurz auf. »Das stimmt. Wie spät ist es eigentlich?«

Nancy hievte sich hoch und sah über Mike hinweg zu ihrem Uhrenradio auf dem Nachtschrank. »Fast halb neun.«

Er verzog das Gesicht. »Dann muss ich bald los.«

»Ja, sonst fackelt sie wirklich noch den Pub ab. Und wenn es nur für die Aufmerksamkeit ist.«

»Wie meinst du das?«

Nancy richtete sich auf und beugte sich über Mike. »Sie hat das Tablett mit Absicht fallen lassen. Das hab ich zwei Typen vor dem Pub sagen hören. Sie haben es genau beobachtet.«

»Ernsthaft? Diese blöde …«

»Kuh?«

»Das wäre noch zu nett ausgedrückt!«

Mike richtete sich ruckartig auf, und Nancy wich zurück.

»Sie hat mir was vorgeheult von wegen, dass ihr das damals alles so leidtut. So ein Scheiß! Sie ist genau die gleiche falsche Schlange wie damals!«

»Warum regt dich das jetzt so auf?«, fragte Nancy und stand auf, um ihr T-Shirt vom Boden aufzuheben.

»Weil ich ihr geglaubt habe.«

Beim Überziehen des Shirts hielt Nancy inne, senkte ihre Arme wieder und sah Mike direkt an. »Bitte was?«

Er setzte sich auf die Bettkante, stützte seine Unterarme auf die Knie und sagte: »Es ist jetzt nicht so, dass ich ihr irgendwas verziehen hätte. Aber ich hatte echt gedacht, dass sie sich geändert hätte. Ich fühl mich so verdammt dämlich.«

»Ich verstehe auch nicht, warum du ihren Mist geglaubt hast. Außerdem, warum juckt dich das überhaupt?«

Mike seufzte lange. Nancy zog sich das T-Shirt an und setzte sich neben ihn.

»Ich weiß nicht, wie ich es erklären soll …«

Nancy legte den Kopf schief und runzelte die Stirn.

»Ich ärgere mich heute noch darüber, dass ich mich so hab manipulieren lassen und danach so abgestürzt bin. Ich fand es halt ganz nett, dass sie sich für die Scheiße damals entschuldigt hat. Damals war man halt jung und dumm, dachte ich. Irgendwie hätte ich mich besser gefühlt, wenn sie im Grunde doch kein *soo* schlechter Mensch wäre. Dass sie aus der Sache vielleicht was gelernt hätte. Aber zu wissen, dass ich jahrelang wegen so einer im Arsch war … Tut mir leid, eigentlich sollte ich dir das so nicht erzählen. Ich schmeiß sie raus. Versprochen. Das Ganze war ein Fehler.«

Nancy stand auf, stellte sich vor Mike und küsste ihn auf die Stirn. »Sag mir dann Bescheid«, sagte sie und grinste. »Ich will ihre dumme Fresse dabei sehen.«

Er umfasste sanft ihr Gesicht und küsste sie. »Ich liebe dich«, flüsterte er.

»Ich liebe dich auch.«

Nachdem Nancy und Mike sich wieder angezogen hatten, öffnete sie das Fenster. Sie lehnten sich an die Fensterbank und rauchten. Zu wissen, dass Mareike bald endgültig der Vergangenheit angehören würde, war eine gewaltige Erleichterung für Nancy.

»Weißt du, was?«, fragte Mike und zog an seiner Zigarette. »Ich werde es jetzt gleich tun. Sobald ich wieder im Pub bin, sage ich ihr, dass sie gekündigt ist. Fristlos.«

»Ich komm mit«, sagte Nancy und drückte ihren Zigarillo aus. »Ich hab das ernst gemeint. Ich will sehen, wie du sie feuerst. Es fällt wahrscheinlich eh nicht auf, wenn ich noch 'ne Weile weg bin.«

Kapitel 15

Sie erreichten den Pub und gingen durch den Vordereingang. Daraufhin bot sich ihnen ein Anblick, bei dem es Nancy die Sprache verschlug.

Mareike stand hinter der Theke und schlug panisch mit einem Geschirrtuch auf die brennende Irland-Flagge ein.

»Verdammte Scheiße«, hauchte Mike ungläubig, eilte zu ihr, riss die Flagge von der Wand und schleuderte sie in das Spülbecken. Dann drehte er das Wasser auf und löschte das Feuer. Qualm stieg auf.

Kurz darauf kreischte der Rauchmelder an der Decke. Völlig verängstigt stand Mareike da und heulte. Nancy musste sich das Lachen verkneifen. Mike stürmte in die Küche und kam mit einem Besen wieder. Er versuchte, den Rauchmelder mit dem Besenstiel zum Schweigen zu bringen. Es brauchte ein paar Anläufe, bis er den Knopf erwischte und das ohrenbetäubende Piepen aufhörte. Die Gäste im Pub applaudierten.

»*For fuck's sake!*«, schrie Molly, die über den Hintereingang hereingekommen war. Ihre Haltung war gebeugt und sie humpelte.

»Shit«, zischte Mike und umklammerte den Besen fest.

Mollys Blick wanderte von der verbrannten Flagge zu Mike und schließlich zu Mareike. »Was zur Hölle ist hier gerade passiert?«, fragte Molly aufgebracht und verzog vor Schmerzen das Gesicht. Sie stützte sich mit einer Hand an der Theke ab und hielt sich mit der anderen den Rücken.

Mike fasste ihr an die Schulter und sagte: »Mum, du sollst dich doch ausruhen.«

Sie schlug seine Hand weg und fauchte: »Komm mir jetzt nicht so! Da falle ich ein paar Tage aus, und du fackelst bald den Pub ab.« Dann zeigte sie auf Mareike. »Und wo kommt sie jetzt auf einmal her?«

»Frau Finnegan«, schluchzte Mareike. »Es tut mir so leid, ich wollte nicht … «

»Sie arbeitet hier«, sagte Mike kleinlaut und sah zu Boden. »Vertretungsweise.«

»*Jesus, Mary, Joseph and the wee donkey* … Mike, komm mal mit.« Molly humpelte zu der Tür mit der Aufschrift »Privat«.

Hilfesuchend sah Mike kurz zu Nancy, und sie antwortete mit einem hilflosen Achselzucken. Seufzend lehnte er den Besen an die Theke.

»Los!«, rief seine Mutter, und Mike eilte ihr nach.

So schadenfroh Nancy auch über Mareikes Ungeschicklichkeit war, so sehr hatte sie jetzt Mitleid mit Mike. Trotz der geschlossenen Tür konnte Nancy deutlich hören, wie Molly ihren Sohn zusammenschiss.

»Das hast du ja ganz toll hinbekommen«, sagte Nancy verächtlich zu Mareike, die sich mittlerweile beruhigt hatte. Mareike glotzte sie nur entsetzt an und schniefte.

»Kriegen wir noch drei Guinness oder müssen wir erst die Feuerwehr zur Verstärkung rufen?«, rief einer der Gäste von seinem Platz aus, und seine beiden Kumpane brachen in schallendes Gelächter aus.

Mareike wurde knallrot und lief zu den Zapfhähnen. Zitternd hielt sie das Glas unter den Hahn und es drohte ihr aus den Händen zu gleiten. Nancy konnte das nicht länger mitansehen und ging zu ihr.

»Lass mich mal«, sagte sie ruhig. »Setz dich, komm erst mal runter. Bringt nix, wenn du noch mehr kaputt machst.«

Mareike nickte und machte Nancy Platz. Sie zapfte die drei Biere, stellte sie auf ein Tablett und brachte sie zu den Spaßvögeln. Wortlos stellte Nancy die Gläser ab, und einer der Männer beobachtete sie dabei genau.

»Könntest ruhig mal lächeln«, sagte er mit einem schmierigen Grinsen. »Siehste bestimmt hübscher aus.«

»Könntest ruhig mal die Fresse halten«, erwiderte Nancy. »Wirkste bestimmt intelligenter.«

Seine Kumpels grölten und Nancy ging zurück zur Theke, ohne sie weiter zu beachten. Sie sah zur Tür, hinter der Mike gerade einen verbalen Einlauf von seiner Mutter bekam. Es war verdächtig ruhig dahinter geworden.

»Danke«, sagte Mareike leise.

Nancy drehte sich zu ihr um. »Ich hab das für Mike gemacht, nicht für dich. Nur damit das klar ist.«

Ohne aufzusehen, nickte Mareike hastig. »Ich weiß. Du hast wirklich Glück mit ihm.«

»Ich weiß.«

Die Tür ging auf und Nancy sah so erwartungsvoll hin, als würde man den neuen Papst verkünden. Mike trat heraus. Er schien um einige Zentimeter geschrumpft zu sein. Sein Blick und seine Schultern hingen herab, dann sah er zu Nancy auf und gab ihr mit einem Nicken zu verstehen, dass sie ihm folgen sollte.

Sie gingen zum Hintereingang und Mike zündete sich draußen eine Zigarette an. Er nahm einen tiefen Zug und sah zum Himmel hinauf.

Vorsichtig fragte Nancy: »Und?«

»Ich hab Stubenarrest.«

»Was? Ernsthaft?«

»Ernsthaft. Wenn ich nicht arbeiten bin, soll ich zu Hause sein.«

»Aber du hast die Flagge nicht angezündet, das war diese dusselige Pute.«

»Es geht nicht nur darum. Ich habe Mareike ohne Mums Einverständnis eingestellt. Und ich habe sie vorhin allein gelassen.«

»Das ist trotzdem nicht fair!«, protestierte Nancy.

Mike winkte ab. »Sie ist immer noch mein Boss und ich ihr Angestellter. Mutter hin oder her. Sie hat auch gesagt, dass ich von Glück reden kann, dass sie mich nicht rausschmeißt.

Sowohl aus der Wohnung als auch aus dem Pub.«

»So eine Scheiße … Und wie lange hast du jetzt Stubenarrest?«

»Mindestens zwei Wochen. Mittwoch hab ich Freigang, weil da eh Ruhetag ist.«

Nancy konnte es kaum fassen. Jetzt musste Mike die Scheiße ausbaden, die Mareike gebaut hatte.

»Und was ist jetzt mit *ihr*?«, fragte Nancy und steckte sich einen Zigarillo an.

»Mareike soll erst mal bleiben. Es passt Mum zwar auch nicht, aber solange sie noch nicht wieder fit ist, soll sie hier noch arbeiten. Ich hab ihr gesagt, dass ich auch bereit bin, alleine zu arbeiten. Aber da ist sie strikt dagegen. Weil sie befürchtet, dass ich mich überarbeite und Fehler mache. Jetzt soll ich auch noch ein Auge auf Mareike haben, damit so eine Scheiße nicht noch mal passiert.«

Nancys Innereien versackten. Nicht nur, dass sie Mike jetzt kaum sehen konnte, jetzt war er gezwungen, mit Mareike Zeit zu verbringen. Zeit, die eigentlich Nancy zustand.

Sie fühlte sich betrogen.

Kapitel 16

»Es tut mir so leid«, jammerte Mareike, als Nancy und Mike wieder im Pub waren. Wortlos ging Mike hinter die Theke und warf die klatschnasse, verkohlte Flagge in den Mülleimer. Nancy musste sich beherrschen, nicht auf Mareike zuzustürmen und ihr mit voller Wucht eine Ohrfeige zu verpassen.

»Wie ist das überhaupt passiert?«, fragte Mike und wischte das Spülbecken aus.

Mareike knetete ihre Finger und antwortete zögerlich: »Jemand wollte einen *Bailey's Comet* und den zündet man ja an, und ich hatte den so in der Hand und hab mich rumgedreht und dann ist was gegen die Flagge gespritzt.«

Nancy fasste sich an die Stirn und seufzte. Sie sah zu Mike, der weiterhin schweigend sauber machte. Sie ballte die Hände zu Fäusten, und jeder Muskel in ihrem Körper spannte sich an.

»Hast du dolle Ärger bekommen?«, fragte Mareike, woraufhin Mike nickte. »Es tut mir so –«

»Ach, halt die Klappe!«, blaffte Nancy, und Mike sah erschrocken auf. »Ich kann's nicht mehr hören! Du dämliches Stück Sch–«

»Nancy!«, unterbrach er sie. »Lass es gut sein. Jetzt ist es passiert und fertig.«

Mareikes Augen füllten sich mit Tränen und sie lief zu den Toiletten.

»Na großartig«, grummelte Mike und sah Nancy mit einem verständnislosen Blick an.

»Was denn?«, erwiderte Nancy. »Sie hat Scheiße gebaut und du musst es ausbaden. Das soll sie auch wissen.«

»Ja, ich weiß. Aber es nützt nichts, sie weiter zum Heulen zu bringen.«

Ergeben hob Nancy die Hände. »Sorry«, sagte sie kleinlaut und sah zu den Toiletten. Sie presste den Kiefer zusammen und sagte zähneknirschend: »Ich geh hin und rede mit ihr.«

Widerwillig ging Nancy zum Damenklo und hörte schon von Weitem Mareike schluchzen.

»Mareike?«, fragte sie durch die abgeschlossene Kabinentür.

»Geh weg!«, fauchte Mareike, und am liebsten wäre Nancy auch wieder gegangen. Dann hätte sie Mike sagen können, dass sie es wenigstens versucht hatte. Aber sie hatte gemerkt, wie sehr die ganze Situation ihn belastete, und er hatte recht. Es nützte nichts, weiter Öl ins Feuer zu gießen.

Nancy atmete tief ein und wieder aus. »Hör mal«, sagte sie, und es kostete sie große Überwindung, weiterzusprechen: »Es tut mir … leid. Was ich da eben gesagt hab.«

Als Antwort folgte ein lautes Schniefen.

Nancy seufzte. »Also ist jetzt alles wieder gut?«

Die Tür wurde entriegelt und langsam aufgezogen. Mareike trat hervor und nickte. Ihr Gesicht war gerötet und die Augen verquollen. Sie war wirklich ein jämmerlicher Anblick.

»So«, sagte Nancy, »jetzt wischst du dir die Tränen ab, machst dich frisch und reißt dich zusammen.«

Mareike trottete zum Waschbecken, riss ein paar Papiertücher aus dem Spender und machte ihr Gesicht sauber. »Weißt du«, sagte sie leise, »ich brauche diesen Job wirklich. Mein Freund hat mich rausgeschmissen. Von heute auf morgen.«

Nancy interessierte sich nicht dafür. Sie wollte nicht eine Unze mehr Mitleid mit ihr haben. »Tja, dann solltest du aufhören, dich so dämlich anzustellen.«

»Ich weiß … Ich werde mir ab sofort mehr Mühe geben.«

»Großartig«, erwiderte Nancy trocken und war im Begriff, sich umzudrehen und zu gehen, da fiel ihr etwas ein.

»Ach ja, übrigens«, sagte sie, »ich behalte dich im Auge.«

Mareike sah sie mit großen Augen an, sagte aber nichts

weiter. Nancy ging wieder zurück zu Mike, der gerade ein paar Bier zapfte.

»So, alles wieder gut«, sagte Nancy.

Mike lächelte matt. »Ich weiß, dass die ganze Situation scheiße ist. Und mir passt das auch nicht.«

Nancy winkte ab. »Schon gut. Ich merk ja, wie dich das stresst. Da brauchst du nicht noch einen Zickenkrieg.«

»Danke.«

Nancys Handy vibrierte in ihrer Jackentasche. Ruby-Jean rief an und Nancy nahm ab.

»Wo bist du?«, fragte Ruby-Jean.

»Im Pub.«

Ruby-Jean atmete erleichtert auf. »Ich hab mir schon Sorgen gemacht, weil du so schlecht drauf warst vorhin. Das nächste Mal sagst du Bescheid, okay?«

»Ja, tut mir leid. Ich mach mich jetzt auch auf'n Weg.«

»Gut, dann bis gleich.«

Sie legte auf und rief als Nächstes Dieter an. Währenddessen beobachtete sie Mike, wie er Bier und Schnäpse servierte. Als er wieder zur Theke ging, sagte sie ihm, dass sie losmusste.

»Okay, wir schreiben uns dann. Mittwoch werde ich auf jeden Fall Zeit haben.«

Sie gaben sich einen kleinen Kuss zum Abschied und Nancy ging hinaus. Kaum hatte sie einen Zigarillo geraucht, fuhr auch schon das Taxi vor.

Kapitel 17

Dieses Mal hatte Nancy nicht das Bedürfnis, mit Dieter zu reden. Zugegebenermaßen war sie auch ein wenig angesäuert, dass er Rosie von Nancys letzter Schimpftirade erzählt hatte. Stattdessen nutzte sie die Zeit während der Fahrt dafür, ihre Gedanken und Gefühle zu sortieren. Doch das fiel ihr ausgesprochen schwer, da es ein ziemliches Durcheinander war.

Alles, was Nancy jetzt noch wollte, war, ihre Schicht im *Ruby's Rooms* abzusitzen und ins Bett zu gehen. Obwohl sie wusste, dass Schlafen ihr nach dem ausgiebigen Nickerchen heute Nachmittag schwerfallen würde. Trotzdem spürte sie eine Schwere, die sie herunterzog. Sie hoffte, dass sie in den Schlaf finden würde.

Nachdem Dieter sie am *Ruby's Rooms* abgesetzt hatte, ging sie in die Bar und setzte sich an ihren Platz an der Theke.

»Du warst ja ganz schön lange mit Mike weg«, sagte Rosie mit einem Augenzwinkern.

Nancy steckte sich einen Zigarillo an und ging nicht weiter darauf ein, stattdessen fragte sie: »Krieg ich 'nen Kaffee?«

Rosie nickte, und nachdem sie den Becher vor Nancy abgestellt hatte, sagte sie: »Du scheinst in letzter Zeit nicht gut drauf zu sein. Du weißt, dass du mit mir reden kannst?«

Nancy nippte an ihrem Kaffee und nickte. »Ich weiß, danke. Es ist nur so … Ich muss mich selbst erst mal sortieren. Das waren in den letzten drei Tagen eine Menge Eindrücke, die ich erst einmal verarbeiten muss.«

Verständnisvoll lächelte Rosie.

»Mäuschen, da bist du ja«, sagte Ruby-Jean und drückte Nancy fest an sich. »Ich hab mir schon Sorgen gemacht. Rosie hat mir gesagt, dass du mit Mike weg bist. Ich hab ja Verständnis dafür, dass du Zeit mit ihm verbringen möchtest. Aber ich hab dir doch gesagt, dass du mir nur Bescheid geben musst, wenn du frei brauchst. Du kannst doch nicht einfach so verschwinden.«

»Sorry«, nuschelte Nancy an Ruby-Jeans üppige Brust gepresst. Allmählich wurde es für sie erdrückend. Nicht nur die Umarmung, sondern dass ständig alle ihr anboten zu reden und sich Sorgen machten. Nachdem Ruby-Jean von ihr abgelassen hatte, schnappte Nancy nach Luft.

»Und wie geht es Mike?«, fragte Ruby-Jean und zündete sich eine Zigarette an, die sie in ihre schwarze Zigarettenspitze steckte.

»Ähm, ja«, antwortete Nancy. »Der hat Stubenarrest.«

»Was?«

Nancy erzählte Ruby-Jean alles. Davon, dass Molly einen Hexenschuss hatte, dass Mike ohne ihre Zustimmung seine Ex-Freundin eingestellt hatte und dass diese vorhin im Pub die irische Flagge angesengt hatte.

»Das ist aber auch unsensibel von ihm, vor allem dir gegenüber«, sagte Ruby-Jean und zog an ihrer Zigarette.

Nancy antwortete mit einem Achselzucken. »Muss ich mich jetzt mit abfinden.«

Ruby-Jean legte den Kopf schief und sah Nancy direkt in die Augen. Sie wollte gerade zum Sprechen ansetzen, da hörten sie Gebrüll.

Nancy drehte sich zum Ursprung des Lärms um und sah zwei Männer, die sich drohend gegenüberstanden.

»Wenn du Stress willst«, blaffte der eine, »dann können wir das gerne draußen klären!«

»Ich hau dir auch gleich hier eine aufs Maul!«, brüllte der andere und hielt die Faust hoch.

Nancy sprang vom Hocker, ging ein paar Schritte auf sie zu und rief: »Hey!«

Die beiden Männer wandten sich ihr zu und einer fragte:

»Was mischst du dich jetzt ein?«

»Raus hier, aber zügig!«, zischte Nancy und zeigte zum Ausgang.

Der zweite Mann nutzte die Ablenkung, um dem ersten einen Kinnhaken zu verpassen. Kaum hatte der sich von dem Schlag erholt, packte er seinen Kontrahenten am Kragen und schubste ihn auf den Tisch.

»O Mann …«, seufzte Nancy. Von dem Tumult alarmiert kam Kalle in die Bar, sah kurz zu den sich Prügelnden und dann zu Nancy. Sie nickte und gemeinsam versuchten sie, die Männer auseinanderzureißen.

»Jetzt ist mal gut hier!«, brüllte Kalle und hielt einen im Schwitzkasten. Der andere war im Begriff, auf ihn einzuschlagen, doch Nancy schubste ihn weg. Zügig rappelte er sich auf und wollte auf sie zustürmen, da packte sie einen Stuhl und hielt ihn mit den Beinen voran zur Abwehr vor sich.

Manni kam angelaufen, schnappte sich den Angreifer von hinten und zog ihn von Nancy weg. In der Zwischenzeit schleppte Kalle den ersten Kerl nach draußen, kurz darauf folgte Manni ihm mit dem anderen.

Keuchend stellte Nancy den Stuhl ab und setzte sich darauf. Erst jetzt bemerkte sie, dass alle Gäste in der Bar ihre Blicke auf sie und den Schauplatz dieser Szene gerichtet hatten. Selbst die Tänzerin auf der Bühne hatte mitten in ihrer Show innegehalten und sah sie erschrocken an.

»Verfickte Scheiße«, murmelte Nancy und rieb sich die Stirn.

Ruby-Jean kam zu ihr und legte eine Hand auf ihre Schulter. »Alles okay?«, fragte sie mitfühlend.

»Ja«, antwortete Nancy knapp, stand auf und ging zur Theke.

Ruby-Jean drehte sich um und sagte laut zu allen Anwesenden: »So ein paar Störenfriede werden uns hier nicht den Abend vermiesen! Also, weiter im Programm!«

Die Tänzerin auf der Bühne nickte, ein neuer Song wurde

abgespielt und sie startete ihre Choreografie.

»Gut, dass wir ein paar neue Leute haben«, sagte Ruby-Jean zu Nancy.

»Allerdings«, erwiderte sie, dann drehte sie sich zur Bühne, denn sie kannte das Lied. Die Tänzerin räkelte und drehte sich an der Stange zu *Baby did a bad bad thing* von Chris Isaak.

Kapitel 18

Nach Feierabend ging Nancy in ihr Zimmer. Ihr Blick fiel auf ihr Bett, und die zerwühlte Decke erinnerte sie daran, was sie vor wenigen Stunden dort mit Mike getan hatte. Für einen Moment blieb sie davor stehen und seufzte, ehe sie sich für die Nacht umzog.

Als sie im Bett lag, konnte sie an ihrem Kopfkissen sein Aftershave riechen.

Ihr kam der Gedanke, dass sie im Pub aushelfen könnte und Mareike so überflüssig wurde. Doch irgendwie war ihr nicht wohl dabei. Nancy hatte keine Erfahrung in dem Job und es würde ihr unglaublich schwerfallen, immer freundlich zu bleiben.

Sie gestand es sich nur ungern ein, aber sie hatte auch Angst davor, ebenfalls Fehler zu machen und Mike zu enttäuschen. Es fühlte sich einfach nicht richtig an, so als würde Mike als Türsteher aushelfen wollen. Zwar klang es seltsam, aber Nancy wollte Privatleben und Arbeit getrennt halten.

Am nächsten Morgen wurde Nancy von der Türklingel geweckt. Ihr fiel ein, dass es Sonntag war, und da kam Angus immer zum Frühstück.

Als sie ins Wohnzimmer trat, saßen Ruby-Jean und Angus bereits am gedeckten Tisch und unterhielten sich.

»Guten Morgen«, unterbrach Nancy, setzte sich und goss sich einen Kaffee ein.

»Morgen«, erwiderte Angus.

»Morgen, Mäuschen«, sagte Ruby-Jean und wandte sich wieder Angus zu. »Ja, aber findest du das alles nicht ein wenig übertrieben?«

»Ich mische mich da nur ungern ein«, antwortete er und klopfte mit dem Löffel auf das gekochte Ei.

»Worum geht's?«, fragte Nancy und nippte an ihrem Kaffee.

Ruby-Jean griff zur Butter. »Ich hab Angus eben von Mikes Stubenarrest erzählt.«

»Mutti«, stöhnte Nancy und fasste sich an die Stirn.

»Was denn? Er ist sein Onkel, da darf er das doch wissen. Also.« Ruby-Jean wandte sich wieder an Angus. »Ich dachte, du könntest vielleicht mit deiner Schwester reden.«

Angus pellte das Ei und streute etwas Salz darauf. »Molly mag es gar nicht, wenn ich mich in ihre Erziehung einmische.«

»Der Junge ist sechsundzwanzig. Da gibt es nicht mehr viel zu erziehen, wenn du mich fragst.«

Angus löffelte sein Ei und antwortete mit einem Achselzucken. »Es ist ihr Pub.«

»Ja, aber trotzdem.« Ruby-Jean klang beleidigt.

Nancy nahm sich ein Brötchen aus dem Korb und schnitt es auf. Die ganze Unterhaltung war ihr unangenehm und sie hoffte, dass Ruby-Jean es jetzt aufgeben würde.

»Ich setze noch mal Kaffee auf«, sagte Ruby-Jean und ging in die Küche.

»Nancy, kann ich dich später mal sprechen?«, fragte Angus leise. Überrascht hielt sie inne und nickte. »Ich brauche nämlich deine Hilfe. Komm heute Abend ins Clubhaus, da erkläre ich dir alles.«

Nach dem Frühstück ging Nancy in ihr Zimmer und rauchte am offenen Fenster einen Zigarillo. Sie fragte sich, was Angus wohl von ihr wollte. Er hatte sehr geheimnisvoll getan und war darauf bedacht gewesen, dass Ruby-Jean nichts mitbekam.

Was auch immer es war, es musste etwas sein, bei dem nur Nancy helfen konnte. Sie war froh darüber, dass sie etwas zu tun bekam. Es lenkte sie von der ganzen Situation mit Mike und Mareike ab.

Nancy presste ihren Kiefer zusammen bei dem Gedanken, dass sie Mareike fast losgeworden wäre, wenn die blöde Kuh nicht die Flagge in Brand gesteckt hätte.

Ihr Handy vibrierte. Es war eine Textnachricht von Mike.

»Am Freitag ist im Pub Livemusik. Würde mich freuen, wenn du kommst.«

»Ich werde mir freinehmen. Ist deine Mutter noch sauer?«

»Stinksauer. Aber die Schmerzmittel machen sie zum Glück so müde, dass ich die meiste Zeit meine Ruhe hab.«

»Vielleicht beruhigt sie sich in ein paar Tagen.«

»Hoffentlich. Tut mir leid, wie das alles gelaufen ist. Ist alles meine Schuld.«

Nancy lächelte unwillkürlich. Es beruhigte sie, dass Mike Einsicht zeigte. Denn er war nicht ganz unschuldig an dem Schlamassel.

»Schon gut«, tippte Nancy und überlegte, was sie noch schreiben sollte, da schrieb Mike: »Ich liebe dich.«

»Ich liebe dich auch.«

Kapitel 19

Am Abend traf sich Nancy mit Angus am Clubhaus der *Sick Boys*. Sie wurde freundlich von den Mitgliedern des Motorradclubs begrüßt und ihr wurde prompt ein Bier angeboten, welches sie dankend ablehnte.

»Also, wobei brauchst du meine Hilfe?«, fragte Nancy, während sie sich auf der schwarzen Ledercouch niederließ und sich einen Zigarillo ansteckte.

»Du musst mir versprechen, dass du das vertraulich behandelst«, sagte Angus und drehte sich eine Zigarette. »Kein Wort zu Ruby-Jean oder Mike.«

»Sag mir erst, worum es geht.«

»Okay, also«, begann Angus, steckte sich die Zigarette an und fuhr sich mit der Hand durch den langen Bart. »Wir haben ein Problem mit einem Kunden. Wir sind ja in der Herstellung und im Vertrieb von gewissen Pflanzen tätig. Besagter Kunde hat uns Ware gestohlen, und da wollte ich dich fragen, ob du uns helfen könntest, sie wiederzubeschaffen oder wenigstens dafür zu sorgen, dass wir finanzielle Entschädigung erhalten.«

Nancy legte den Kopf schief und sagte: »Moment, irgend so ein Flachwichser hat euch Gras geklaut und ich soll entweder das Zeug zurückholen oder ihm das Geld dafür abknöpfen?«

Angus lachte auf. »Genau. So direkt wollte ich es jetzt nicht ausdrücken, aber ja.«

»Aber warum ich? Du hast doch genug Gorillas hier. Die könnten ihn ohne Weiteres mit der Unterhose voran an einem Fahnenmast aufhängen.«

»Ich möchte das Ganze so diskret wie möglich lösen.« Angus beugte sich zu Nancy vor. »Die Polizei war auch bei uns wegen des vermissten Mädchens.«

»Shit.«

Angus nickte. »Zum Glück halten wir die Bude hier sauber. Aber diese Kommissarin, die ist irgendwie komisch. Ich glaube, die hätte uns alle am liebsten sofort verhaftet.«

»Ja, die ist anscheinend mit Vorsicht zu genießen.« Nancy verschränkte die Arme hinter dem Kopf und lehnte sich zurück. »Also, wie hast du dir das jetzt vorgestellt?«

»Wir haben zwar ein Gesicht und einen Vornamen, Pascal, aber mehr nicht. Da er aber ein Kilo geklaut hat, glaube ich nicht, dass er das für den Eigenbedarf behalten will. Ich hab schon ein paar Leute, die sich auf der Straße umhören. Sobald wir da mehr wissen, würde ich dich losschicken.«

»Ich kann im Bordell mal nachfragen. Ruby-Jean verbietet zwar Drogen, aber dem Geruch nach zu urteilen, sind da ein paar, die mal was rauchen.«

»Sehr gut«, sagte Angus und drückte seine Zigarette aus.

»Wie konnte das eigentlich passieren?«, fragte Nancy und blies den Rauch aus der Nase.

Angus seufzte ausgiebig. »Wir haben über die Stadt verteilt mehrere Plantagen, und Benni hat die Ernte eingesammelt. Dann hat ihm Pascal geschrieben, weil er was kaufen wollte. Sie haben sich an einer Tankstelle getroffen und Benni hat nach dem Deal seine Maschine allein gelassen, weil er auf die Toilette musste. Das Gras war in den Satteltaschen und daher sind wir uns sicher, dass es Pascal war, weil er wahrscheinlich gesehen hat, dass es da drinnen war. Schöne Scheiße. Nicht wahr, du Schwachkopf?«

»Sorry, Boss!«

Nancy drehte sich um und sah, dass Benni mit dem Gesicht zur Wand in einer Ecke des Raums stand. Schmunzelnd sagte sie zu Angus. »Du bist deiner Schwester echt ähnlich, wenn es um Bestrafungen geht.«

Angus lachte auf.

Nancy drückte ihren aufgerauchten Zigarillo aus und sagte: »Okay, ich werd dann mal los. Sonst wundert sich Ruby-Jean wieder, wo ich stecke.«

Auf dem Weg nach Hause fühlte Nancy ein wohliges Kribbeln. Sie fand es aufregend, dass Angus sie auf eine Mission schickte. Es war für Nancy eine Ehre, dass er so auf sie zugekommen war. Das zeigte ihr, dass er ihr und ihren Fähigkeiten vertraute.

Das Einzige, was Nancys Hochstimmung ein wenig trübte, war, dass die beiden Kommissare auch bei den *Sick Boys* gewesen waren. Nancy fragte sich, wie weit sie über die Verflechtungen und Beziehungen Bescheid wusste. Dass der Anführer eines Motorradclubs mit einer Puffmutter liiert war, könnte auf alle ein schlechtes Licht werfen.

Kapitel 20

Am nächsten Tag ging Nancy in das Bordell, um sich umzuhören. Montagvormittag war wenig los, da bot es sich an, einige der Damen zu fragen, ob sie wussten, wo man Gras kaufen konnte.

Als Erstes ging sie zu einer Frau mit kurzen, pinkfarbenen Haaren, die sehr misstrauisch auf die Frage reagierte.

»Keine Bange«, beschwichtigte Nancy, »das ist keine Fangfrage.«

Die Frau stand mit verschränkten Armen im Türrahmen und fixierte Nancy. »Okay«, sagte sie schließlich und ihr Gesicht entspannte sich. »Aber wehe, ich kriege Ärger fürs Verpetzen.«

»Nein, versprochen.«

Die Frau sah den Flur auf und ab, um sicherzugehen, dass niemand in der Nähe war, der sie hören könnte. Dann lehnte sie sich zu Nancy vor und flüsterte: »Ein paar der Türsteher haben immer was dabei. Wenn du was willst, geh zu denen.«

»Und kennst du sonst wen?«

Nancy überlegte, ob sie direkt nach Pascal fragen sollte, entschied sich aber dagegen. Sie wollte nicht den Eindruck machen, dass sie jemand Bestimmtes suchte.

Die Frau schüttelte den Kopf. »Nee, sonst fällt mir hier niemand ein.«

»Okay. Weiß ich Bescheid. Danke.«

Ruby-Jean wäre sicherlich nicht erfreut darüber, wenn sie wüsste, dass die *Sick Boys* hier Drogen verkauften. Auch wenn es *nur* Gras war.

Nancy ging vor die Tür. Es war ein sonniger Frühlingstag und die Bäume wurden jeden Tag grüner.

Ihr Blick fiel auf die gegenüberliegende Straßenseite. »Ich fass es nicht«, murmelte sie und ging hinüber zu der betagten Prostituierten, die dieses Mal allein da stand.

»Ich hab dir doch gesagt, dass du hier nichts zu suchen hast«, sagte Nancy bestimmt.

Die Alte zeigte sich unbeeindruckt. »Tja, dann werde ich dir auch nichts erzählen.«

Nancy hielt inne und legte den Kopf schief. »Was meinst du?«

Die Prostituierte grinste schmierig und zeigte so ihre vom Nikotin vergilbten Zähne. »Vögelchen haben mir was gezwitschert. Dass jemand gesucht wird. Jemand, der Gras vertickt. Aber wenn ich hier unerwünscht bin, dann sage ich nichts.«

Nancy seufzte. »Okay, was willst du?«

»Hmm«, sagte sie gedehnt und rieb sich theatralisch das Kinn. »Ein Zimmer. Aber mietfrei.«

»Woher weiß ich, dass mir deine Info überhaupt was wert ist?«

»Ich weiß, wo ihr den finden könnt. Gib mir ein Zimmer für lau und ich singe wie ein Kanarienvogel.«

Nancy verkniff es sich zu sagen, dass sie eher krächzen würde wie eine Nebelkrähe. »Okay, ich kümmere mich um ein Zimmer. Dauert aber einen Moment, muss da erst mal bisschen was klären. Komm heute Abend wieder, aber stell dich da drüben hin.« Nancy zeigte auf eine Litfaßsäule am Ende der Straße.

»Sehr gut«, sagte die Prostituierte. »Aber ich will ein Zimmer für einen Monat.«

»Eine Woche.«

»Zwei Wochen.«

»Eine Woche.«

»Zehn Tage.«

Nancy verdrehte die Augen und sagte: »Deal. Zehn Tage.«

Zufrieden grinste die Alte und stöckelte davon. »Dann bis heute Abend.«

Kaum war sie weg, massierte Nancy sich die Schläfen. Angestrengt überlegte sie, wie sie unauffällig ein Zimmer vermieten konnte, ohne dass Ruby-Jean es bemerkte. Am einfachsten wäre es, wenn Nancy der Alten das Geld geben würde, um selbst ein Zimmer anzumieten. Genug Ersparnisse müsste sie haben, trotzdem missfiel ihr der Gedanke, ihr eigenes Geld auszugeben, und das wäre nicht gerade wenig.

Nancy wusste, dass der Tagespreis für ein Zimmer bei siebzig Euro lag. Bei einer Woche im Voraus gab es Rabatt. Trotzdem würden zehn Tage um die 650 Euro kosten. Ob sie Angus davon erzählen sollte und er ihr dann vielleicht das Geld wiedergab?

Oder sollte Nancy doch versuchen, die Prostituierte reinzuschmuggeln? Das wäre am günstigsten, und außerdem war ja noch nicht mal gesagt, dass die Information von ihr auch was taugte. Aber Ruby-Jean war sehr penibel mit der Vermietung und dem Papierkram. Sie prüfte jede Mieterin, bevor sie ihr ein Zimmer gab.

Und da letztens die beiden Kommissare dagewesen waren, achtete sie noch penibler darauf, dass alles vorschriftsmäßig geführt wurde. Ruby-Jean hatte mal zu Nancy gesagt, dass sie auch Al Capone letztendlich wegen Steuerhinterziehung gekriegt hatten. Körperverletzung und Morde ließen sich schwerer nachweisen als eine falsch ausgefüllte Steuererklärung und doppelte Buchführung.

Bis heute Abend musste Nancy sich etwas einfallen lassen.

Kapitel 21

Am frühen Abend stand Nancy am Eingang zum Bordell und sah rüber zu der Litfaßsäule. Die Alte war noch nicht da.

In Gedanken ging sie noch mal ihren Plan durch. Unter einem Vorwand würde Nancy Ruby-Jean aus ihrem Büro locken und einen Zimmerschlüssel stehlen. Die Alte ins Zimmer zu bekommen, wäre dann das Einfachste. Trude wurde immer schwerhöriger und nickte immer wieder über ihren Bergdoktor-Romanheftchen ein. Eigentlich hätte man auch eine Topfpflanze an ihren Platz im Eingangsbereich des Bordells stellen können, doch sie arbeitete bereits so lange hier, dass Ruby-Jean es nicht übers Herz brachte, sie zu entlassen.

Nancy ging in die Bar, sah sich um und überlegte, wie sie Ruby-Jean aus ihrem Büro locken könnte. Am Tresen stand ein Mann und bestellte etwas bei Rosie. Neben ihm stand ein weiterer Mann. Vielleicht könnte Nancy es so hinbekommen, dass sie den ersten anrempelte und es dem zweiten in die Schuhe schob. So könnte sie einen Streit provozieren, und der Lärm könnte Ruby-Jean aufmerksam machen.

Der erste Mann nahm gerade sein Bier entgegen. Nancy ging zügig, aber so beiläufig wie möglich an ihm vorbei und schubste ihn leicht von der Seite an. Daraufhin verschüttete er sein Bier auf sein Shirt, und ehe er Nancy hätte entdecken können, hatte sie sich versteckt. Sein Blick fiel auf den anderen Mann. »Sorry«, sagte er zu ihm.

»Wofür?«, fragte der andere und sah ihn verwirrt an.

»Ich hab dich wohl versehentlich angerempelt.«

»Nicht, dass ich wüsste.«

»Hm. Okay. Dann noch einen schönen Abend.«

»Gleichfalls.«

»Ernsthaft?«, murmelte Nancy. Sie konnte es kaum glauben. Da hat sie ausnahmsweise mal Gäste erwischt, die nicht auf Krawall gebürstet waren. Sie brauchte einen Plan B.

Sie sah zur Umkleide. Vielleicht fand sie einen Weg, dort Unruhe zu stiften. Da es noch früh am Abend war, war nur eine der Tänzerinnen da, und die stand bereits auf der Bühne. Das Lied hatte gerade erst angefangen, und so blieben Nancy vielleicht noch zwei Minuten.

Zwar hatte sie noch keine Ahnung, was sie tun sollte, aber sie würde improvisieren. Also schlich sie in die Umkleide und sah sich um.

Auf einem Stuhl lag das Outfit für die nächste Nummer bereit. Hektisch durchwühlte sie die Schubladen der Kommode und fand eine Schere. Sie zerschnitt die Klamotten, legte die Schere zurück und eilte aus der Umkleide. Dann setzte sie sich an den Tresen und bestellte sich bei Rosie einen Kaffee. Nancy steckte sich einen Zigarillo an und verhielt sich, als wäre alles wie immer.

Das Lied war aus und die Tänzerin ging in die Umkleide. Kurz darauf hörte Nancy einen gellenden Schrei und wie eine Tür aufgerissen wurde.

»Ich geh mal gucken, was da los ist«, sagte Nancy und sprang vom Hocker. Sie lugte in die Umkleide und sah die weinende Tänzerin, die von Ruby-Jean getröstet wurde. Ohne weitere Zeit zu verlieren, huschte Nancy ins Büro und schnappte sich aus der Schreibtischschublade einen der Schlüssel. Danach schlenderte sie zur Umkleide.

»Was ist los?«, fragte Nancy.

Ruby-Jean antwortete: »Irgendjemand hat ihr Outfit zerstört. Hast du was gesehen?«

»Nee, ich hab nichts gesehen«, log Nancy.

Ruby-Jean wandte sich wieder der Tänzerin zu. »Hast du eine Ahnung, wer das gewesen sein könnte?«

Schniefend schüttelte sie den Kopf. »Keine Ahnung«, schluchzte sie. »Ich hab das selbst genäht. Warum tut mir das jemand an?«

»Vielleicht ist jemand eifersüchtig darauf gewesen«, sagte Nancy achselzuckend.

Die Augen der Tänzerin weiteten sich. »Ja! Layla, diese Schlampe! Die hat mal so 'ne komische Bemerkung gemacht. Die hat heute auch Schicht.«

»Okay«, sagte Ruby-Jean, »wenn sie später da ist, dann reden wir mal mit ihr. So, jetzt richten wir dein Make-up und suchen was Neues zum Anziehen für dich.«

»Wenn ihr mich braucht, sagt Bescheid«, sagte Nancy und ging zurück in die Bar. Sie erzählte Rosie kurz von dem Vorfall, trank ihren Kaffee aus und ging nach draußen. Die Prostituierte stand wie verabredet an der Litfaßsäule und Nancy ging zu ihr.

»Und?«, fragte die Alte.

»Ja, ich hab alles geklärt.« Nancy hielt den Schlüssel hoch.

Mit gierigen Augen starrte die Frau den Schlüssel an und war im Begriff, danach zu greifen, da steckte Nancy ihn blitzschnell in ihre Jackentasche.

»Du kriegst ihn erst, wenn du mir sagst, was du weißt. Und wehe, deine Infos sind Müll. Dann ist der Deal geplatzt.«

Die Prostituierte presste ihre dünnen Lippen zusammen, sodass unzählige feine Fältchen zu ihrem Mund zusammenliefen. »Jaja«, maulte sie, »aber bring mich erst aufs Zimmer. Dann erzähle ich dir alles.«

»Okay.«

Am Schlüsselring war ein Zettel mit einer Nummer angebracht, so war es kein Problem, das richtige Zimmer zu finden. Wie zu erwarten gewesen war, beachtete Trude sie nicht, und so konnte Nancy die Alte unbemerkt einschleusen.

Begeistert sah sich die Prostituierte in dem Zimmer um und ließ sich aufs Bett fallen. »Das ist ja richtig luxuriös!«, flötete sie.

Nancy ermahnte sie mit einer Geste, leiser zu sein, und

schloss die Tür hinter sich. »So, jetzt raus mit der Sprache.« Nancy lehnte sich mit verschränkten Armen an die Tür.

»Der Typ, den ihr sucht, der heißt Pascal.«

»Das weiß ich auch. Weiter.«

»Auf der Straße nennt man ihn auch *Blaze*.«

»Sonst noch was? Oder muss ich dir jedes einzelne Wort aus der Nase ziehen?«

»Der vertickt seinen Stoff von seiner Wohnung aus.«

»Gut, das hilft schon mal. Hast du seine Adresse?«

Die Alte tippte mit einem Finger gegen ihr Kinn und sah zur Decke hinauf. »Tja, wie war die gleich noch mal? Hmm …«

Nancy kniff sich in den Nasenrücken und erwiderte genervt: »Jetzt tu nicht so. Raus damit.«

»Tja, wenn ich eine Woche mehr hier verbringen könnte, dann fällt es mir bestimmt ein.«

Nancy reichte dieses Theater. Wütend ging sie zwei Schritte auf sie zu und zischte: »Entweder du gibst mir jetzt diese beschissene Adresse oder ich schmeiß dich sofort achtkantig hier wieder raus.«

Ergeben hob die Alte die Arme. »Ist ja gut, mein Gott. Man kann es ja mal versuchen.«

Sie kramte aus ihrer Handtasche einen Stift und einen zerknitterten Kassenbon. Auf ihrem dürren Oberschenkel strich sie ihn glatt, schrieb etwas auf die Rückseite und hielt ihn Nancy hin. Sie wollte gerade danach greifen, da zog die Alte ihn weg.

»Erst den Schlüssel.«

Genervt stöhnte Nancy auf, holte aus ihrer Jackentasche den Schlüssel und warf ihn neben ihr aufs Bett. Während die Alte danach griff, schnappte Nancy sich den Zettel.

»Wehe, du verarschst mich«, sagte Nancy mit erhobenem Zeigefinger. »Ach ja, und hier gelten andere Regeln als auf der Straße. Also reiß dich zusammen, sonst fliegst du.«

»Jaja«, erwiderte die Alte gelangweilt und ließ sich mit ausgestreckten Armen aufs Bett zurückfallen. Sie befühlte den

Bezug und fragte: »Ist das Satin?«

»Keine Ahnung. So, ich geh jetzt. Mach hier keinen Ärger, verstanden?« Nancy drehte sich um und ging zur Tür. Ehe sie sie öffnete, fragte sie: »Sag mal, wo hast du eigentlich die Junge gelassen, die letztens bei dir war?«

Ächzend hievte die Prostituierte sich hoch und antwortete: »Ach die. Die war zu weich für die Straße. Hat sich vorgestern die Pulsadern aufgeschnitten.«

Nancy wirbelte herum und hauchte: »Was?«

»Tja, nur die Harten kommen in den Garten.«

Kapitel 22

Um Nancy drehte sich alles und ihr wurde schwindelig. Ihre Knie fühlten sich schwach und zittrig an, so als würden sie jeden Augenblick einklappen. Wortlos verließ sie das Zimmer und ging leicht schwankend den Flur hinunter. Immer wieder stützte sie sich mit einer Hand an der Wand ab, um das Gleichgewicht nicht zu verlieren.

Draußen angekommen setzte sie sich auf den Bordstein und zündete sich einen Zigarillo an. Sie sah hinüber zur anderen Straßenseite, dorthin, wo die Prostituierte erst vor ein paar Tagen gestanden hatte. Sie war doch noch so jung gewesen. Nancy fuhr sich mehrmals durch die Haare und versuchte, es zu begreifen.

Nicht nur die Tatsache, dass diese junge Frau sich umgebracht hatte, schockierte sie, sondern dass diese alte Hexe es so gleichgültig erzählt hatte. Geradezu verächtlich.

»Nancy«, sagte Kalle und kam auf sie zu. »Alles in Ordnung? Du siehst aus, als hättest du einen Geist gesehen.«

»Die junge Prostituierte ist tot«, platzte sie heraus.

»Was? Welche?«, fragte er entsetzt.

Nancy zeigte auf die Stelle, wo die junge Frau das letzte Mal gestanden hatte. »Weißt du noch, als ich Freitag die Alte weggescheucht habe? Die Jüngere, die bei ihr war, hat sich umgebracht. Vorgestern.«

Kalle hockte sich neben Nancy und legte tröstend seine Hand auf ihre Schulter. »Das ist … furchtbar. Meine Fresse.«

Wortlos nickte Nancy und starrte ins Nichts.

Ächzend erhob Kalle sich wieder und reichte Nancy die Hand. »Komm hoch, sonst holst du dir noch ne Blasenentzündung auf dem kalten Stein.«

Sie stand auf und schnippte ihren Zigarillo weg.

»Ich weiß echt nicht, was ich sagen soll.« Kalle rieb sich über die Glatze. Er war sichtlich überfordert. »Kanntest du sie?«

Nancy schüttelte den Kopf. »Nur von Freitag. Sie machte so einen netten Eindruck. Im Gegensatz zu der alten Ziege.«

»Man kann den Leuten halt nur vor den Kopf gucken.«

Nancy sah hinüber zur anderen Straßenseite und hielt sich das Bild der Frau vor Augen. »Stimmt«, sagte sie tonlos und ließ seufzend die Schultern hängen.

Kalle klopfte sanft auf ihren Rücken und schob sie Richtung Bar. »Bringt nichts, sich hier den Arsch abzufrieren.«

Nancy nickte. Kalle blieb neben der Tür stehen, und bevor Nancy hineinging, sagte sie zu ihm: »Danke.«

Er tat es mit einer Handbewegung ab. »Ich weiß, es klingt abgedroschen, aber nimm dir das Ganze nicht zu sehr zu Herzen.«

»Ich werd's versuchen«, erwiderte sie und lächelte matt.

Kaum war sie wieder in der Bar, hörte sie Gekeife aus der Umkleide. »Oh fuck«, stieß Nancy aus und ging zügig hin. Selbst durch die geschlossene Tür konnte sie den Streit laut und deutlich hören.

»Du Schlampe! Warum machst du so was?«

»Spinnst du? Ich bin eben erst angekommen!«

Langsam öffnete Nancy die Tür und steckte den Kopf durch den Spalt. Die Tänzerin, deren Outfit Nancy zerschnitten hatte, schrie eine andere an.

»Ladys«, sagte Nancy, kam jedoch gegen den Lärm nicht an. »Ladys!«, wiederholte sie lauter und ging hinein. Die beiden hörten sie immer noch nicht, da sie zu sehr in ihren Streit vertieft waren. Nancy schlug die Tür mit voller Wucht hinter sich zu und brüllte: »Ladys!«

Erschrocken hielten beide inne und starrten sie mit weit geöffneten Augen an.

»Gut, jetzt hab ich eure Aufmerksamkeit. Was ist los?«

»Das ist die, die mein Outfit zerstört hat«, sagte die eine und zeigte auf die andere.

»Kann gar nicht sein, denn ich war gar nicht hier!«, protestierte die andere.

»Geht das hier vielleicht noch etwas lauter?«, donnerte Ruby-Jean von der Tür aus. »Man kann euch nämlich *nur* bis zur Straße hören!«

Nancy war erleichtert, dass Ruby-Jean jetzt da war, denn dann brauchte sie sich nicht mehr um die beiden zu kümmern. Der Schock über den Suizid der Prostituierten drehte ihr den Magen um und Nancy wurde übel. Kotzübel.

Sie wollte gerade etwas sagen, da erbrach sie sich im Schwall.

»Ist ja widerlich!«, quietschte eine der Tänzerinnen.

Nancy stand vornübergebeugt, stützte sich auf den Knien ab und würgte noch weiter.

Ruby-Jean eilte zu ihr. »Mäuschen«, sagte sie sanft und strich über Nancys Rücken.

»Geht wieder«, nuschelte Nancy. Kurz darauf kam der nächste Schwall hoch.

Kapitel 23

»Wie geht's dir?«, fragte Ruby-Jean und tupfte Nancys Stirn mit einem feuchten Waschlappen ab.

»Geht so«, antwortete Nancy.

Nachdem Nancy sich mehrmals in der Umkleide erbrochen hatte, hatte Ruby-Jean sie in die Wohnung und ins Bett gebracht.

»Hast du vielleicht was Falsches gegessen?«

Nancy fiel auf, dass sie heute fast gar nichts gegessen hatte, und beantwortete die Frage darum mit einem Kopfschütteln.

»Könnte es sein«, begann Ruby-Jean zögerlich, »dass du vielleicht … möglicherweise … *schwanger* bist?«

Nancy verdrehte die Augen. »Warum glaubt jeder gleich, wenn eine Frau sich plötzlich übergibt, dass sie schwanger sein muss?«

»Wann hattest du denn deine letzte Regel?«

Nancy überlegte kurz. »Vorletzte Woche. Mittwoch ging's los, das weiß ich noch so genau, weil ich eigentlich mit Mike verabredet war. Außerdem krieg ich doch die Drei-Monats-Spritze.«

Ruby-Jean schien für einen Moment nachzurechnen. »Nee, dann könntest du es jetzt nicht sein. Auf jeden Fall nicht so weit, dass du im Strahl kotzt. Falls die nächste sich verspätet, können wir ja einen Test machen, zur Sicherheit. Aber trotzdem muss es ja einen Grund für dein Erbrechen geben.«

Es gab genug Gründe. Nancy überlegte, ob sie sie chronologisch oder alphabetisch aufzählen sollte.

»Ich glaub eher, dass ich ein bisschen gestresst bin. Dann nicht vernünftig gegessen.«

Ruby-Jean befühlte Nancys Stirn. »Scheinst auch kein

Fieber zu haben. Soll ich dir einen Tee oder eine Brühe machen?«

»Brühe klingt gut.«

Ruby-Jean stand von der Bettkante auf und ging in die Küche. Nancys Magen schmerzte noch von der Anstrengung und der kompletten Entleerung. Sie wusste, dass, wenn Ruby-Jean zurückkam, sie nachhaken würde, was Nancy dermaßen belastete. Sie legte sich schon mal zurecht, was sie ihr sagen würde und was lieber nicht.

Ein paar Minuten später kehrte Ruby-Jean mit einem Becher zurück. »Hühnerbrühe«, sagte sie und reichte ihn Nancy. Vorsichtig nahm sie einen wohltuenden Schluck. »Was stresst dich denn so?«, fragte Ruby-Jean und setzte sich wieder an die Bettkante.

»Ach«, sagte Nancy, umfasste den Becher mit beiden Händen und starrte auf die dampfende Flüssigkeit. »Mir ist, glaub ich, das Ganze mit Mike mehr auf den Magen geschlagen, als ich gedacht hab.«

»Ach Mäuschen«, sagte Ruby-Jean sanft und streichelte Nancys Kopf. »Das wird schon wieder. Am besten, du schläfst dich richtig aus, und morgen sieht die Welt wieder anders aus. Und ab sofort isst du vernünftig, sonst kriegst du am Ende noch ein Magengeschwür.«

Nancy nickte.

Nachdem Nancy die Brühe ausgetrunken hatte, fühlte sie sich bereits etwas besser. Dass Ruby-Jean eine Schwangerschaft vermutet hatte, hatte ihr einen kurzen Schreck verpasst. Aber rein rechnerisch wäre es gar nicht möglich.

Was Ruby-Jean nicht wusste, war, dass Nancy schon vor ein paar Monaten befürchtet hatte, schwanger zu sein, weil ihre Regel sich um fast eine Woche verspätet hatte. Dadurch hatte Nancy sich intensiv mit dem Thema auseinandergesetzt und alles über Eisprung, fruchtbares Fenster, Zellteilung und Beta-HCG gelesen und verinnerlicht.

Mike hatte sie damals nichts erzählt, auch wenn sie ihre Sorge gern geteilt hätte. Sie fragte sich, wie er wohl darauf reagiert hätte, wenn sich ihre Befürchtung bewahrheitet hätte. Um ehrlich zu sein, wusste Nancy nicht einmal, wie sie selbst darauf reagiert hätte. Auf jeden Fall war es eine Erleichterung gewesen, dass jeder der vier Tests negativ ausgefallen war und ihre Periode letztendlich eingesetzt hatte.

Was Nancy im Moment mehr Sorge bereitete, war die eingeschmuggelte Prostituierte. Früher oder später würde Ruby-Jean das Fehlen des Schlüssels bemerken, und über die Konsequenzen mochte Nancy nicht nachdenken. Wenn sie dann auch noch spitzkriegen sollte, dass Angus Gras verkaufte – und das auch noch im Bordell –, dann würde ihr endgültig der Arsch platzen.

Morgen würde Nancy sich auf den Weg machen und die Adresse, die ihr die Alte gegeben hatte, aufsuchen. Sie überlegte, ob sie sie nach getaner Arbeit wieder rausschmeißen sollte. Auf der einen Seite mochte Nancy nicht ihr Wort brechen, auf der anderen widerte sie ihre ganze Attitüde an. Sie hielt sich vor Augen, wie bösartig sie gegenüber der jungen Prostituierten gewesen war und wie gleichgültig ihr deren Tod war. Warum sollte Nancy sie besser behandeln, als sie andere behandelte?

Sobald Nancy Angus' Auftrag erfüllt hatte, würde sie die Alte rausschmeißen.

Kapitel 24

»Und wie geht's dir?«, fragte Ruby-Jean am Frühstückstisch.

»Besser«, antwortete Nancy und goss sich einen Kaffee ein.

»Du siehst aber immer noch ein wenig blass aus«, stellte Ruby-Jean fest.

Nancy zuckte die Achseln und trank einen Schluck. »Mir geht's gut. Ich werde später mal ein bisschen frische Luft schnappen gehen.«

»Das ist keine schlechte Idee. Ich guck, dass ich etwas Magenschonendes zum Mittag mache. Hühnersuppe vielleicht.«

»Ja, klingt gut.«

Nancy verkniff es sich, in Ruby-Jeans Gegenwart einen Zigarillo zu rauchen, weil sie wusste, dass sie dann mit ihr meckern würde. Unrecht hatte sie ja nicht, aber Nancy ging es tatsächlich besser.

Nach dem Frühstück verabschiedete Ruby-Jean sich, um einkaufen zu gehen. Nancy nutzte die Gelegenheit, um mit Angus zu telefonieren. Sie erzählte ihm, was sie in Erfahrung gebracht hatte, und nannte ihm die Adresse.

»Das ist dieser riesige Block in der Stadt«, sagte er.

»Ach der! Ja, ich wusste nicht, welche Straße das ist. Ich geh da später mal hin.«

»Brauchst du Verstärkung?«

Nancy überlegte einen Augenblick. »Ich glaube nicht. Ich werde mich da erst mal umschauen. Ich tu einfach so, als würde ich was kaufen wollen.«

»Okay, aber pass auf dich auf.«

»Keine Bange.«

Zügig zog Nancy sich an und entschied sich unter anderem für einen schwarzen Kapuzenpullover. Mit dem Bus fuhr sie in die Stadt und ging währenddessen in Gedanken durch, was und wie sie es sagen würde. Außerdem überlegte sie, wie sie das Kilo Gras von ihm bekam. Aber das würde sie dann sehen. Erst einmal würde Nancy die Lage auskundschaften. Sehen, wie gefährlich der Typ war und ob er allein war oder vielleicht Komplizen bei ihm waren.

Der Wohnblock war hoch und breit. Nancy stand davor, steckte sich einen Zigarillo an und sah hinauf. Auf dem Zettel von der alten Nutte stand »9. Stock, 4R«.

Nancy fragte sich, was die Zahl und der Buchstabe bedeuten sollten, und hoffte, dass sie es herausfinden würde, wenn sie oben war. Sie schnippte ihren aufgerauchten Zigarillo weg und ging zum Eingang. Die Tür stand weit offen und so konnte sie einfach hineingehen.

Der Hausflur war vollgemüllt mit Stapeln alter Prospekte, Kartons und Sperrmüll. Auf dem Weg zum Aufzug schlugen ihr unterschiedlichste Gerüche entgegen. Der von Essen war noch der angenehmste, aber dieser mischte sich mit Schimmel, Urin, kaltem Rauch und frischer Farbe.

Der beißende Gestank von Ammoniak entwich dem Aufzug, als die Türen sich öffneten, und Nancy konnte sich nicht überwinden, einzusteigen. Aber der neunte Stock war verdammt weit oben, und so hatte sie die Wahl zwischen dem vollgepissten Fahrstuhl oder Treppensteigen.

Die Türen waren im Begriff, sich zu schließen, da drückte Nancy auf den Knopf, um sie wieder zu öffnen. Sie gab sich einen Ruck, hielt sich die Hand vor Nase und Mund und stieg ein. Dann drückte sie den Knopf für den neunten Stock und zog ihren Pulloverkragen über die Nasenspitze. Flach atmend sog sie den Duft ihres Deos ein, um den Gestank auszuhalten.

Ruckelnd bewegte sich der Aufzug nach oben und Nancy hatte ein mulmiges Gefühl. Sie hoffte, dass sie nicht stecken blieb. Gefangen in dieser fahrenden Toilette.

Sie erreichte das Stockwerk und hechtete durch die Tür, ehe sie vollständig geöffnet war. Erleichtert atmete sie auf, und obwohl die Luft im Flur ebenfalls abgestanden und muffig war, kam sie ihr im Vergleich wie frische Bergluft vor.

Nancy blickte den Flur vor sich herab und fühlte sich, als hätte der Aufzug sie in eine Endzeitdystopie gebracht. Graffiti waren an die Wände geschmiert, fast doppelt so viel Müll wie im Erdgeschoss lag herum, und sie entdeckte sogar Mäusekot auf dem Boden.

Auf jeder Seite waren Wohnungen, und Nancy war sich jetzt sicher, was *4R* bedeuten musste. Vierte Wohnung, rechte Seite.

Aus einer Wohnung war das Schreien eines Babys zu hören, aus einer anderen Gebrüll in einer ihr fremden Sprache. Aus der vierten Wohnung auf der rechten Seite drang laute Hip-Hop-Musik, also war zumindest jemand zu Hause.

Nancy setzte ihre Kapuze auf und sammelte sich einen Augenblick, ehe sie klingelte. Keine Reaktion. Sie klingelte erneut und hielt den Knopf länger gedrückt. Sie konnte das Surren deutlich hören.

Nancy behielt den Türspion im Blick und sah das Licht durchscheinen. Die Musik wurde leiser und der Spion schwarz. Dann hörte sie, wie die Tür aufgeschlossen wurde. Die Türkette war noch eingehakt, daher wurde sie nur einen Spalt geöffnet.

Zu Nancys Überraschung sah sie das Gesicht einer jungen Blondine, die sie prüfend ansah.

»Wer bist du?«, fragte die Blondine emotionslos. »Was willst du?«

»Zu Blaze. Hab gehört, der hat was.«

»Moment.«

Die Tür wurde wieder geschlossen und Nancy lauschte angestrengt, konnte aber wegen der Musik nichts hören. Nach einer kurzen Weile ging die Tür wieder auf.

»Was willst du?«, fragte die Blondine erneut, und Nancy war sich nicht ganz sicher, was sie meinte.

»Gras«, antwortete Nancy spontan.

»Moment.« Wieder wurde die Tür zugemacht und kurz darauf hörte sie einen Mann schimpfen.

»Verdammte Scheiße, Babe! Warst du an meinem Zeug? Ich hab dir doch gesagt, das ist nichts für dich!«

Dann hörte Nancy das Klimpern der Kette und die Tür wurde aufgerissen. Vor ihr stand nun ein junger, schlaksiger Mann in schwarzem Muskelshirt. Er trug eine dicke Goldkette.

»Hi, ich bin –«, begann Nancy.

Der Mann unterbrach sie gelangweilt: »Ist mir egal, komm rein.« Mit einer Kopfbewegung gab er ihr zu verstehen, ihm zu folgen.

Er führte sie ins Wohnzimmer, wo die Blondine auf einem abgewetzten Sessel saß und gedankenverloren mit einer Haarsträhne vorm Gesicht herumspielte. Sie trug ein pinkfarbenes Crop Top, wodurch man ihr Bauchnabelpiercing aufblitzen sah.

»Setz dich«, sagte der Mann und zeigte auf das Sofa. »Gras, hm?«, fragte er, während Nancy sich setzte. Sie nickte. »Wie viel?«

»Zwei Gramm.«

»Mhm.«

Der Mann verschwand in einem anderen Zimmer. Nancy sah ihm nach, dann fiel ihr Blick auf die Blondine. Sie war garantiert high von irgendwas. Nancy fiel auch auf, wie strohig ihre Haare waren, und sie war sich sicher, dass es vom Blondieren kam.

Da Nancy von Natur aus schwarze Haare hatte und sie daher auch aufhellen musste, um sie sich dunkelgrün zu färben, wusste sie, dass man behutsam vorgehen musste. Wenn man mit hochprozentigem Wasserstoffperoxid gleich versuchte, die Haare platinblond zu färben, dann gingen sie kaputt. Da konnte Nancy aus Erfahrung sprechen.

»Macht nen Zwanni«, sagte der Mann. Er hatte zwei Tüt-
chen in der Hand. Nancy stand auf und bezahlte ihn. »Sonst
noch was?«, fragte er und zündete sich eine Zigarette an.

Nancy schüttelte den Kopf. »Nein, danke.«

»Gut.« Er schlenderte zur Wohnungstür und Nancy folgte
ihm. Ohne weitere Worte ging sie hinaus und er schloss die
Tür hinter ihr wieder ab. Kurz darauf wurde die Musik wieder
aufgedreht.

Kapitel 25

Auf dem langen Weg die Treppen hinab überlegte Nancy, wie sie weiter vorgehen sollte. Jetzt wusste sie auf jeden Fall, wo der Typ wohnte, wo er wahrscheinlich das Gras aufbewahrte und dass neben ihm nur die Blondine da war. Vielleicht war sie eine Möglichkeit, um an das Gras heranzukommen. Gefahr ging von ihr auf keinen Fall aus. Sie hatte einen dermaßen abwesenden Eindruck gemacht, dass sie es wahrscheinlich nicht einmal bemerken würde, wenn Nancy einfach in die Wohnung spaziert käme und sie leerräumen würde.

Als Nancy den Wohnblock verlassen hatte, atmete sie die frische Frühlingsluft tief ein. Sie hatte das Gefühl, dass der Mief aus dem Gebäude in ihrer Kleidung und auf ihrer Haut klebte. Zu Hause würde sie ein Bad nehmen, obwohl sie heute bereits geduscht hatte.

Nancy ging Richtung Innenstadt und rief Angus an. Sie erzählte ihm alles, was sie so weit in Erfahrung bringen konnte. Auf ihre Frage, wie sie weiter vorgehen sollten, entstand am anderen Ende eine Pause.

»Ich bin mir ziemlich sicher«, sagte Nancy und steckte sich einen Zigarillo an, »wir könnten mit einem Rammbock die Wohnung stürmen und die Nachbarn würde es einen Scheiß interessieren.«

»Das glaube ich dir sogar. Und du sagst, das Mädel ist komplett neben der Spur?«

»Allerdings. Sie sah so geistesabwesend aus, dass ich zwischendurch dachte, sie würde das Atmen vergessen.«

»Hm, ja, damit könnte man arbeiten. Okay, ich hab eine Idee. Ich schick mal welche von meinen Jungs hin, die sollen den Eingang im Auge behalten. Vielleicht haben wir ja Glück und er geht weg, dann könntest du bei ihr klingeln. Dich lässt sie eher rein als einen meiner Männer. Was hältst du davon?«

»Klingt gut. Dann werde ich mich bereithalten. Aber was machen wir, wenn ich nicht rechtzeitig da bin?«

»Dann Plan B. Wir fangen ihn ab und bitten ihn höflich, aber sehr bestimmt, dass er uns unsere Ware zurückgibt.«

»Okay, gut.«

Nancy blieb an einer roten Ampel stehen, und als ein silberner BMW vorbeifuhr, setzte ihr Herz einen Schlag aus. Die Fahrerin sah Nancy unverhohlen an. Es war die Kommissarin.

»Shit!«, zischte Nancy ins Telefon.

»Was ist los?«, fragte Angus besorgt.

»Diese Kommissarin fuhr hier gerade lang. Und sie hat mich so komisch angeguckt.«

»Scheiße, meinst du, sie weiß, wo du warst?«

»Keine Ahnung.« Nancy sah sich um. »Ich glaube nicht, sie kam aus einer ganz anderen Richtung. Ach, ich weiß es nicht!«

»Bleib ruhig. Verhalte dich ganz normal. Geh in die Stadt, bisschen bummeln, oder trink einen Kaffee. Was auch immer. Hauptsache, es ist was Alltägliches.«

Die Ampel schaltete auf Grün und Nancy überquerte die Straße. »Du hast leicht reden. Du rennst ja auch nicht gerade mit zwei Gramm Du-weißt-schon-was in der Tasche herum.«

»Ach, das bisschen ist nicht mal strafrelevant.«

»Dein Wort in Gottes Ohr. Ich hoffe, die Alte war nur zufällig hier. Nicht, dass die mich beschattet.«

»Meinst du?«

»Keine Ahnung. Zutrauen würde ich es ihr. Na gut, ich werde jetzt noch ein bisschen in der Stadt rumlaufen. Mal sehen, ob sie mir wieder über den Weg läuft. Wir bleiben in Kontakt wegen der anderen Sache.«

»Okay. Und Nancy?«

»Mhm?«

»Bleib ruhig.«

»Jaja. Bis dann.«

Abgelenkt von der kurzen Panik und dem Gespräch war sie ziellos umhergelaufen und überlegte jetzt, wohin sie gehen sollte. Sie entdeckte einen Kiosk. Dort könnte sie sich eine Schachtel Zigarillos kaufen.

Vor ihr waren noch drei Kunden, daher sah sich Nancy die Zeitungen und Magazine an. Sie nahm eine lokale Tageszeitung in die Hand und las die Titelseite. Unterhalb der großen Schlagzeile war eine Meldung, dass eine junge Frau tot aufgefunden worden war.

Dort stand, dass eine junge Frau, die bereits als Katharina B. identifiziert wurde, gestern in den frühen Morgenstunden leblos auf der Rückseite einer Lagerhalle im Gewerbegebiet entdeckt worden war und dass sie als Prostituierte gearbeitet hatte. Außerdem, dass es sich höchstwahrscheinlich um einen Suizid handelte, da bisher Fremdverschulden ausgeschlossen werden konnte.

»Die Nachrichten sind nicht gratis!«, blaffte die Verkäuferin und Nancy zuckte zusammen.

»Ja, sorry«, grummelte Nancy und ging zum Tresen, um die Zeitung zu kaufen. »Und eine Schachtel *Al Capone*, die schwarzen.«

»Sind wir denn schon achtzehn?«, fragte die Verkäuferin misstrauisch mit verschränkten Armen.

Nancy verkniff es sich zu sagen: »Zusammen sind wir sogar hundertachtzehn.« Stattdessen zog sie seufzend ihren Personalausweis aus ihrem Portemonnaie und gab ihn ihr. Mit einer gewissen Genugtuung beobachtete Nancy, wie die Verkäuferin rechnete und mit einem angesäuerten Gesichtsausdruck zu dem Ergebnis kam, dass 2011 minus 1987 24 ergab. Wortlos gab die Verkäuferin den Ausweis zurück.

Nancy bezahlte alles und ging hinaus.

»Dämliche Fotze«, murmelte sie und steckte sich einen Zigarillo an. Sie war sich sicher, dass ihr Aussehen dazu beigetragen hatte, dass die Verkäuferin sie so herablassend behandelt hatte.

Nancy wurde sich wieder einer Sache bewusst, die sie eigentlich schon immer gewusst hatte: Sie kam in der normalen Welt nicht auf Dauer zurecht. Zwischen Rockern und Nutten fühlte sie sich wohler als hier unter vermeintlich *normalen* Menschen. Irgendwie waren die mitunter die größten Arschlöcher.

Mit der Zeitung unterm Arm ging Nancy zur nächsten Bushaltestelle. Sie wollte nur noch nach Hause und sich ausruhen. Außerdem war Ruby-Jean bestimmt schon vom Einkaufen zurück.

Während Nancy auf den Bus wartete, las sie den Zeitungsartikel erneut. Viel mehr als das, was sie bereits im Kiosk gelesen hatte, gab es nicht zu erfahren. Am Ende der Meldung stand der übliche Verweis auf das Sorgentelefon. Nancy fragte sich, was die junge Frau letztendlich zu diesem endgültigen Schritt bewegt hatte.

Der Bus fuhr vor und Nancy stieg ein. Nachdem sie sich hingesetzt hatte, sah sie wieder den silbernen BMW vorbeifahren.

Nancy zog die Kapuze ihres Pullovers tiefer ins Gesicht.

Kapitel 26

Kaum hatte Nancy die Wohnung betreten, schlug ihr der Geruch von Hühnerbrühe entgegen. Sie ging in die Küche und sah Ruby-Jean am Herd stehen.

»Nudeln oder Reis?«, fragte diese und rührte in dem großen Topf.

»Nudeln«, antwortete Nancy.

Ruby-Jean schüttete eine Tüte Suppennudeln in den Topf. »Essen ist gleich fertig«, sagte sie und drehte sich zu Nancy um.

»Dann deck ich schon mal den Tisch.« Nancy nahm aus einem Hängeschrank zwei Suppenteller und aus der Schublade zwei Löffel. »Riecht echt gut«, sagte sie.

»Hab mir auch extra Mühe gegeben«, sagte Ruby-Jean lächelnd. »Wie geht es dir und deinem Magen?«

»Gut.«

»Fein.« Ruby-Jean legte einen Untersetzer auf den Tisch und stellte den Topf darauf. Während sie sich und Nancy auftat, sagte sie stolz: »Ich hab sogar Hühnerklein ausgekocht und ein Bund Suppengemüse. Also alles frisch.«

»Die Arbeit wäre doch nicht nötig gewesen«, erwiderte Nancy. »Nicht für mich.«

»Nur das Beste für meine Maus. Dann mal guten Appetit.«

Nancy aß einen Löffel und die Suppe war wirklich köstlich. Es rührte sie, dass Ruby-Jean sich so um sie kümmerte. Dadurch wurde das schlechte Gewissen, dass sie sie beklaut hatte, umso größer. Nancy hoffte, dass sie die alte Nutte bald wieder rauswerfen konnte, ohne dass Ruby-Jean bemerkte, dass ein Schlüssel fehlte.

Wahrscheinlich hatte Nancy sich ihren Mageninhalt deswegen noch mal durch den Kopf gehen lassen. Das schlechte Gewissen, Ruby-Jean zu bescheißen, der Suizid der jungen Prostituierten und dann der Streit, den sie zwischen den Tänzerinnen provoziert hatte. Nancy war vorher nicht schon so auf der Höhe gewesen, weil die Kommissarin und Mareike sie auch schon gestresst hatten.

»Und, schmeckt's?«, fragte Ruby-Jean und riss Nancy so aus ihren Gedanken.

»Ja, super«, antwortete Nancy. Ruby-Jean lächelte zufrieden.

Nach dem Essen ging Nancy ins Badezimmer und ließ Wasser in die Wanne laufen. Sie brauchte eine Grundreinigung und wollte sich ein wenig entspannen. Sie nahm eins der vielen Badesalze vom Spiegelschrank.

»Sandelholz und *Patchouli*« stand auf dem Etikett. Sie drehte die Dose auf und roch daran. Bereits der Duft hatte eine entspannende Wirkung. Nachdem sie sich ausgezogen hatte, machte sie das Radio an, welches auf der Waschmaschine stand, und stieg in das dampfende Wasser.

Sofort merkte Nancy, wie sich ihre Muskeln durch die Wärme entspannten. Sie versuchte, nicht an die ganze Scheiße zu denken, die sie am Hacken hatte, sondern dachte daran, dass sie morgen Mike wiedersehen konnte. Sie ließ sich bis zu den Ohren in das Wasser gleiten und seufzte zufrieden.

Im Radio lief das Lied *16 Dollars* von *Volbeat*, und es hob Nancys Laune ungemein. Murmelnd sang sie den Refrain mit, und während der circa drei Minuten, in denen der Song lief, war Nancy in ihrer eigenen Welt. Abgeschirmt von all den Problemen, die noch vor ihr lagen und die sie noch lösen musste.

Kapitel 27

Am nächsten Tag wurde Nancy um Punkt elf Uhr von Mike abgeholt. »Und wohin fahren wir?«, fragte Nancy, während sie sich anschnallte.

»Überraschung«, antwortete Mike lächelnd und fuhr los.

»Da bin ich ja mal gespannt«, sagte sie und sah aus der Seitenscheibe, um herauszufinden, wo es hinging.

»Wie geht's dir?«, fragte Mike und drehte das Radio leiser.

»So weit ganz gut. Und dir? Hat sich deine Mum beruhigt?«

»Ja, so allmählich. Ihrem Rücken geht es langsam besser, sie will am Wochenende arbeiten.«

»Dann könnt ihr ja endlich diese dusselige Pute absägen, oder?«

Mike schwieg.

Nancy drehte den Kopf ruckartig zu ihm und wiederholte eindringlich: »Oder?«

Er sog zischend die Luft zwischen seinen Zähnen ein, so als hätte er sich das Knie gestoßen. »Noch nicht«, sagte er kleinlaut.

»Ernsthaft?«, fragte Nancy empört. »Wieso nicht?«

»Weil sie das Geld braucht. Mareike hat Mum einen vorgeheult, dass ihr Freund sie rausgeschmissen hat und sie jetzt bei einer Freundin untergekommen ist, aber die hat zwei Kinder – eins davon ist noch ein Baby. Ihr Mann ist jetzt schon genervt und will sie loswerden. Mum will sie nicht an die Luft setzen, bevor sie nicht einen anderen Job hat, damit sie sich eine Wohnung leisten kann.«

»Großartig!«, stieß Nancy aus und verschränkte die Arme. »Sehr sozial von ihr.«

»Es tut mir leid, wirklich.«

»Sollte es auch«, sagte sie und fixierte Mike von der Seite. Sie sah, wie er immer weiter in den Autositz schrumpfte, und entspannte kurz darauf ihr Gesicht. Sanft legte sie ihre Hand auf seinen Oberschenkel. »Okay, gut. Ich will mich jetzt nicht wegen der mit dir streiten und mir den Tag versauen lassen. Lass uns über etwas anderes reden.«

Mike legte seine Hand auf ihre. »Ja, das ist eine gute Idee. Was gibt's bei dir so Neues?«

»Alles wie immer«, log Nancy und sah aus dem Seitenfenster. Sie fragte sich immer noch, wohin sie fuhren. Erst waren sie in Richtung Innenstadt gefahren, aber Mike war irgendwann abgebogen.

»Hast du dir eigentlich die CD angehört, die ich dir gebrannt habe?«, fragte Mike.

»Welche von den vielen meinst du denn?«

Mittlerweile waren sie in einem Wohngebiet angekommen. Lange Reihen von Mehrfamilienhäusern säumten die Straße.

»Die letzte. Das neue Album von *Social Distortion. Hard Times and Nursery Rhymes*.«

»Ich hab mal reingehört und mir ein paar Songs auf den MP3-Player gepackt. Gefällt mir so weit.«

Dann bog Mike rechts in eine kleinere Straße ein. »Wir sind da«, sagte er und parkte auf einem kleinen Parkplatz vor einem vierstöckigen Mehrfamilienhaus.

Ohne zu fragen, stieg Nancy aus, und er führte sie zu einem der Eingänge. Dort wartete bereits eine pummelige Frau im Hosenanzug.

»Ah, Herr Finnegan«, grüßte sie erfreut. »Sie sind aber auf die Minute pünktlich. Ist das Ihre Freundin?« Sie schüttelte energisch Nancys Hand. »Wagner«, stellte sie sich vor.

Nancy sagte verunsichert: »Armstrong.«

»Dann wollen wir mal«, sagte Frau Wagner lächelnd, schloss die Eingangstür auf und ging hinein. Nancy und Mike folgten ihr.

Sie stiegen die Treppen hinauf bis in den ersten Stock, wo

Frau Wagner eine Wohnungstür aufschloss und sie hineinbat.

»Sehen Sie sich in Ruhe um, wir haben alle Zeit der Welt. Und fragen Sie mich alles, was Sie wollen.« Sie schloss die Wohnungstür hinter sich.

Nancy sah sich um. Die Wohnung war komplett weiß gestrichen, auf dem Boden war Laminat verlegt. Nancy zählte neben Badezimmer und Küche zwei Zimmer. Sie ging ins Wohnzimmer und sah, dass es einen Balkon gab.

»Und, was sagst du?«, fragte Mike, während Nancy sich umsah.

»Die Wohnung sieht echt gut aus. Ich bin einfach nur überrascht. Du willst also wirklich ausziehen?«

Er nickte. »Wird langsam Zeit, findest du nicht auch?«

»Und, Frau Armstrong, was sagen Sie?«, mischte sich Frau Wagner ein.

»Gut«, antwortete sie knapp, denn sie fühlte sich überrumpelt. Dann wurde ihr bewusst, wie desinteressiert und unhöflich sie wirken musste. Nancy setzte ein Lächeln auf. »Ich sehe mir mal den Balkon an.« Sie gab Mike ein Zeichen, ihr zu folgen.

»Freust du dich?«, fragte er.

»Ja, schon.«

»Aber?«

Nancy zog Mike zu sich und fragte leise: »Willst du etwa, dass ich mit einziehe? Weil die mich so anguckt. Hast du ihr gesagt, dass wir die Wohnung gemeinsam nehmen?«

»Nein«, versicherte er ihr. »Ich meine, wenn du möchtest, dann ja. Aber das ist nichts, was ich einfach für dich entscheide. Ich bin jetzt erst mal davon ausgegangen, dass ich ausziehe, und dann sehen wir weiter.«

Erleichtert seufzte Nancy. »Sorry. Ich steh in letzter Zeit etwas unter Strom.«

»Merk ich schon. Was ist los?«

»Ich bin einfach nur überrascht, dass du dir jetzt auf einmal eine eigene Wohnung nimmst.«

»Ich habe ja schon länger darüber nachgedacht. Der Stubenarrest hat mir den Rest gegeben. Wenn Scheiße auf der Arbeit passiert, dann ist das eine Sache. Aber wenn dein Boss deine Mutter ist und ihr auch noch zusammen wohnt, dann nimmt das geradezu bizarre Züge an. Außerdem werde ich bald siebenundzwanzig, es wird Zeit.«

»Hast du es ihr schon gesagt?«

»Nein, ich wollte mich erst einmal umschauen und abwarten, wie es mit ihrem Rücken wird. Ich denke mal, zum ersten Mai werde ich ausziehen.«

Nancy trat an die Brüstung und sah auf die Straße hinunter. »Das scheint eine nette Gegend zu sein.«

Mike umarmte sie von hinten. »Mhm«, sagte er. »Das Schöne ist, wir können dann endlich mal unter uns sein.«

»Das stimmt.« Nancy lächelte.

Kapitel 28

Mike redete mit Frau Wagner noch über einige Formalitäten bezüglich der Wohnung, ehe sie sich verabschiedeten. Allmählich wurde Nancy bewusst, was für einen großen Schritt es bedeutete.

»Sorry, dass ich so überrumpelt war«, sagte Nancy, als sie in den Mini einstiegen. »Ich freue mich, wirklich.«

»Ich hab dich damit aber auch ziemlich überfallen«, erwiderte Mike.

»Ich hab echt für einen Moment Schiss gehabt, dass du mit mir zusammen da einziehen wolltest.«

Mike fuhr los und sagte schmunzelnd: »Das klingt, als wäre das was Schlimmes.«

»Nein, so war das nicht gemeint. Dir würde das auch nicht gefallen, wenn so über deinen Kopf hinweg entschieden werden würde, oder?«

»Ich weiß schon, wie du das meinst«, versicherte er ihr. »Entspann dich. Du wirkst tatsächlich ein bisschen gestresst heute.«

Seufzend stützte Nancy ihren Kopf mit der Hand ab und sah aus dem Seitenfenster. »Ja, ich weiß.«

»Willst du drüber reden?«

»Ach, geht schon«, sagte sie. »Ich möchte mal auf andere Gedanken kommen.«

»Kaffee?«

»Klingt gut.«

»Wieder das Café von letztens?«

»Gerne.«

»Dieses Mal bediene ich dich«, sagte Mike, als sie am Coffeeshop ankamen. »Such du uns einen Platz. Was möchtest du?«

»Karamell-Macchiato«, antwortete Nancy und setzte sich an einen der freien Tische. Mike nickte und verschwand in dem Laden. Nancy steckte sich einen Zigarillo an. Allmählich empfand sie Vorfreude darüber, dass Mike sich eine eigene Wohnung nahm. Dann hätten sie einen Rückzugsort und müssten sich nicht immer so zwischen Tür und Angel sehen. Außerdem könnten sie öfter die Nacht miteinander verbringen.

»Das ging ja schnell«, sagte Nancy, als Mike mit den Getränken wiederkam.

»Heute ist nicht so viel los wie letztens«, erwiderte er und stellte die Gläser auf dem Tisch ab, ehe er sich setzte. »Ich hab dieses Mal das Gleiche genommen wie du. Wenn die schon so Sirup-Sachen haben, dachte ich, dass ich das auch mal probieren muss.«

Nancy zog an ihrem Zigarillo und lächelte Mike an.

»Was ist los?«, fragte er.

»Ach, nichts«, antwortete sie und drückte ihren Zigarillo aus. »Ich freu mich einfach nur, dich zu sehen.«

Mike lächelte zurück.

Nancy beobachtete ihn, wie er einen Schluck trank, und fühlte sich auf einmal seltsam zufrieden. Mike bei solchen Kleinigkeiten zu sehen – wie er das Glas hielt, wie sein Adamsapfel beim Trinken auf und ab ging … Es entspannte sie. Eine Vene auf seinem Handrücken zeichnete sich ab und schimmerte bläulich durch die Haut. Die Bewegung seiner Muskeln im Unterarm, wenn er ihn hob und senkte … Sie achtete auf jedes Detail.

»Ich liebe dich«, sagte sie leise.

Mike sah ihr daraufhin direkt in die Augen. Durch das Sonnenlicht schimmerten seine Augen wie gebürsteter Edelstahl. »Ich liebe dich auch«, erwiderte er, beugte sich vor und küsste sie.

»Ich freu mich schon darauf«, sagte Nancy und legte ihre Hand auf seine, die auf dem Tisch ruhte, »wenn du dann deine eigene Wohnung hast.«

Mike drehte seine Hand herum und befühlte mit seinen Fingerspitzen ihre. »Ich mich auch.«

»Was glaubst du, wie deine Mutter reagieren wird?«

»Ich glaube, sie wird froh sein. Die letzten Jahre sind wir uns ziemlich auf den Keks gegangen.«

»Wie lange wohnst du jetzt eigentlich bei ihr?«

Mike sah nach oben. »Lass mich mal überlegen … fünf Jahre ungefähr. Mit zwanzig bin ich ja einmal ausgezogen, aber du weißt ja … «

Wissend nickte Nancy. Nachdem Mareike ihm das Herz gebrochen hatte, hatte Mike sich ziemlich herumgetrieben, was dazu geführt hatte, dass er irgendwann von seiner Mutter hinausgeworfen worden war. Schließlich hatte sie ihn aber wieder bei sich aufgenommen.

Nancy wollte darüber nicht weiter nachdenken, daher lenkte sie das Thema um. »Dann hast du einen weiteren Weg zur Arbeit«, sagte sie und trank einen Schluck.

Mike nickte. »Ja, mal sehen. Ich werde mir über kurz oder lang ein eigenes Auto kaufen. Mal sehen, was es wird.«

»Schade, ich hatte mich an den Mini gewöhnt. Hast du schon eine Idee, was?«

Mike lehnte sich zurück. »Also genug PS sollte es dann schon haben. Der Mini hat nämlich hundertzwanzig. Das möchte ich nicht missen.«

Ehe Nancy etwas sagen konnte, vibrierte ihr Handy. Auf dem Display sah sie, dass es Angus war.

»Sorry, ich muss da ran«, sagte sie und drückte auf das grüne Hörer-Symbol. »Ja?«

»Er ist grad weg. Allein. Wie lange brauchst du hierher?«

Nancy überlegte kurz. »Keine zehn Minuten.«

»Okay, bis gleich.«

Nancy stand auf, und Mike fragte verwirrt: »Was ist los?«

»Ich muss weg. Ist wichtig. Sorry.«

Mike stand ebenfalls auf, und als Nancy sich gerade umgedreht hatte, um zu gehen, ergriff er ihre Hand. »Was ist los?«, wiederholte er und sah sie eindringlich an.

»Erklär ich dir später. Das ist jetzt wichtig.«

»Ist es meinetwegen? Wegen Mareike? Was ist los?«

Nancy seufzte. »Nein, ich … kann es dir jetzt nicht sagen.«

Mike ließ ihre Hand los und sah zu Boden. »Okay«, murmelte er.

Nancy wusste, dass nichts okay war. »Du hast nichts falsch gemacht, versprochen. Ich werde es dir erklären, aber jetzt habe ich keine Zeit. Ich melde mich später, es tut mir wirklich leid.«

Mike schwieg, und obwohl es Nancy Bauchschmerzen bereitete, ging sie.

Kapitel 29

Nancy war zu dem Wohnblock geeilt und brauchte einen Moment, bis sie Angus ausmachen konnte. Dabei kam ihr der Gedanke, dass eigentlich er Mike erklären müsste, warum Nancy ihn hatte sitzen lassen. Das war er ihr schuldig, dafür, dass sie ein Kilogramm Gras zurückbeschaffte.

»Du bist ja schnell hier«, sagte Angus.

»Ich war grad in der Gegend. Also, ich geh da hoch und lass mir was einfallen, dass mich die Blondine reinlässt. Ich werde ihr irgendeinen Mist erzählen von wegen, dass Pascal mich schickt und ich was holen soll. Wenn alles gut geht, dann ist die so doof.«

Angus nickte. »Hier hast du einen Rucksack«, sagte er und reichte ihn ihr. »Wir sind hier. Falls was ist, ruf an.«

»Okay.«

Ohne weitere Zeit zu vergeuden, ging Nancy durch den Eingang. Dann erinnerte sie sich an den vollgepissten Aufzug und hoffte, dass ihn jemand in der Zwischenzeit gereinigt hatte.

»Natürlich«, murmelte Nancy, als ihr der vertraute Geruch abgestandenen Urins entgegenkam, als sich die Türen des Aufzugs öffneten. Sie zog den Kragen ihres T-Shirts über die Nase und ertrug während der Fahrt in den neunten Stock eisern den Gestank.

Im Flur vor der Wohnung war es dieses Mal ruhig. Sie klingelte, und kurz darauf verriet der Wechsel von Licht zu Schatten im Türspion, dass jemand zu Hause war. Trotzdem wurde ihr nicht geöffnet, daher klingelte sie abermals.

Langsam wurde die Tür mit vorhängender Kette geöffnet, und Nancy hörte eine leise Stimme durch den Spalt.

»Blaze ist nicht da.«

»Ich weiß«, sagte Nancy selbstbewusst. »Er hat mir gesagt, ich soll was holen.«

»Davon weiß ich aber nichts.«

»Er hat mich eben angerufen. Er sagt, es ist dringend.«

Eine Pause entstand, und Nancy hoffte, dass die Blondine nicht auf die Idee kam, ihn anzurufen, um nachzufragen. Dann hatte Nancy eine Idee, welchen Hebel sie nutzen könnte.

»Er hatte mir gesagt, dass das total wichtig ist, dass du mich reinlässt. Sonst wird er stinksauer, aber so richtig. Und ich glaube nicht, dass du das willst.«

Kurz darauf wurde die Tür geschlossen und hörbar der Riegel der Türkette zurückgeschoben. Nancy musste sich ein Grinsen verkneifen, denn sie war stolz darauf, dass ihr Plan aufging.

Die Blondine vor ihr sah auf den Boden und ging einen Schritt beiseite, sodass Nancy eintreten konnte. Jetzt, wo Nancy sie bedrückt so vor sich sah, überkam sie ein schlechtes Gewissen. Sie schien wirklich Angst zu haben, wenn Nancys Lüge so erfolgreich war.

»Was sollst du denn holen?«, fragte das Mädchen, den Blick auf Nancys Schuhe gerichtet.

»Gras. Alles, was da ist.«

»Echt? *Alles*?«

Nancy nickte entschlossen. »Alles. Und zwar sofort. Ich soll das hier wegschaffen und erst einmal für ihn aufbewahren.«

»Okay«, murmelte sie und ging ins Wohnzimmer. Nancy folgte ihr und beobachtete, wie sie in das Nebenzimmer ging. Allmählich wurde Nancy ungeduldig, denn sie wusste nicht, wie viel Zeit ihr noch blieb. Sie wollte alles so zügig und geschmeidig wie möglich über die Bühne bringen.

Endlich kam das Mädchen mit einer Tüte wieder und reichte sie Nancy. Sie stopfte sie in den Rucksack und war gerade im Begriff zu gehen, da fragte die Blondine: »Warum sollst du das mitnehmen?«

Überrumpelt von der Frage, versuchte Nancy sich schnell etwas einfallen zu lassen. »Weil Blaze es mir gesagt hat.«

»Kommen die Bullen?«, fragte sie verängstigt und rieb sich den Arm.

Nancy legte den Kopf schief und überlegte, welche Antwort sinnvoller war. »Ich weiß es nicht. Ich muss jetzt auch los.«

Auf einmal fing die Blondine an zu weinen.

Nancy verzog genervt das Gesicht. »O Mann«, stöhnte sie und versuchte, es zu ignorieren und stattdessen die Wohnung zu verlassen. Doch sie konnte es nicht. »Was ist los?«, fragte sie.

»Ich … «, murmelte das Mädchen und schniefte.

»Du?«

»Ich will nicht, dass sie uns trennen. Ich liebe ihn!«

Nancy rollte mit den Augen und kniff sich in den Nasenrücken. Sie hatte keine Zeit für so etwas. »Guck mal, ich hab jetzt das ganze Zeug. Selbst wenn die kommen, dann finden sie nichts. Also, alles gut.«

Das schien sie aber auch nicht zu beruhigen, denn jetzt heulte sie richtig.

Nancy war mit der Situation überfordert und wusste nicht, was sie sagen sollte. Eine Weile sah sie der Blondine dabei zu, wie sie ihr Gesicht in den Händen vergrub und schluchzte.

»Wie gesagt, ich muss los«, sagte Nancy schließlich und verließ die Wohnung. Sie schulterte den Rucksack und ging zügig die Treppen hinab.

»Du schuldest mir was hierfür«, sagte Nancy, als sie Angus den Rucksack reichte. Er öffnete ihn und sah hinein. »Und nicht nur den Zwanni für das Gras, das ich ihm abgekauft habe. Ich musste Mike deswegen versetzen.«

Angus sah auf. »Oh, das tut mir leid«, sagte er aufrichtig und reichte den Rucksack einem *Sick Boy*, der ihn aufsetzte, auf sein Motorrad stieg und davonfuhr. »Ich mach es wieder gut. Versprochen.« Angus legte seine Hand auf Nancys Schulter.

»Vielen Dank. Das hast du übrigens super gemacht. Das mit dem Gras ist nur übergangsweise. Ich will eine Werkstatt aufmachen und brauch Kapital. Ohne deine Hilfe wären uns um die zehn Scheine durch die Lappen gegangen. Ich will ungern Ruby-Jean anpumpen.«

»Ja, da solltest du eh aufpassen. Wenn sie spitzkriegt, dass deine Jungs Gras an ihre Mädels verticken, dann hängt bei euch der Haussegen auch schief.«

»Auch?«, fragte Angus und kramte seinen Tabakbeutel aus seiner Kutte. »Stimmt bei dir und Mike irgendwas nicht?«

Nancy fluchte innerlich, dass ihr das herausgerutscht war. Während Angus sich eine Zigarette drehte, sah er sie erwartungsvoll an. Seufzend holte Nancy ihr Softpack Zigarillos aus der Jackentasche und steckte sich einen an.

»Ich weiß es nicht«, begann sie und nahm einen tiefen Zug. »In letzter Zeit ist alles so komisch.«

»Soll ich mal mit ihm reden?«

Nancy zuckte die Schultern. Es wäre nicht die schlechteste Idee. Andererseits wusste Nancy nicht, was sie ihm ausrichten lassen sollte.

Schweigend rauchten sie nebeneinander. Angus schien nachzudenken.

»Ich lass mir was einfallen«, sagte er, ließ die aufgerauchte Zigarette fallen und trat sie aus. »Soll ich dich nach Hause fahren?«

»Das wäre nett, danke.«

Kapitel 30

Nancy stieg von der Maschine. Ihre Beine zitterten.

»Du siehst ganz schön mitgenommen aus«, sagte Angus und grinste. Nancy nahm den Helm ab und verzog das Gesicht. Jetzt wusste sie, dass Motorradfahren nicht ihr Ding war, und sie nahm sich vor, sich ein eigenes Auto zuzulegen.

»Danke für die Mitfahrgelegenheit.« Nancy steckte den Helm in die Satteltasche. »Nur fliegen ist schöner … «

Angus lachte auf. »Wir sehen uns.«

Nancy hob die Hand zum Abschied und Angus fuhr davon.

Auf dem Weg zur Wohnung kam die Prostituierte mit den pinkfarbenen Haaren sichtlich wütend aus dem Bordell gestapft. Eine weitere Prostituierte eilte ihr nach, holte sie ein und versuchte, sie zu beruhigen.

»Diese widerliche alte Kuh!«, zischte die erste.

Die zweite tätschelte ihr mitfühlend den Arm. »Ich weiß, Pixie«, sagte sie, »aber lass dich nicht provozieren.«

Nancy ahnte, um wen es ging, und ihr wurde noch mulmiger als bei der Motorradfahrt mit Angus. »Was ist los?«, fragte sie und steckte sich einen Zigarillo an.

»Die Neue versucht, mir die Kunden streitig zu machen, das ist los!«, antwortete Pixie.

Nancy seufzte. »Ich kümmere mich drum«, sagte sie und nahm einen Zug vom Zigarillo, ehe sie ihn wegschnippte. »Aber tut mir einen Gefallen«, fügte sie hinzu, »sagt Ruby-Jean nichts, sie hat genug um die Ohren.«

Die beiden Prostituierten nickten, und Nancy ging ins Bordell und direkt zu dem Zimmer, wo sie die Alte einquartiert hatte.

Die Tür war verschlossen, und Nancy war gerade im Begriff

anzuklopfen, als die Tür aufgerissen wurde. Ein mittelalter Mann, der sich die offene Hose hochhielt, lief in Nancy hinein. Er beachtete sie gar nicht, schimpfte stattdessen in das Zimmer: »Das ist abartig! Widerlich!« Dann stürmte er davon. Nancy sah ihm verwirrt nach. Dann trat sie einen Schritt in das Zimmer und hielt sich unvermittelt die Hand vor die Nase. Ein stechender Fäkalgeruch schlug ihr entgegen.

»Mach die Tür zu!«, keifte die Alte, die das Bettlaken zusammenraffte.

Nancy zog die Tür hinter sich zu und ging zum Fenster, um es zu öffnen. »Was ist passiert?«, fragte sie und atmete die frische Luft tief ein. Statt zu antworten, schleppte Inge das Bettlaken ins Badezimmer. Nancy folgte ihr und beobachtete, wie sie es in die Dusche warf.

»Lass gut sein«, sagte sie von der Tür aus. »Schmeiß es weg. In der Kommode haben wir neue.«

Inge ignorierte Nancy und war im Begriff, die Dusche anzustellen, doch Nancy hielt sie auf. Mit tränenerfüllten Augen funkelte Inge sie wütend an, und ohne ein Wort zu sagen, ging sie zurück ins Zimmer. Sie riss die Schubladen der Kommode auf und wühlte nach einem Bettlaken. Nancy stand in der Badezimmertür und beobachtete sie. Ihr Blick fiel auf die blanke Matratze und den braunen Fleck darauf. Seufzend kniff sie sich in den Nasenrücken. Wie sollte sie Ruby-Jean das erklären?

Nancy ging zum Bett, um den Fleck genauer zu betrachten. Er war nicht besonders groß und es war auch nicht sonderlich viel. Mit Reiniger und Desinfektionsmittel könnte man die Matratze retten.

Dann fiel ihr ein, dass die Matratzen hier normalerweise mit einer Art Gummilaken bezogen waren. Aus hygienischen Gründen, wie im Krankenhaus.

In der Zwischenzeit warf Inge alles Bettzeug herunter und versuchte, die Matratze hochzuheben, schaffte es aber kaum, auch nur eine Ecke zu bewegen.

»Wieso ist da kein Gummilaken drauf?«, fragte Nancy.

Inge hielt inne. »Weil es sich eklig angefühlt hat. Hat mich ans Krankenhaus erinnert. Also hab ich es abgemacht.«

»Tja, hättest du die mal draufgelassen. Du willst die angeschissene Matratze doch jetzt nicht einfach umdrehen?«

Inge glotzte Nancy an, ihr Gesichtsausdruck war eine Mischung aus Scham und Wut.

»Pack deine Sachen«, sagte Nancy bestimmt. »Und her mit dem Schlüssel.«

Sie wartete gespannt die Reaktion der Alten ab und rechnete schon damit, dass sie einen Wutanfall bekam. Doch stattdessen hielt sie ihre Hände vors Gesicht und fing an zu heulen.

Genervt rollte Nancy mit den Augen. »Spar dir die Show«, sagte sie kühl. »Das zieht bei mir nicht.«

Inge flennte weiter und setzte sich auf die Ecke des Bettes. Nancy überlegte, ob sie ihr für dieses Schauspiel sarkastisch applaudieren sollte.

»Glaubst du, es macht mir Spaß?«, zischte die Alte und schniefte laut. Überrumpelt davon, sagte Nancy nichts. »Glaubst du, ich mach das hier gern? Glaubst du, es ist mir nicht peinlich, mich beim Analsex einzuscheißen? Trotz Klistier! Zu merken, dass mein Körper nicht mehr so funktioniert wie früher? Meine Muschi wird ständig wund, weil ich so trocken bin! Trotz Gleitgel!«

Für einen Moment empfand Nancy fast Mitleid mit ihr. Sie saß da wie ein Häuflein Elend. Eine gealterte Prostituierte, deren einzige Einnahmequelle – ihr Körper – allmählich auseinanderfiel.

»Bitte«, flüsterte Inge, den Blick in den Schoß gerichtet. Sie knetete ihre Finger und sah dann auf zu Nancy. »Bitte lass mich hierbleiben. Ich mache auch keinen Ärger mehr. Versprochen. Bitte.«

»Geh erst mal duschen. Dann sehen wir weiter.«

Inge biss sich auf die Unterlippe und nickte. Dann ging sie ins Badezimmer. Nancy fuhr sich durch die Haare. Sie bereute es, den Deal eingegangen zu sein. Sie war so versessen darauf gewesen, Angus zu imponieren, dass es ihr jetzt auf die Füße fiel. Sie könnte Ruby-Jean gegenüber immer noch behaupten, dass Inge den Schlüssel gestohlen und sich hier eingenistet hatte. Trotzdem blieb das schlechte Gewissen, überhaupt erst gelogen zu haben und weiterhin zu lügen. Ein winziger Teil von Nancy wünschte sich, dass Ruby-Jean plötzlich in das Zimmer kommen und sie erwischen würde.

Inge kam, in ein Badetuch gewickelt, aus dem Badezimmer und wühlte in einer großen Einkaufstüte neben dem Bett herum. »Ich verspreche dir«, sagte sie und zog ein paar Klamotten heraus, »ich mache wirklich keinen Ärger mehr.«

Ein zusammengefalteter Zettel fiel mit heraus, was Inge nicht zu bemerken schien. Stattdessen ging sie mit einem kleinen Bündel Wäsche wieder ins Badezimmer und rief: »Ich bin eine arme, alte Hure. Ich weiß nicht wohin.«

Nancy bückte sich nach dem Zettel und kam nicht umhin, ihn zu lesen. Dort stand: »Ich halte es nicht mehr aus, von Tante Inge so ausgebeutet zu werden. Ich wünschte, ich wäre auch bei dem Autounfall gestorben. Ich komme zu euch, Mama und Papa.«

Nancy gefror das Blut in den Adern, und sie starrte fassungslos auf das Papier. Dann drehte sie sich langsam zu der Alten um, die gerade wieder in das Zimmer kam. Inge sah sie so erschrocken an, als ahnte sie, was Nancy gerade erfahren hatte.

»Das war deine *Nichte*?«, zischte Nancy zwischen den Zähnen. »Du hast deine eigene Nichte auf den Strich geschickt?«

Inge hob abwehrend die Arme. »Für irgendetwas musste das Balg doch gut sein!«, verteidigte sie sich. »Was weißt du schon!«

»Du widerliche alte Hexe!« Nancy stapfte auf sie zu.

Die Alte versuchte zu fliehen, doch Nancy war schneller. Sie schubste sie von der Tür weg, woraufhin sie auf den Boden fiel. Als sie versuchte aufzustehen, trat Nancy ihr ins Kreuz und drückte sie mit dem Stiefel auf den Boden. Sie schrie kurz auf vor Schmerzen.

»Für einen klitzekleinen Augenblick …« Nancy beugte sich zu ihr herunter und schnaubte. »… hatte ich fast so etwas wie Mitleid mit dir. *Arme alte Hure.* Am Arsch! Du bist nur ein mieses Stück Scheiße und verdienst alles Schlechte, was dir passiert!« Nancy stieg von ihr und brüllte: »Aufstehen!«

Statt der Aufforderung nachzukommen, japste die Alte nach Luft und wimmerte. Grob packte Nancy sie am Nacken und riss sie hoch. Da sie nur Haut und Knochen war, fiel es ihr nicht besonders schwer, sie aus dem Zimmer zu schleifen.

Auf dem Flur reckten einige Prostituierte neugierig die Hälse, während Nancy die Alte vor sich herschob.

»Mutti!«, rief Nancy die Treppe hinab. »Mutti!«

Irgendwann stand Ruby-Jean am Fuß der Treppe und starrte ungläubig hinauf. »Was zur Hölle ist hier los?«, schimpfte sie und eilte hoch.

»Ich hab die Alte hier gefunden. Die hat einen Schlüssel aus deinem Büro geklaut, sich hier eingenistet und aufs Bett gekackt.« Nancy unterdrückte ein Grinsen, ehe sie sagte: »Außerdem hat sie das Kostüm der Tänzerin zerschnitten.« Dass sie ihr das mit dem Kostüm in die Schuhe schieben könnte, war ihr spontan eingefallen. Sie hoffte, so wieder Frieden zwischen den verfeindeten Tänzerinnen zu stiften.

Fassungslos sah Ruby-Jean im Wechsel zu Inge – die jedweden Widerstand aufgegeben hatte – und zu Nancy. »Kalle!«, brüllte sie, und kurz darauf kam der Türsteher keuchend die Treppe hinauf. Verwirrt sah er alle an und versuchte sichtlich zu begreifen, was hier gerade los war. »Bring diese Person hier raus«, wies Ruby-Jean ihn an und sagte zu Nancy: »Und du erklärst mir, was genau passiert ist.«

Kalle übernahm Inge und eskortierte sie nach draußen.

»So«, sagte Ruby-Jean, »jetzt noch mal von vorne.«

»Ein paar Prostituierte haben sich beschwert, dass hier eine

Stress macht. Also bin ich hin. Dann habe ich gesehen, dass sie aufs Bett gekackt hat.« Nancy musste sich zügig überlegen, was sie als Nächstes sagen sollte, also überbrückte sie die Pause mit dem Anzünden eines Zigarillos. »Mir kam die Alte bekannt vor. Die hat schon mal vorm *Ruby's Rooms* herumgelungert, und ich hab mich gewundert, dass sie auf einmal ein Zimmer hatte. Sie konnte keine Kopie des Mietvertrags vorweisen, und dann wurde sie aggressiv.«

»Moment. Sie hat aufs Bett *gekackt*?«

Nancy nickte und zeigte zum Zimmer. Ruby-Jean eilte hin und schlug die Hände über dem Kopf zusammen.

»Ich ruf den Reinigungsdienst an.« Ruby-Jean seufzte. »Vielleicht können sie die Matratze retten.«

Kapitel 31

»Was für ein Tag«, murmelte Nancy. Sie saß am Tresen und nippte an ihrem Whiskey Cola. Mittlerweile war es spätabends und Müdigkeit überkam sie. Sie sah auf ihr Handy und ihr Herz wurde schwer. Keine Nachricht von Mike. Sie wusste, dass sie ihm hätte schreiben sollen, doch sie wusste nicht, was. Zu groß war die Angst davor, dass er noch sauer darüber sein könnte, dass sie ihn sitzen gelassen hatte.

Nancy fragte sich, was Mike wohl gerade in diesem Moment tat. Unwillkürlich drängte sich ihr das Bild von Mareike auf. Sie versuchte, nicht an sie zu denken. Doch je mehr sie sich dagegen wehrte, desto schlimmer wurde es. Nancys Puls raste und sie fühlte, wie sich ihr Nacken verkrampfte. Was war, wenn er jetzt von Nancy allmählich genug hatte? Was war, wenn er jetzt Trost bei Mareike suchte?

Das mulmige Gefühl schwoll zu Panik an. Sie hoffte, dass Angus sein Angebot bereits wahrgemacht und mit ihm gesprochen hatte. Eigentlich hätte Nancy es Mike auch selbst sagen können.

»Na, Nancy?«, sagte Angus, der sich neben sie setzte. »Alles in Ordnung?«

Sie stützte den Kopf in die Hand und sah ihn an. »Hast du mit Mike gesprochen?«

Angus fuhr sich mit der Hand durch den Bart, ehe er sagte: »Wir haben telefoniert, ja.«

»Und?« Nancy wurde immer nervöser, denn Angus machte eine Pause und kramte einen Beutel Tabak und Blättchen aus seiner Kutte.

»Er war sehr wütend darüber, dass du ihm nichts gesagt hast und er wie ein Depp sitzen gelassen wurde.«

Nancy senkte den Blick auf das Whiskeyglas vor sich.

»Und dass du dich nicht mehr bei ihm gemeldet hast«, fügte Angus hinzu und drehte sich eine Zigarette.

»Und was hast du ihm gesagt?«, fragte Nancy leise.

»Ich habe ihm erklärt, dass du mir bei was geholfen hast und es wichtig war. Und dass ich dir gesagt habe, dass du es keinem erzählen sollst.«

»Hast du ihm erzählt, worum es ging?«

Angus schüttelte den Kopf. Nancy seufzte.

»Er sagte auch, wenn du immer noch sauer auf ihn bist, sollst du es ihm sagen und es nicht so an ihm auslassen. Auf dieses Hin und Her hat er nämlich keinen Bock.«

Nancy rieb sich über die Stirn. »Das hatte doch gar nichts *damit* zu tun.«

»Ich glaube«, sagte Angus und drückte die aufgerauchte Zigarette aus, »du solltest mit ihm reden.«

Nancy nickte und trank ihr Glas aus.

Angus stand auf und klopfte ihr auf die Schulter. »Kopf hoch, das wird schon wieder. Mike ist nicht nachtragend.«

»Hoffentlich«, erwiderte Nancy. Angus sah sie kurz an, verabschiedete sich und ging.

Sie überlegte bereits, was sie ihm sagen konnte und vor allem, wie. Der Gedanke, dass er wütend auf sie war, war unerträglich für sie. Nancy erinnerte sich daran, wie sie ihn heute im Auto so zusammengefaltet hatte, weil Mareike notgedrungen noch im Pub arbeitete, und seine Reaktion darauf. Es tat Nancy leid, ihm gegenüber so gewesen zu sein, und sie fühlte sich egoistisch deswegen.

Sie sah zur Uhr. Noch war es nicht zu spät und es fuhr noch ein Bus. Sie eilte nach draußen, um ihn zu erwischen. Starker Regen hatte eingesetzt, und ehe sie die Bushaltestelle erreicht hatte, war sie völlig durchnässt.

Aber das war ihr egal.

Kapitel 32

Gegen dreiundzwanzig Uhr stand Nancy vor der Haustür und traute sich nicht zu klingeln. Stattdessen rief sie ihn an, doch er nahm nicht ab. Mittlerweile hatte der Regen aufgehört, doch der kühle Wind kroch durch Nancys durchnässte Kleidung und nahm alles an Körperwärme mit. Bibbernd rief sie ihn erneut an und hoffte, dass er sie nicht absichtlich ignorierte.

Endlich ging er ran und fragte schroff: »Ja?«

Nancy zuckte bei dieser Begrüßung zusammen und sagte: »Ich steh vor der Tür. Können wir reden?«

Mike seufzte und legte auf. Kurz darauf hörte sie den Summer und konnte ins Treppenhaus. Als sie die Wohnung erreichte, stand Mike bereits in der Tür. Sie konnte nicht einschätzen, ob er verärgert oder nur müde war. Seinen zerzausten Haaren nach zu urteilen, hatte er wohl schon geschlafen.

»Du bist ja pitschnass«, sagte er leise und seine Gesichtszüge entspannten sich. Nancy erwiderte nichts, sondern stand nur da. »Na los, komm rein«, sagte er schließlich. »Aber sei leise, Mum schläft schon.«

Nancy folgte Mike in die Wohnung. »Ich hol dir ein Handtuch«, flüsterte er. »Kannst ja schon mal in mein Zimmer gehen.«

Nancy nickte und ging so leise wie möglich in sein Zimmer.

Kurz darauf kam Mike mit einem Handtuch zurück und reichte es ihr. Für einen Moment sah er sie prüfend an. »Ich glaube, ein Handtuch reicht nicht, deine Klamotten sind ja vollkommen durchnässt. Soll ich dir was zum Anziehen geben?«

»Bist du sauer auf mich?«, fragte Nancy leise, und ihre Finger krallten sich in das Handtuch. Seufzend drehte Mike sich zu seinem Kleiderschrank um, öffnete ihn und suchte ein

T-Shirt und eine Jogginghose heraus. Nancy machte die Stimmung Angst. Sie fühlte sich wie ausgehöhlt und ein eisiger Wind wehte durch sie hindurch.

Mike reichte ihr die Klamotten, doch Nancy nahm sie nicht an. Stattdessen starrte sie auf den Boden vor sich. Sie wünschte, er würde etwas sagen. Mike setzte sich auf die Bettkante und legte die Hose und das T-Shirt neben sich.

»Ja, bin ich, ehrlich gesagt«, sagte er unerwartet ruhig. Trotzdem zuckte Nancy zusammen und kniff die Augen zu, als hätte sie sich erschrocken. »Weil du mich sitzen gelassen hast, einfach so. Und das zum zweiten Mal. Wenn du ein Problem hast, dann sag es. Aber führ mich nicht vor. Ich weiß, dass dir das mit Mareike nicht passt. Aber lass es nicht an mir aus. Nicht so.«

Ihre Finger krallten sich immer fester in das Handtuch, ihre Fingernägel bohrten sich hinein und das Nagelbett schmerzte.

Mike erhob sich, ergriff das Handtuch, welches Nancy widerstandslos hergab, und umfasste ihren Kopf damit. Sanft rieb er ihre Haare trocken. »Das heißt aber nicht, dass ich dich nicht mehr liebe.« Er drehte sich zum Bett um, nahm die Klamotten und hielt sie Nancy hin. »Na los, zieh das an.«

Zögerlich zog sie sich aus und gab Mike ihre nassen Sachen.

»Ich häng die ins Badezimmer«, sagte er und ging hinaus.

In der Zwischenzeit zog Nancy sich an, und das Gefühl von trockener Kleidung auf ihrer eiskalten Haut war eine wahre Wohltat.

»Dafür, dass du reden wolltest«, sagte Mike, als er wieder ins Zimmer kam, »bist du ziemlich still.«

Verlegen rieb Nancy sich den Arm und nickte. Es kostete sie Überwindung, etwas zu sagen. »Es tut mir leid«, begann sie kleinlaut. »Das heute hatte nichts mit dir zu tun. Angus hatte mich um Hilfe gebeten, und das war die einzige Gelegenheit.«

»Das hat er mir auch erzählt, ist aber nicht mit der Sprache herausgerückt, worum es ging.«

Nancy biss sich auf die Unterlippe und überlegte, ob sie es

ihm erzählen sollte und ob es die Situation verbessern oder verschlechtern würde. Erwartungsvoll sah er sie an, und Nancy gab nach. »Dein Onkel vertickt Gras. Jemand hat ihm ein Kilo geklaut und ich hab geholfen, es wiederzubeschaffen.«

Mike stieß die Luft aus und verdrehte die Augen. »Mein Gott«, sagte er, den Blick zur Decke gerichtet, »er denkt wohl auch, dass ich noch ein Kind bin. Als ob ich so was nicht wüsste.«

»Du weißt davon?«

»Na ja, dass er kein unbeschriebenes Blatt ist, weiß ich, und so was überrascht mich ehrlich gesagt nicht.«

»Ich hätte es dir gern eher gesagt, aber Angus hat mich eindringlich darum gebeten, kein Wort darüber zu verlieren.«

»Ja, weil er Schiss hat, dass ich Mum davon erzähle. Für wie dämlich hält er mich eigentlich?«

»Ich denke eher, dass er dich schützen will.«

Mike lachte leise auf. »Wovor? Glaubt er, ich kann damit nicht umgehen?«

Nancy zuckte mit den Achseln, denn sie wusste keine Antwort darauf.

»Ganz ehrlich, mir ist das egal«, sagte Mike und setzte sich auf die Bettkante. »Meine Freundin ist Rausschmeißerin in einem Puff und mein Onkel der Boss eines Rockerclubs. Als ob mich das mit dem Gras jetzt schockieren würde. Was mich mehr nervt, ist, dass man mich vor allem ständig schützen will, als wäre ich ein kleines Kind.«

Nancy war überrascht darüber, dass Mike nichts dazu sagte, dass Angus sie um Hilfe gebeten hatte, und überlegte, ob sie es anschneiden sollte. Schließlich hätte sie sich in Gefahr begeben können.

»Vielleicht wollte er auch nicht, dass du dir Sorgen um mich machst«, sagte sie.

Mike winkte ab. »Ich weiß, dass du sehr gut auf dich aufpassen kannst und er dich nicht leichtfertig in Gefahr bringen würde. Ich vertraue euch nämlich.«

Die letzten Worte trafen Nancy wie eine Ohrfeige, denn ihr wurde bewusst, worum es Mike eigentlich ging: mangelndes Vertrauen ihm gegenüber. Beschämt sah Nancy zu Boden und sortierte ihre Gedanken. Irgendetwas musste sie ihm jetzt sagen.

Doch ehe sie die passenden Worte gefunden hatte, sprach Mike weiter: »Es wäre schön, wenn man mir dieses Vertrauen auch entgegenbringen würde. Ja, ich weiß, dass es wegen Mareike scheiße gelaufen ist. Aber ich dachte, das hätten wir geklärt. Ich kann die Zeit nicht zurückdrehen. Glaub mir, ich wünschte, ich könnte es.«

Mike stand auf und kam auf Nancy zu. Sie sah zu ihm auf und umarmte ihn zaghaft. Zu ihrer Erleichterung erwiderte er die Umarmung, und sie klammerte sich fest an ihn. Er stützte sein Kinn auf ihrem Kopf ab und sagte sanft: »Lass uns ins Bett gehen.«

Kapitel 33

Nancy schien zügig neben Mike eingeschlafen zu sein. Als sie ihn angerufen hatte, hatte er bereits geschlafen, und durch die Unterbrechung war er jetzt hellwach. Sie lag mit dem Rücken zu ihm, und er hatte sich an sie herangeschmiegt und lauschte ihrer regelmäßigen Atmung.

Er konnte verstehen, wenn Nancy eifersüchtig war. Trotzdem empfand er es als unfair ihm gegenüber, denn er hatte nichts getan, was ihr einen Grund gab. Im Gegenteil. Er wurde nicht müde, bei jeder sich bietenden Gelegenheit Mareike gegenüber zu erwähnen, wie großartig Nancy war. Dass sie so intelligent und furchtlos war, sich nichts gefallen ließ. Mareike dagegen war eine Schaufensterpuppe – wohl proportioniert, aber innen hohl. Im Nachhinein schämte Mike sich sogar, damals auf solche Oberflächlichkeiten hereingefallen zu sein.

Er fragte sich, was er noch tun musste, damit Nancy ihm endgültig vertraute. Schließlich hatte er das Gleiche für sie getan und noch mehr. Er musste auch erst lernen, mit ihrer Art von Leben und ihrer Vergangenheit umzugehen, und das war ihm nicht leichtgefallen. Er würde es niemals offen zugeben wollen, aber er hatte hin und wieder Zweifel gehabt, ob die Beziehung mit Nancy das Richtige war. Nicht, weil er sie nicht genug liebte, sondern weil er nicht wusste, ob das allein auf Dauer reichen würde.

Auf der anderen Seite wüsste er nicht, was er ohne sie machen sollte. Jemanden wie sie gab es kein zweites Mal, und von sich aus würde er sie nicht einfach aufgeben wollen.

Plötzlich hatte er eine Eingebung und verließ so behutsam wie möglich das Bett. Er ging zu seinem Schreibtisch, knipste die Lampe an und holte ein Blatt Papier aus der Schublade. Er schrieb zwei Zeilen darauf, dann legte er das Papier wieder zurück.

Es war vielleicht ein wenig kitschig, aber die Überraschung, die er für Nancy vorbereitet hatte, könnte ihr beweisen, wie viel sie ihm bedeutete. Er könnte sich auch total zum Affen damit machen, aber das Risiko ging er ein.

Für einen Moment stand Mike da und beobachtete Nancy. Er konnte es kaum erwarten, dass er eine eigene Wohnung hatte und solche Momente nicht mehr so selten waren. Der Stubenarrest hatte ihn schwer getroffen. Nicht nur, weil er sich – mal wieder – wie ein Kind behandelt fühlte, sondern auch, weil er Nancy nicht mehr so sehen konnte, wie er wollte.

Mike liebte sie bedingungslos und war sogar bereit gewesen, für sie quasi über Leichen zu gehen. Er überlegte, ob er Nancy beichten sollte, dass der *Sick Boy*, der ihr damals Gewalt angetan hatte, nicht durch eigenes Verschulden verunglückt war. Sondern dass Angus dahintersteckte.

Mike hatte seinem Onkel erzählt, dass er sich um Nancys Sicherheit sorgte. Und Angus hatte sich der Sache angenommen. Wie und in welchem Ausmaß, das hatte Mike erst später erfahren.

Manchmal fragte er sich, was aus dem *Sick Boy* geworden war. Er hatte keine Informationen darüber, ob er überlebt hatte oder nicht. Aber um ehrlich zu sein, wollte er es auch gar nicht wissen. Es gab Fragen, die man lieber unbeantwortet ließ.

Mike entschied sich dagegen, es Nancy zu erzählen, denn es kam ihm falsch vor, damit zu prahlen. Es war nichts, worauf er stolz sein konnte. Es war ein notwendiges Übel gewesen. Zumindest redete er sich das immer wieder ein. Manchmal wünschte er, er könnte auch so abgebrüht wie sein Onkel oder Nancy sein.

Wahrscheinlich fühlte er sich deswegen so zu ihr hingezogen. Sie verkörperte all das, was er nicht war. Nancy drehte sich auf den Rücken und gab so den Blick auf ihren Yin-und-Yang-Anhänger frei, den sie immer trug.

Mike legte sich zu ihr und betrachtete lächelnd den Anhänger, wie er auf ihrer Brust ruhte. Schwarz und weiß, hell und dunkel, Licht und Schatten. Vereint in einem Kreis, eng umschlungen, und jede Seite trug einen Teil der jeweils anderen in sich.

Mike war fest entschlossen, sie nicht aufzugeben, und wenn es das Letzte war, was er tat.

Kapitel 34

Nancy wurde durch einen Kuss auf die Stirn geweckt und riss erschrocken die Augen auf. Für eine Sekunde war sie verwirrt, dann sah sie in Mikes Gesicht und ihr fiel wieder ein, dass sie die Nacht bei ihm verbracht hatte.

»Morgen«, sagte er lächelnd. »Mum schläft noch, so haben wir noch ein wenig Ruhe vor dem Sturm.«

»Meinst du, sie wird wütend?«

Mike nickte grinsend. »Stinkwütend. Schließlich habe ich gegen ihre Auflagen verstoßen. Aber das ist mir egal, selbst im Knast haben die einen Anspruch auf eheliche Besuche.«

Nancy schmunzelte über die Bemerkung. Sie war froh darüber, dass Mike anscheinend wirklich nicht nachtragend war, denn er wirkte, als wäre nichts gewesen. »*Oh, for fuck's sake*«, konnte man Molly vom Flur aus hören. Wahrscheinlich war sie ins Badezimmer gegangen und hatte Nancys Klamotten entdeckt.

»Das war's wohl mit der Ruhe«, sagte Mike und schwang sich aus dem Bett. »Drei … zwei …«, begann er, und pünktlich bei eins öffnete Molly die Zimmertür.

Sie lugte mit dem Kopf herein, und als ihr Blick von Mike auf Nancy fiel, sagte sie erstaunlich freundlich: »Guten Morgen.«

Nancy richtete sich auf und erwiderte den Gruß lächelnd.

»Ich setz Kaffee auf. Oder möchtest du auch Tee?«

»Kaffee ist gut.«

Molly nickte und war im Begriff, die Tür wieder zu schließen, da hielt sie inne und sagte: »Mike, du kannst mir ja mal helfen.«

»Ja, Mum.«

Molly machte die Tür zu.

Verwirrt sah Mike zu Nancy. »Okay, damit hab ich jetzt nicht gerechnet«, sagte er, hob seine Jeans vom Boden auf und zog sie an.

»Ich auch nicht«, erwiderte Nancy, setzte sich auf die Bettkante und streckte sich gähnend. Mike ging hinaus und Nancy stand auf.

Für einen Moment sah sie sich um. Sie war selten bei ihm zu Hause und sein Zimmer wirkte viel aufgeräumter als ihrs. Während Nancy ihre Wände mit Postern geradezu plakatiert hatte, sodass man die Tapete darunter nur erahnen konnte, war hier nur ein eingerahmtes Poster über dem Bett. Darauf war ein Schwarz-Weiß-Foto von einem Sänger mit E-Gitarre, und in grüner Schrift stand oben links in der Ecke *live at the Roxy* und *Social Distortion*.

Dann fiel ihr Blick auf Mikes Gitarre, die auf einem Ständer in der Ecke stand. Es war eine schwarze Akustikgitarre. Das Griffbrett zeigte schon deutliche Abnutzungsspuren. Sie konnte nicht widerstehen, mit einem Finger über die Stahlsaiten zu fahren und jede einzelne kurz klingen zu lassen. Ihr wurde bewusst, dass sie Mike bisher nie hatte spielen hören. Es hatte sich keine Gelegenheit geboten.

Nancy ging ins Badezimmer. Auf der Heizung hingen ihre Klamotten, eine schwarze Jeans und ein schwarz-weiß gestreiftes Langarmshirt. Nachdem sie sich erleichtert hatte, befühlte sie ihre Sachen und stellte fest, dass sie bereits trocken waren.

Nachdem sie sich umgezogen hatte, betrachtete Nancy sich im Spiegel und kämmte mit den Fingern ihre Haare zurecht, so gut es ging. Mit einem Kosmetiktuch und Wasser versuchte sie ihr verschmiertes Augen-Make-up zu richten. Anschließend nahm sie einen Schluck Mundspülung, um das fehlende Zähneputzen zu ersetzen.

Als Nancy das Badezimmer verließ, hörte sie einen Kessel pfeifen und kurz darauf, wie sich Molly gedämpft mit Mike unterhielt. Im Flur hielt sie inne, um zu hören, was sie sagten.

»Ernsthaft? Was denkst du von mir?«, fragte er deutlich empört.

»Ich bin halt vom Schlimmsten ausgegangen. Sonst trägt Nancy immer Röcke.«

Allmählich glaubte Nancy zu begreifen, worum es ging.

»Als ob ich so was machen würde«, sagte Mike. Er hatte hörbar Schwierigkeiten, seine Stimme nicht zu erheben. Nancy wunderte sich nicht mehr darüber, dass es ihn so nervte, dass man ihm nicht vertraute. Er schien von allen Seiten mit Unterstellungen konfrontiert zu werden.

Nancy betrat die Küche und Mike reichte ihr direkt einen Becher Kaffee. »Schwarz mit zwei Stück Zucker«, sagte er und drückte ihr einen Kuss auf die Stirn. Lächelnd bedankte sie sich und setzte sich an den Küchentisch. Molly tunkte ein letztes Mal den Teebeutel in ihren Becher, ehe sie ihn in die Spüle warf.

»Wie geht es deinem Rücken?«, fragte Nancy.

»Besser, danke«, antworte Molly und trank einen Schluck im Stehen. »Morgen werde ich es mal mit Arbeiten versuchen. Seit einer Woche war ich nur zu Hause oder beim Arzt.«

»Frag mich mal«, erwiderte Mike gelangweilt, setzte sich Nancy gegenüber und nippte an seinem Kaffee.

Molly fixierte ihren Sohn. »Den Stubenarrest hast du dir selbst zuzuschreiben. Eigentlich müsste ich ja noch eine Woche dranhängen. Ich hatte dir auch Besuch verboten.«

Mike verdrehte die Augen. »Hör auf, mich wie ein Kind zu behandeln.«

»Wenn du aufhörst, dich wie eins zu benehmen.«

»Weil du mich wie eins behandelst.«

»Weil du dich wie eins benimmst.«

Nancy trank einen sehr langsamen Schluck Kaffee, um ihr Gesicht so lange wie möglich hinter dem Becher zu verbergen, und ihre Augen folgten im Wechsel Molly und Mike. Auf der einen Seite war ihr der Schlagabtausch unangenehm, aber auf der anderen Seite fand sie es schon amüsant. Denn die beiden drehten sich weiterhin mit ihrer jeweiligen Argumentation im Kreis.

Dann fiel Nancy ein, dass sie Ruby-Jean gar nicht Bescheid gegeben hatte, wo sie war. Sie sprang auf. Dadurch hielten sowohl Molly als auch Mike erschrocken inne und starrten sie an. Auf Mikes Frage, ob alles okay sei, ging sie gar nicht ein, sondern eilte aus der Küche in sein Zimmer.

»Na toll«, konnte sie Mike, der wohl bereits im Flur stand, sagen hören, »weil du immer Streit anzetteln musst, hast du sie verschreckt.« Was Molly dazu erwiderte, konnte sie nicht verstehen. Nancy nahm ihre Lederjacke vom Schreibtischstuhl und fummelte ihr Handy aus der Innentasche. Das Display blieb schwarz. Akku leer.

»Hey«, sagte Mike sanft und lehnte sich an den Türrahmen. »Sorry, dass du das eben mitbekommen musstest.«

»Was? Nein, ich hab vergessen, Ruby-Jean Bescheid zu sagen, dass ich hier bin. Aber der Akku ist leer. Fuck, sie wird wahrscheinlich durchdrehen.«

Mike ging zu seinem Nachtschrank. »Ich hab hier ein Ladegerät, gib mal her.«

Nancy reichte ihm das Telefon und er schloss es an. »Angus müsste wissen, dass ich hier bin, hoffentlich hat er ihr das gesagt.«

»Bestimmt, sonst hätte sie bestimmt schon Mum angerufen oder so. Ruby-Jean scheint dich aber auch … wie soll ich es nennen? Dich auch ganz schön zu bemuttern.«

Nancy setzte sich seufzend auf die Bettkante und massierte sich die Stirn. »Ja, irgendwie schon. Aber bei uns ist das was anderes. Sie macht sich halt schnell Sorgen, seitdem … du weißt schon, diese Sache. Auf dem Friedhof damals. Der Unterschied zu deiner Mum ist aber, dass sie dann nicht wütend wird, sondern sich geradezu melodramatisch Sorgen macht, und ich will ihr nicht wehtun.«

Mike setzte sich dicht neben Nancy und stupste sanft mit seiner Schulter gegen ihre. »Du bist doch nicht ganz so abgebrüht«, sagte er und schmunzelte.

Nancy legte den Kopf schief und sah ihn von der Seite an. »Wie kommst du denn jetzt darauf?«

»Ach, nur so.« Er drehte sich zu ihr, legte seine Hand auf ihre Wange und küsste Nancy zärtlich auf die Lippen. Dabei kratzten seine Bartstoppeln sie leicht am Kinn, was ihr irgendwie gefiel. Seine Hände wanderten hinunter zu ihrer Taille, schlüpften unter ihr Shirt, und er packte fest zu. Nancys Atem wurde schwerer und sie wusste, worauf es hinauslaufen sollte. Zwar war sie erregt, hatte jedoch Hemmungen, dem nachzugeben. Schwerfällig löste sie sich von seinen Lippen und flüsterte: »Ich kann nicht.«

Mike stutzte und fragte: »Wieso?«

»Wenn deine Mum hier ist. Da kann ich irgendwie nicht.«

Abrupt nahm Mike seine Finger von ihr. »Oh, okay. Sorry.«

»Bist du mir böse?«

»Ach Quatsch. Ist schon in Ordnung.«

»Wirklich?«

»Wirklich.«

Nancy lächelte erleichtert. Ihr Körper schrie nach ihm und sie hätte am liebsten sich und ihm die Klamotten vom Leib gerissen, sich auf ihn gestürzt und es hemmungslos mit ihm getrieben.

Doch vom Kopf her konnte sie es nicht. Als wäre dort eine unüberwindbare Schranke, die ihr den Weg versperrte.

»Aber dank dir werde ich später kalt duschen dürfen«, sagte er mit einem Grinsen. »Eiskalt sogar.«

Nancy lachte auf und sagte: »Ich werde mal schauen, wie weit mein Handy geladen ist.«

Sie drehte sich zum Nachtschrank und nahm ihr Handy. Es hatte so weit geladen, dass sie es einschalten konnte. Kaum war es an, poppten unzählige Benachrichtigungen auf. »Oh Jesus«, seufzte Nancy.

»So schlimm?«, fragte Mike, und sie drehte sich wieder zu ihm um.

»Allerdings«, erwiderte sie, ohne aufzuschauen. »Zehn verpasste Anrufe und über ein Dutzend Nachrichten. Alle von Ruby-Jean.«

»Ach du Scheiße. Du hast definitiv nicht übertrieben.«

Nancy nickte, scrollte durch die Textnachrichten und überflog sie dabei. Fast alle beinhalteten Variationen von »Wo bist du?« und »Ich mache mir Sorgen«.

Nur die letzte war anders. Nancy las sie laut vor: »Angus hat mir eben gesagt, dass du zu Mike bist. Ich hoffe, es ist alles okay. Trotzdem, melde dich bitte.«

»Ich glaube, du solltest sie mal anrufen.«

»Auf jeden Fall«, sagte sie und rief Ruby-Jean an.

Fast unverzüglich ging sie ran. »Mäuschen!«, stieß sie aus. »Endlich mal ein Lebenszeichen! Ich hab mir ja solche Sorgen gemacht. Wo bist du? Noch bei Mike?«

»Ja, bin ich, sorry, Mutti. Der Akku war leer.«

»Ist alles in Ordnung? Angus hat da was angedeutet.«

»Alles gut. Wir können später darüber reden. Ich komme auch gleich nach Hause.«

»Okay, ist gut. Dann bis gleich.«

»Bis gleich.«

Nancy legte auf und stöhnte genervt auf. Allmählich ging es ihr gewaltig gegen den Strich, dass bald alle um sie herum über jedes Problem zwischen ihr und Mike Bescheid wussten.

»Soll ich dich fahren?«, fragte Mike, und Nancy bejahte. »Okay, ich mach mich schnell fertig. Kannst ja in der Zwischenzeit aufm Balkon eine rauchen.«

Kapitel 35

Nancy ging durchs Wohnzimmer auf den Balkon und steckte sich einen Zigarillo an. Für einen Moment genoss sie die Sonne. Der Himmel war klar und fast wolkenlos. Sie sah von der Brüstung hinab auf den Parkplatz. Nur der feucht glänzende Asphalt und die großen Wasserperlen auf den Autos zeugten von dem gestrigen Regenguss.
»Schönes Wetter, nicht wahr?«, fragte Molly und betrat den Balkon.
Nancy nickte, schnippte die Asche in den halb leeren Blumenkasten an der Brüstung und war kurz darauf verunsichert, ob das überhaupt für Molly in Ordnung gewesen war.

Molly schien es bemerkt zu haben, denn sie sagte: »Nächste Woche werde ich die Kästen neu bepflanzen. Da ist das mit der Asche jetzt egal.«

Erleichtert zog Nancy an ihrem Zigarillo. Sie war bisher selten mit Molly allein gewesen und wusste nicht so recht, was sie sagen sollte.

»Wann bist du gestern eigentlich hergekommen?«, fragte sie
Nancy überlegte kurz, ehe sie antwortete: »So gegen elf.«
»Es hat nichts mit dir zu tun«, sagte Molly, lehnte sich mit den Armen auf die Brüstung und sah hinab.

Verwirrt sah Nancy sie an, denn sie wusste nicht, was sie damit meinte.

»Ich muss mit Mike zwischendurch so streng sein, und es tut mir auch leid, dass du dann auch darunter leiden musst, aber ich muss konsequent sein. Ich habe nichts dagegen, dass ihr Zeit miteinander verbringt. Im Gegenteil. Ich will nur nicht, dass er anderes dafür vernachlässigt.« Molly seufzte und fuhr dann fort: »Er wird seinem Vater immer ähnlicher, der hatte den Kopf auch immer in den Wolken. Ein Träumer. Hat sich aber auch manchmal zu leicht ablenken lassen und sich dadurch das eine oder andere Mal in die Scheiße geritten.« Molly richtete sich schwerfällig auf und verzog dabei kurz das Gesicht. »Dieser verdammte Rücken«, stöhnte sie und wandte sich Nancy zu. »Deine Mutter und ich haben uns damals mal aus Spaß vorgestellt, wie es wohl wäre, wenn ihr beide später mal ein Paar werden würdet. Schade, dass es fast zwanzig Jahre dazu gebraucht hat. Dann wäre mir eine Menge Kummer erspart geblieben.«

Das Gespräch schlug für Nancy allmählich eine unangenehme Richtung ein. Sie mochte Molly, hatte aber Schwierigkeiten, sie einzuschätzen, und fragte sich, worauf sie jetzt genau hinauswollte.

»Ich möchte einfach nicht, dass er in alte Muster verfällt«, sagte Molly und sah Nancy lächelnd an. Verunsichert erwiderte sie das Lächeln.

»Wollen wir los?«, fragte Mike von der Balkontür aus. Er hatte bereits seine Lederjacke an und hielt den Autoschlüssel in der Hand.

»Ja«, antwortete Nancy und drückte ihren Zigarillo in die alte Blumenerde. Molly verabschiedete sich von ihr und blieb auf dem Balkon zurück.

Draußen vor der Haustür sah Mike kurz nach oben, wahrscheinlich um sicherzugehen, dass seine Mutter ihn nicht vom Balkon aus sehen konnte, und zündete sich eine Zigarette an. Es war Nancy nicht entgangen, dass er in letzter Zeit mehr rauchte als üblich. Sie hoffte, dass es nicht an ihr lag, denn sie wollte kein schlechter Einfluss auf ihn sein.

»Worüber habt ihr euch unterhalten?«, fragte er und zog an seiner Zigarette.

»Über das Wetter«, antwortete Nancy. Die Antwort schien ihm zu genügen, denn er ging nicht weiter darauf ein.

»Kommst du morgen?«, fragte Mike, und Nancy versuchte sich zu erinnern, was morgen war. »Morgen Abend ist Livemusik, ab neunzehn Uhr spielen die *Wild Rovers*«, fügte er hinzu, um ihre offensichtliche Gedächtnislücke zu schließen.

»Ja, ich werde da sein«, sagte Nancy, und Mike lächelte zufrieden.

Auf dem Weg zum Auto überlegte sie, ob sie sich tatsächlich an einem Freitag freinehmen konnte. Vielleicht war es für Nancy doch von Nutzen, dass Ruby-Jean über die Stolpersteine in ihrer Beziehung Bescheid wusste. Denn dann sie würde nach Möglichkeit alles tun, damit es zwischen ihnen funktionierte.

Im Autoradio lief das Lied *Alles aus Liebe* von den *Toten Hosen*. »Ich kann es kaum erwarten, den Mietvertrag zu unterschreiben«, sagte Mike beim Ausparken. »Dann gehört dieser Zirkus wie heute der Vergangenheit an.«

Nancy nickte zustimmend und stellte sich vor, wie es dann wäre. Sie könnten ungestört zusammen sein, wann sie wollten. Dann konnte sie jede Nacht neben ihm einschlafen und jeden Morgen neben ihm aufwachen.

Kapitel 36

Nancy war kaum durch die Wohnungstür, da umarmte Ruby-Jean sie fest. »Mein Mäuschen!«

»Hallo, Mutti«, erwiderte Nancy.

Ruby-Jean ließ von ihr ab und fragte: »Ist alles gut zwischen euch?«

»Ja.« Nancy zog ihre Stiefel aus, hängte ihre Jacke an die Garderobe und ging in die Küche. Wie erhofft, stand eine Kanne Kaffee in der Maschine, und Nancy nahm sich einen Becher, setzte sich an den Küchentisch und nippte an ihrem Kaffee.

Ruby-Jean war ihr gefolgt. »Was war denn los? Angus hat nur gesagt, dass du und Mike euch wohl wegen irgendwas gestritten habt. Und dass du gestern deswegen noch zu ihm hin bist. Konntet ihr es klären?«

»Ja, ist alles wieder gut. Es war eher ein … Missverständnis.«

»Dann bin ich ja beruhigt. Das Wichtigste in einer Beziehung ist Kommunikation.«

»Das stimmt.«

Nancy musste sich ein Grinsen verkneifen und trank einen Schluck, um es zu verbergen. Sie fragte sich, ob Ruby-Jean den leisesten Hauch einer Ahnung davon hatte, dass Angus in ihrem Bordell Gras verkaufte. Eigentlich hätte sie es längst bemerken können.

Ruby-Jean setzte sich mit an den Tisch und zündete sich eine Zigarette an. »Gibt es irgendwas Neues wegen dieser … du weißt schon?«

Nancy lehnte sich mit verschränkten Armen zurück. »Die dusselige Pute arbeitet weiter im Pub. Sie braucht wohl den Job und Molly will sie nicht vor die Tür setzen.«

»Wie geht es dir damit?«

Nancy zuckte mit den Schultern. Zu behaupten, es wäre ihr egal, wäre gelogen. Zurzeit wusste sie tatsächlich nicht, wie es ihr damit ging. Ihr blieb nichts anderes übrig, als Mike zu vertrauen.

»Ich glaube nicht, dass er was Dummes anstellen würde«, sagte Ruby-Jean und stand auf, um sich einen Kaffee zu nehmen. »So schätze ich ihn nicht ein. Wie lange ist das jetzt her, dass sie zusammen waren?«

»So circa sieben Jahre. Aber zwischen dir und Angus war auch vierundzwanzig Jahre Funkstille. Und jetzt seid ihr wieder zusammen.«

»Ach Mäuschen.« Ruby-Jean setzte sich wieder an den Tisch. »Das war aber auch etwas anderes. Wäre die Fehlgeburt nicht gewesen, dann hätten wir uns erst gar nicht getrennt.« Sie schien zu bemerken, dass die Argumentation Nancy nicht überzeugte. »Jetzt sei doch nicht so«, sagte sie. »Wie gesagt, das mit uns ist was anderes als das mit euch. Außerdem seh ich doch, wie vernarrt Mike in dich ist, wenn er hier ist.«

»Vielleicht war er es in Mareike damals auch? Oder in sonst wen.«

Seufzend schüttelte Ruby-Jean den Kopf. »Steigere dich da bloß nicht rein. Damit ist keinem geholfen. Ist doch egal, was früher war. Ihr seid *jetzt* zusammen.«

Nancy steckte sich einen Zigarillo an und massierte sich die Stirn. »Hast ja recht«, murmelte sie. Die ganze letzte Woche war für sie ein emotionaler Drahtseilakt gewesen und sie drohte immer wieder aufs Neue die Balance zu verlieren. Zwischendurch hatte sie das Gefühl, es fehlte nur ein kleiner Schubs oder gar nur ein Hauch, und sie würde abstürzen. Nancy stand da oben ganz allein, niemand war da, der ihr helfen konnte, und so musste sie lernen, allein das Gleichgewicht zu halten.

»Mach dir da nicht so viele Gedanken.« Ruby-Jean stand

auf. »Aber du kannst mit mir reden. Das weißt du.«

»Ja, danke.« Nancy lächelte kurz. »Kann ich mir Freitagabend freinehmen?«

»Was hast du denn vor?«

»Im Pub gibt's heute Livemusik, da würde ich gern hin.«

Ruby-Jean überlegte kurz. »Ich denke, das geht in Ordnung. Ich glaub, das tut dir auch mal ganz gut, ein bisschen rauszukommen.«

»Danke, Mutti.«

Ruby-Jean drückte ihr einen Kuss auf den Kopf. »Ich muss noch ein paar Sachen erledigen. Wir sehen uns später.«

Als Nancy allein in der Küche war, stand sie auf und nahm sich noch einen Kaffee.

Sie wusste, dass ihre Befürchtungen unbegründet waren und sie maßlos übertrieb. Aber warum tat es dann so verdammt weh?

Immer wieder redete Nancy sich in Gedanken ein, dass sie sich keine Sorgen zu machen brauchte und jedwede Eifersucht unbegründet war. Aber es half nichts. Je mehr sie versuchte, es zu unterdrücken, desto mehr wehrte es sich. Wie ein wildes Tier, das in die Ecke gedrängt wurde und sich nicht in den Käfig sperren lassen wollte.

Um sich zu beschäftigen, ging Nancy in ihr Zimmer und überlegte, was sie morgen Abend anziehen sollte. Zwar hatte sie nicht die Topmodelmaße wie Mareike, aber das tat auch nichts zur Sache. Sie wollte ein Statement setzen.

Sie wühlte aus dem Kleiderschrank ihren dunkelgrün karierten Faltenrock, Netzstrümpfe und ein schwarz-weiß gestreiftes Top hervor. Dazu suchte sie ein Nietenhalsband und passende Armbänder. Das alles legte sie sich schon mal bereit. Allmählich fühlte Nancy sich besser und verspürte sogar zaghafte Vorfreude.

Kapitel 37

Freitagabend gegen halb sieben war Nancy im Pub, und bereits jetzt war er mehr als halb voll. Trotz der vielen Leute hatte Mike sie schnell entdeckt und winkte sie heran.

»Schön, dass du da bist«, begrüßte er sie über die Theke gelehnt und gab ihr einen Kuss.

»Ich freu mich auch«, erwiderte Nancy, zog ihre Jacke aus und drapierte sie auf einen Barhocker, ehe sie sich setzte. »Was möchtest du trinken?«, fragte er.

»Guinness.«

»Kommt.«

Mike zapfte das Bier, und Nancy ließ den Blick durch den Pub schweifen. Die beiden Musiker bereiteten ihr Equipment vor, und Molly stand an einem Tisch und nahm Bestellungen auf. Bisher konnte sie Mareike nicht entdecken, worüber sie erleichtert war. Vielleicht wurde sie obsolet, nachdem Molly offenbar wieder arbeiten konnte.

»Hier, bitte«, sagte Mike und stellte das Glas vor Nancy ab. Sie bedankte sich lächelnd und trank einen Schluck. Zum ersten Mal seit Langem fühlte sie sich einfach nur zufrieden.

Dann nahm Nancy einen vertrauten Geruch wahr: Zitrusfrucht. Für einen Augenblick hoffte sie, dass es von den Limettenschnitzen für die Longdrinks herrührte, doch der Geruch näherte sich von hinten.

»Sorry«, flötete Mareike, »ich wurde –«

»Aufgehalten?«, beendete Nancy ihren Satz und drehte sich mit dem Bier in der Hand auf dem Hocker herum.

Für eine Sekunde erstarrte Mareike, setzte dann jedoch wieder ihr gespieltes Lächeln auf. »Ach, du auch hier?«, fragte sie übertrieben freundlich.

Nancy schenkte ihr keine weitere Beachtung, sondern drehte sich zurück zur Theke und setzte das Glas wieder an. »Wäre ja zu schön gewesen«, murmelte sie in ihr Bier.

Die Musiker spielten als Erstes *The Rattlin' Bog* und beim Refrain klatschten alle Gäste mit. Bis auf Nancy, die argwöhnisch Mareike im Blick behielt. Im Moment stand sie hinter der Theke und zapfte Bier.

Für ihre Verhältnisse sogar ziemlich zügig und geschickt. Ein junger Mann beugte sich zu Mareike vor und sagte laut über die Musik hinweg: »Hey, krieg ich zum Bier auch deine Nummer?«

Lachend schüttelte sie den Kopf und antwortete: »Nee, ich hab einen Freund.« Dann machte sie eine Kopfbewegung Richtung Mike, der gerade mit einem leeren Tablett zurückkam. Der junge Mann zog sichtlich enttäuscht ab. Mareike stellte die Biere auf ein Tablett und brachte es zu einem der Tische.

Ein unangenehmes Prickeln breitete sich in Nancys Nacken aus und ließ sie verkrampfen, als hätte sie einen leichten Stromschlag bekommen.

»Bleib ruhig«, flüsterte Nancy sich selbst zu und ärgerte sich darüber, dass Mareike nicht hinter ihr entlang musste, denn dann hätte sie die Gelegenheit gehabt, ihr ein Bein zu stellen. Sie überlegte, ob sie Mike erzählen sollte, dass Mareike sich als seine Freundin ausgab.

»Na, alles in Ordnung?«, fragte Mike. Für einen Moment sah sie ihm direkt in die Augen und spürte das verliebte Kribbeln in ihrem ganzen Körper. Nancy nickte. Sie würde sich zusammenreißen und sich nicht von Mareike provozieren lassen. Egal, was diese Schnepfe auch im Schilde führte.

»Wir haben eine kleine musikalische Überraschung für euch«, sagte einer der beiden Musiker.

»Mein Stichwort«, sagte Mike und ging zu der kleinen Bühne. Überrascht sah Nancy ihm nach und war gespannt, was jetzt wohl folgte.

Ein Musiker übergab Mike seine Gitarre und stellte den

Mikrofonständer auf seine Höhe, da Mike einen halben Kopf größer war.

Nancy fühlte sich an das Poster in seinem Zimmer erinnert, als sie Mike mit der Gitarre da stehen sah. Nervös lächelte er und sagte ins Mikrofon: »Test, Test.« Dann schlug er ein paar Akkorde an. »Ich hab«, begann er, räusperte sich und fuhr fort: »… ein Lied geschrieben. Und, na ja, ich spiele es jetzt. Es heißt *I'll be there*.«

Die Gäste applaudierten, dann begann er Akkorde im 6/8-Takt zu spielen, und nach einem Intro sang er:

> *»I'm sitting on the floor*
> *Waiting by your door*
> *Wondering what happened*
> *What happened …«*

Während der ersten Zeilen zitterte seine Stimme merklich und war etwas dünn, doch mit jedem Wort wurde er sicherer und sein Gesang kräftiger.

> *»You have locked yourself*
> *And I blame myself*
> *What have I done wrong?*
> *Have done wrong …«*

Mike schlug einen Akkord mehrmals an und kündigte damit den Refrain an.

> *»But I'll be waitin'*
> *I'll be waitin'*
> *I'll be waitin' for you.*
> *But I'll be there*
> *I'll be there*
> *I'll be there for you.«*

Zwischendurch wanderte sein Blick durch das Publikum, bis er Augenkontakt mit Nancy hatte und ihn lächelnd hielt. Für diesen Moment hatte sie das Gefühl, dass sie beide allein im Pub waren.

>*»I try to understand*
>*I try to comprehend*
>*Why you're breaking my heart*
>*Breaking my heart …*
>*I won't be mad*
>*But it makes me sad*
>*That you won't tell*
>*You won't tell …«*

Nancy konnte kaum glauben, dass er dieses Lied für sie geschrieben hatte. Eine wohlige Wärme breitete sich in ihrer Brust aus.

Nachdem Refrain spielte er ein Instrumental, welches dem Intro ähnlich war. Daraufhin schlug er einzelne Akkorde an und sang mit warmer Bruststimme sanft und gefühlvoll:

>*»I've missed so much*
>*'Cause we lost touch*
>*Wish I could turn back time …«*

Nancy bekam davon eine Gänsehaut. Dann kehrte er zu dem bisherigen Rhythmus zurück und sang mit voller Kraft:

>*»Turn back time*
>*But I won't leave*
>*I wear it on my sleeve*
>*Don't wanna lose you again*
>*Lose you again.*
>*'Cause I'll be waitin'*
>*I'll be waitin'*

I'll be waitin' for you.
Cause I'll be there
I'll be there
I'll be there for you.«

Die letzte Silbe hielt er beeindruckend lange, ehe er die gleiche Akkordfolge wie im Zwischenspiel spielte und die letzten Akkorde einzeln anschlug.

Es folgte Applaus und Mikes Wangen waren gerötet. Er gab dem Musiker seine Gitarre zurück und unterhielt sich kurz mit ihm.

»*He sounds just like his father …* «, sagte Molly mit einem schwermütigen Unterton. Nancy wandte sich ihr zu. Sie hatte gar nicht mitbekommen, dass sie sich zu ihr gestellt hatte. Dann ging Molly auf ihren Sohn zu und umarmte ihn kurz.

»Ich hoffe, das war dir jetzt nicht peinlich«, sagte Mike und rieb sich verlegen den Nacken.

Nancy hatte es die Sprache verschlagen. Sie fand keine Worte, um auszudrücken, was sie gerade fühlte. Darum umarmte sie ihn, so fest sie nur konnte.

»Ich denke, das heißt, dass es dir gefallen hat?«, fragte er und erwiderte die Umarmung.

Nancy sah zu ihm auf und nickte. »Es war wunderschön«, sagte sie schließlich, und sie küssten sich kurz. Als sie sich voneinander lösten, bemerkte Nancy, wie Mareike, die Arme vor der Brust verschränkt, sie säuerlich ansah. Kaum hatte Mike sich in ihre Richtung gedreht, hellte sich ihre Miene aber auf, und sie hatte wieder dieses überfreundliche Lächeln aufgesetzt.

»Das war wirklich großartig!«, sagte sie ein wenig zu quietschend. Nancy verdrehte die Augen. Mittlerweile spielten die Musiker das Lied *Molly Malone*.

»Hach«, seufzte Molly und schunkelte leicht zu dem Takt. »Dein Vater hat das Lied immer gespielt und gesungen. Du hast seine musikalische Ader geerbt.«

Lächelnd beobachtete Nancy sie dabei, wie sie offenbar in

Erinnerungen schwelgte, denn sie war ganz vertieft in die Musik und wischte sich eine kleine Träne aus dem Augenwinkel.

»Wollen wir eine rauchen gehen?«, flüsterte Mike in Nancys Ohr, und sie nickte. Sie gingen zum Hintereingang, und als sie Mareike passierten, streckte Nancy ihr kurz die Zunge raus. Als Reaktion folgte ein solch giftiger Blick, dass er einen Elefanten auf der Stelle hätte töten können. Nancy grinste voller Genugtuung.

Kapitel 38

»Sei ehrlich«, sagte Mike draußen und zündete sich eine Zigarette an. »Wie fandest du es?«

Nancy kramte ihre Zigarillos aus der Jackentasche. »Es war wunderschön, wirklich.«

»Und mein Gesang?«

»Der war gut.« Sie steckte sich einen Zigarillo an. »Es hat alles gepasst.«

Mike schien noch nicht zufrieden zu sein, und Nancy überlegte, wie sie es am besten formulierte.

»Ich meine … Luft nach oben ist noch. Aber im Großen und Ganzen hast du es fantastisch gemacht.«

»Das klingt schon ehrlicher«, sagte er und grinste. »Solange ich mich nicht blamiert habe.«

»Hast du nicht«, versicherte sie ihm, und er kam ihr immer näher, bis Nancy mit dem Rücken zur Wand stand. Mike presste seinen Körper gegen ihren und ihr Atem stockte, als er zart ihren Hals küsste.

»Ich liebe übrigens deinen Rock«, raunte er in ihr Ohr. »Grün ist meine Lieblingsfarbe.«

So weit sie es im Stehen konnte, spreizte sie ihre Beine, um seinen Unterleib an ihrem spüren zu können.

»Mike?«, rief Molly von der Tür aus, und abrupt ließ er von Nancy ab und warf die Zigarette weg.

»Ja?«

Seine Mutter kam heraus. »Ach, da bist du«, sagte sie. »Könntest du mir aus dem Lager eine Kiste Bier holen?«

»Ja, klar. Kein Problem.« Er sah auf dem Weg nach drinnen zu Nancy.

Sie hielt ihren Zigarillo hoch. »Ich rauch noch auf, dann

komme ich auch rein«, sagte sie, und er nickte.

Zufrieden seufzte Nancy, lehnte sich an die Wand und zog an ihrem Zigarillo. Doch diese Ruhe wurde jäh unterbrochen, als Mareike nach draußen kam und Nancy herausfordernd anfunkelte. »Wusstest du …«, fing sie an, und Nancy hatte bereits keine Lust mehr, ihr zuzuhören. »… dass Mike mir damals auch ein Lied geschrieben hat?«

»Aha«, erwiderte sie und hob die linke Augenbraue. »Na und?«

»Also bilde dir da nichts drauf ein.«

»Sonst noch was?«, fragte Nancy gelangweilt.

»Allerdings.« Mareike grinste schmierig. »Genau da, wo du jetzt stehst … nein, Moment. Etwas näher an dem Müllcontainer da drüben.« Sie zeigte auf die Stelle. »Dort habe ich ihm mal einen geblasen.«

Nancys Innereien wanden sich ineinander zu einem Knoten, der zu platzen drohte. Trotzdem versuchte sie, sich nach außen hin unbeeindruckt zu geben.

»So siehst du auch aus. War bestimmt nicht das letzte Mal, dass du einem bei einem Müllcontainer den Schwanz gelutscht hast.«

Mareike lachte verächtlich. »Irgendwann wird er auch an dir das Interesse verlieren. So wie bei jeder.«

Nancy stellte sich vor, wie es klingen würde, wenn sie Mareikes Gesicht mit voller Wucht gegen die Wand donnern würde. Wie laut wohl der Knorpel in ihrer Nase knacken und knirschen würde beim Aufprall? Ihr linker Mundwinkel zuckte kurz zu einem Lächeln bei der Vorstellung.

»Dazu fällt dir wohl nichts ein, was?«, fragte Mareike herausfordernd und stemmte ihre Hände in die Hüfte.

Nancy schnippte ihren Zigarillo weg und spürte das Beben in jeder Muskelfaser. Doch statt dem Impuls nachzugeben, ging sie wortlos an Mareike vorbei.

Sie würde dieses Spiel nicht mitmachen, denn das war unter ihrem Niveau. Die dusselige Pute würde zwar glauben, dass sie gewonnen hätte, weil sie das letzte Wort behielt. Aber eigentlich war Nancy nur gnädig mit ihr und nahm Rücksicht auf Mike. Es würde keinen guten Eindruck machen und letztendlich nur für Probleme sorgen, wenn Nancy ihr tatsächlich die Fresse einschlagen würde.

Stattdessen setzte sich Nancy wieder an die Theke, trank den Rest Guinness und wartete darauf, dass Mike zurückkam. Obwohl sie sich vorgenommen hatte, sich nicht von Mareike provozieren zu lassen, brodelte es in ihr. Die Bilder, die sie in Nancys Kopf gepflanzt hatte, fingen an zu keimen und wuchsen unaufhörlich. Sie verzweigten sich in jede Hirnwindung und wurden zu einem undurchdringlichen Dickicht.

»Möchtest du noch was?«, fragte Mike.

Nancy schrak auf. »Whiskey, pur«, antwortete sie spontan.

»Einen bestimmten?«

»Überrasch mich.« Sie rang sich ein Lächeln ab. Während Mike sich umdrehte und eine Flasche aussuchte, kam Mareike hinter die Theke. Sie stellte sich neben Mike, legte ihre Hand auf seinen Rücken und flüsterte ihm irgendetwas ins Ohr. Nancy schloss die Augen und atmete tief durch. Sie durfte die Beherrschung nicht verlieren, denn das wollte Mareike wahrscheinlich. Wenn Nancy jetzt ausrasten würde, dann würde das Miststück bekommen, was es wollte. Sie wollte auch Mike nicht anvertrauen, was in ihr vorging, denn dann würde sie ihm noch den Abend ruinieren. Sie musste es aushalten.

Mike stellte ihr den Drink hin, und Nancy trank ihn in einem Zug leer. »Ah, ich sehe schon«, sagte er und schmunzelte. »Du bist eine Genießerin.«

Der Whiskey brannte in ihrer Kehle und ließ sie kurz husten. Der Alkohol wärmte ihren Magen und sie spürte eine leichte Entspannung. Nancy wägte ab, ob sich volllaufen zu lassen eine Option wäre, mit der Situation umzugehen.

»Ist alles okay?«, fragte Mike besorgt. »Du bist so still.«

»Ja, ich war nur … in Gedanken.«

»Worüber hast du nachgedacht?«

»Nichts Bestimmtes.«

»Willst du noch einen?«

Nancy nickte und Mike schenkte nach, dann widmete er sich anderen Gästen. Dieses Mal nippte sie nur an dem Whiskey und sah Mike bei der Arbeit zu. Auf einmal kam es ihr vor, als würde sich ihre Kehle zuschnüren, ihr Herz verkrampfen und ihr Magen verdrehen. Die Vorstellung, wie Mike damals mit Mareike …

Nancy wusste, dass ihre Gefühle lächerlich, geradezu erbärmlich waren. Trotzdem kam sie dagegen nicht an und konnte es nicht mehr länger ertragen. Sie musste hier weg und schämte sich dafür. Aber sie wollte nicht einfach aufspringen und weglaufen, es musste den Eindruck machen, dass sie wegmusste. Irgendeine Ausrede, irgendwas wegen der Arbeit und Ruby-Jean. Irgendein erlogener, aber triftig klingender Grund. Sie musste sich vernünftig, freundlich, gut gelaunt von Mike verabschieden. Kein übereiltes Aufbrechen.

Nancy trank ihr Glas leer, stand auf und ging zu Mike, der am anderen Ende der Theke stand. »Hey«, sagte sie, und ehe er etwas erwidern konnte: »Ich muss leider los. War echt ein schöner Abend.«

»Wie, jetzt schon?«, fragte er verwirrt.

»Ja, Ruby-Jean hat mich angerufen, sie braucht meine Hilfe. Es haben sich kurzfristig zwei der Männer krankgemeldet und Kalle steht jetzt allein an der Tür. Und du weißt ja, Freitag ist viel los … «

Sichtlich enttäuscht seufzte Mike. »Schade, aber kann man nichts machen.«

Nancy nickte und drückte ihm einen Kuss auf, danach sah er ihr tief in die Augen.

»Sag mal, weinst du etwa?«

Tatsächlich spürte sie, wie ihre Augen feucht wurden. »Nein«, sagte sie kopfschüttelnd und zwang sich zu einem Lächeln. »Ich muss jetzt auch los.«

Kapitel 39

Mike sah Nancy noch nach, während sie den Pub verließ, und fragte sich, was mit ihr los war. Er war sich sicher, dass es einen Auslöser gegeben haben musste, denn obwohl er solche Stimmungsschwankungen von ihr gewohnt war, kamen sie nie ohne Grund. Vielleicht musste sie wirklich bloß kurzfristig arbeiten, was auch nicht das erste Mal gewesen wäre. Aber wieso sah Nancy dann aus, als würden ihr jeden Moment die Tränen kommen?

Mike wurde das Gefühl nicht los, das irgendetwas vorgefallen war.

»Oh, deine Freundin schon weg?«, fragte Mareike, und kaum merklich huschte ein Grinsen über ihr Gesicht. Eins, das verdächtig schadenfroh wirkte. Ob sie Nancy vergrault hatte?

»Ja, sie musste zur Arbeit«, antwortete er knapp, nahm das leere Whiskeyglas, welches Nancy hinterlassen hatte, und spülte es ab.

»Boah, Alter«, sagte ein angetrunkener junger Mann.

Mike sah auf. »Ja, bitte?«, fragte er und trocknete das Glas ab.

»Du Glückspilz.«

»Was?«

»Deine Freundin, echt scharfes Teil. Bin echt neidisch.« Dann machte der Angetrunkene eine Kopfbewegung in Richtung Mareike, die gerade etwas in die Kasse eintippte.

Genervt seufzte Mike und sagte: »Das ist nicht meine Freundin.«

»Was?« Der Mann glotzte Mike verdattert an. »Ich hab sie vorhin nach ihrer Nummer gefragt, und da hat sie mir gesagt, dass du ihr Freund bist.«

»Ach, hat sie das?« Mike stellte das Glas zurück ins Regal und sah rüber zu Mareike, die jetzt an einem Tisch Bestellungen aufnahm. Er war sich immer sicherer, dass sie etwas damit zu tun hatte, dass Nancy so plötzlich gegangen war. Bloß konnte er nicht einschätzen, ob Mareikes Anwesenheit allein der Grund gewesen war oder ob sie etwas zu ihr gesagt hatte. Aber wenn sie so einen Mist Gästen gegenüber verzapfte, wäre es nicht unwahrscheinlich, dass sie auch Nancy gegenüber irgendetwas hatte fallen lassen.

Als sie zurück an der Theke war, ging er auf sie zu, packte sie am Oberarm und sagte schroff: »Auf ein Wort.«

Erschrocken sah sie ihn mit großen Augen an, ließ sich aber widerstandslos ins Lager führen.

»Was soll der Scheiß?«, fragte Mike und machte die Tür hinter sich zu.

»Ich weiß nicht, was du meinst«, erwiderte sie und setzte eine Unschuldsmiene auf.

»Verarsch mich nicht! Wie kommst du auf die dusselige Idee, irgendwelchen Leuten hier zu erzählen, dass ich dein Freund sei?«

Mareike schob ihre Unterlippe leicht vor und sah auf den Boden vor sich. »Um mir die Typen vom Hals zu halten«, sagte sie kleinlaut. »Du weißt doch, wie die sind. Die lassen doch sonst nicht locker.«

Mike fuhr sich durch die Haare und überlegte, ob er ihr die Ausrede abkaufen sollte. Plausibel war sie ja, doch dann erinnerte er sich, wen er vor sich hatte. »Lass den Scheiß einfach, verstanden?«, sagte er schließlich.

Sie nickte und Mike drehte sich zur Tür. Er hatte gerade die Klinke in der Hand, da sagte Mareike: »Kann ich dich mal was fragen?«

»Was?«, fragte er gereizt, ohne sich umzudrehen. Er hatte keine Lust mehr, sich weiter mit ihr zu unterhalten, denn ihre ganze Art kotzte ihn immer mehr an.

»Bist du glücklich mit ihr?«

Mike drehte sich zu Mareike um, die in der Zwischenzeit auf ihn zugegangen war und jetzt direkt vor ihm stand. Misstrauisch sah er sie an und antwortete bestimmt: »Ja, bin ich. Sehr sogar.«

»Obwohl sie so … *seltsam* ist? Sie schien auch nicht wirklich glücklich zu sein heute. Und dann haut sie einfach so ab. Findest du das nicht auch merkwürdig?«

»Ich weiß, was du hier gerade versuchst. Lass es.«

Mareike trat so nah an ihn heran, dass gerade mal ein Blatt Papier zwischen ihnen Platz gehabt hätte. »Ach Mike«, säuselte sie und war im Begriff, ihn anzufassen, doch er hielt ihre Handgelenke fest.

»Lass es«, wiederholte er eindringlich. »Seitdem du hier bist, machst du nur Probleme. Mir egal, was Mum gesagt hat. Du hast die längste Zeit hier gearbeitet.«

Mareikes Augen füllten sich mit Tränen, doch Mike ließ sich davon nicht beirren. Krokodilstränen waren ihr großes Talent. Genauso wie Unruhe stiften. Das hatte sie damals schon gern gemacht – die Leute gegeneinander aufgehetzt und Lügen verbreitet. Darauf würde Mike nie wieder hereinfallen.

Ruckartig ließ er ihre Handgelenke los. »Spar dir die Show«, sagte er, drehte sich um und ging hinaus. Er hoffte, dass keiner gesehen hatte, dass er mit ihr allein im Lager gewesen war. Das würde nur den falschen Eindruck erwecken.

»Mike!«, stieß seine Mutter empört aus, als sie ihn sah, und zog ihn beiseite. »*Are you out of your goddamn mind?*«, zischte sie. »*Did you really go in there with this … broad? Are you fucking kidding me? I can't believe it! How can you do this? Jesus suffering fuck!*«

Wenn seine Mutter sich aufregte, dann sprach sie fast ausschließlich Englisch. Unter anderem, weil sie dann glaubte, dass nicht jeder sie verstehen konnte. Was auch meistens der Fall war, denn ihr Belfast-Akzent wurde immer dicker, je aufgebrachter sie wurde.

»Mum, da war nichts«, versuchte er sie zu beschwichtigen, doch sie schien nicht überzeugt. »Ernsthaft? Du denkst, ich würde so etwas tun? Meine Fresse! Ich hab allmählich die Schnauze voll von diesen Unterstellungen! Erst gestern hast du auch schon so angefangen.«

»Ach«, sagte Mareike hinter ihm, »das ist ja interessant. Was für Unterstellungen?«

Mike wirbelte herum und blaffte sie an: »Geht dich einen Scheißdreck an! Und was stehst du hier überhaupt so nutzlos rum?«

»Mike!«, sagte seine Mutter aufgebracht. »Beruhig dich doch!«

»Ich soll mich beruhigen?«, fragte er fassungslos und schnaubte kurz. *Ich* soll mich *beruhigen*? Meine eigene Mutter denkt, dass ich fremdgehe, und meine Ex sabotiert meine Beziehung. Aber ich soll mich *beruhigen*?«

Dann ließ er die beiden einfach stehen und ging nach hinten, um seine Jacke zu holen.

»Wo willst du denn jetzt hin?«, fragte Molly und folgte ihm.

»Ich gehe«, sagte er und zog seine Jacke an.

Kapitel 40

Auf dem Weg von der Bushaltestelle zum *Ruby's Rooms* dachte Nancy darüber nach, was Mike jetzt wohl von ihr dachte. Sie hoffte, dass er ihr die Ausrede abgekauft hatte und nicht wieder sauer auf sie war. Wie beim letzten Mal, als sie einfach gegangen war.

An der Litfaßsäule hielt sie inne und steckte sich einen Zigarillo an. Es würde Ruby-Jean auffallen, dass Nancy so früh nach Hause kam, und es graute ihr davor, deswegen ausgefragt zu werden. Denn es tat weh, einzugestehen, dass Nancy eifersüchtig war und sich von Mareike den Abend hat ruinieren lassen.

Sie stellte sich so hinter die Säule, dass man sie vom *Ruby's Rooms* aus nicht sehen konnte, und rauchte. Dabei summte sie den Refrain von dem Lied, welches Mike gespielt hatte. Es war eine so süße Geste von ihm, ihr ein Lied zu schreiben.

Sie bekam ein schlechtes Gewissen, weil sie nicht wusste, wie sie sich dafür revanchieren sollte. Ihr kam in den Sinn, dass es ein Anfang wäre, nicht mehr ständig wegzulaufen.

Nachdem Nancy den Zigarillo aufgeraucht hatte, steckte sie sich den nächsten an. Sie wollte Zeit schinden und fragte sich, welche Uhrzeit angemessen wäre.

Sie sah die Scheinwerfer eines Autos näher kommen und merkte, wie es langsamer wurde, bis es schließlich anhielt. Sie hoffte, dass es nicht irgendein Freier war, der sie fälschlicherweise für eine Prostituierte hielt. Nancy lugte um die Säule herum und sah, dass es ein schwarzer Mini war.

»Nancy«, sagte Mike sanft, als er ausstieg. »Wusste ich's doch, dass ich dich schon von da hinten aus erkannt habe.«

Überrascht darüber, ihn zu sehen, fragte sie: »Was machst

du denn hier?«

»Ich hab's im Pub nicht mehr ausgehalten. Außerdem wollte ich wissen, ob mit dir alles in Ordnung ist. Weil du, na ja, so plötzlich weg bist. Mal wieder.«

Die Scham darüber, dass Nancy zum dritten Mal abgehauen war, ließ ihre Ohren glühen. Sie wollte schnellstmöglich von sich ablenken und fragte: »Warum hast du es nicht mehr ausgehalten?«

»Weil …« Mike seufzte. »Weil sowohl Mareike als auch meine Mutter mir auf den Sack gegangen sind.«

»Mir auch«, rutschte es ihr heraus.

Mike horchte auf. »Wieso? Was haben sie gesagt?«

Nancy biss sich auf die Unterlippe und zögerte. Mike tat einen weiteren Schritt auf sie zu, ergriff ihre Hände und sah ihr fragend in die Augen.

»Ach, nichts«, log sie. »Ich weiß nicht, warum ich das gesagt habe.«

Er drückte kurz ihre Hände. »Nancy, was ist los? Jetzt sag doch schon.«

»Ist schon gut.«

Mike löste seinen Griff und ließ dabei seine Schultern hängen. Dann rieb er sich die Stirn und atmete tief ein und wieder aus. »Warum redest du nicht mir?«, fragte er frustriert.

Nancy wusste, dass sie etwas sagen sollte, etwas sagen musste. Doch sie konnte sich nicht dazu überwinden. Beschämt sah sie zu Boden und in ihrem Kopf formten sich die Worte, doch sie blieben auf dem Weg zu ihrem Mund im Hals stecken. Als hätten sich ihre Stimmlippen verklebt.

»Genau das ist das Problem!«, sagte er verärgert. »Nie sagst du, wenn dir was nicht passt! Lieber rennst du weg, als wärst du vier Jahre alt. Ich gehe schon auf dich zu, aber das wird mir auch langsam zu anstrengend.«

Nancy zuckte zusammen, daraufhin packte er ihre Schultern und schüttelte sie leicht.

»Sprich mit mir, verfickte Scheiße noch eins!«

»Es …«, begann sie flüsternd, und ihr kam es vor, als hätte sie ihre eigene Stimme seit Jahren nicht mehr gehört. »Es ist mir … peinlich.«

»Was ist dir peinlich?«

Sie fühlte, wie ihre Augen feucht wurden. »Es ist mir einfach so verdammt peinlich, dass ich …« Ihre Sicht verschwamm, und der Mascara brannte in ihren Augen. »Dass ich eifersüchtig bin!«, platzte es schließlich aus ihr heraus und damit auch die Tränen. »Ich hab versucht, mich zusammenzureißen. Aber es tut so verflucht weh! Die Vorstellung, dass du mit ihr mal … Und ich bin scheißwütend, weil du sie überhaupt erst im Pub hast arbeiten lassen und mich dann auch noch angelogen hast! Dann fing deine Mutter auch noch damit an, dass sie Angst hat, dass du in alte Muster verfällst! Ich hab das Ganze nicht mehr ausgehalten! Ich wollte es, aber ich konnte es nicht mehr!«

Mit großen Augen sah Mike sie an, machte den Mund auf und zu, als wollte er etwas sagen. Nancy schniefte und wischte sich über die Wangen.

»Ich … ich dachte …«, stammelte er. »Mir war nicht bewusst, dass du …«

»Was war dir nicht bewusst?«, fragte Nancy herausfordernd, und schleichend wurde aus der glühenden Scham eine brennende Wut. »Etwa, dass ich ein Problem damit haben könnte, dass deine beschissene Ex-Freundin den ganzen Tag um dich herumschleicht? Und mit ihren Titten wackelt und mit den Wimpern klimpert?«

»Du brauchst doch gar nicht eifersüchtig zu sein. Das mit ihr ist lange her und ich würde niemals wieder mit der was anfangen. Außerdem liebe ich dich.«

»Ja, genauso wie du *sie* mal geliebt hast und Gott weiß, wen noch! Muss ich jetzt Angst haben, dass nach und nach mehr davon angeschissen kommen?«

Mike erwiderte dazu nichts, sondern sah Nancy nur an. Sie versuchte, seinen Gesichtsausdruck zu deuten, scheiterte jedoch daran. Dann hörte Nancy, wie ein Auto angerast kam und mit quietschenden Reifen neben ihnen anhielt. Es kam ihr bekannt vor, aber sie wusste nicht, woher.

Die Fahrertür wurde aufgestoßen und ein Mann sprang heraus.

»Dich Schlampe habe ich gesucht!«, schrie der Mann und stürmte auf Nancy zu. Es war Dennis, der Ex-Freund der Tänzerin Nina. Ehe sie überhaupt begriff, was los war, hatte sich Mike bereits schützend vor sie gestellt.

»Verfatz dich«, brüllte Dennis. »Das geht nur mich und dieses Flittchen hier was an!« Sein Atem stank nach Alkohol und er schwankte leicht.

»Lass sie in Ruhe«, sagte Mike ruhig.

»Glaubst du, ich hab vor einem Clown wie dir Angst?« Er lachte auf. »Los, aus dem Weg!«

Dennis versuchte, ihn mit einer Hand wegzuschubsen, doch Mike war schneller und packte ihn. Es artete in ein Gerangel aus. Dann hörte Nancy ein *Klack,* und kurz darauf hielten beide abrupt inne.

»Scheiße«, hauchte Dennis, wankte ein paar Schritte zurück, wirbelte herum und stieg hastig in sein Auto. Mike hielt sich vornübergebeugt den Bauch und keuchte.

»Was ist passiert?«, fragte Nancy und lief um ihn herum. Er verzog schmerzverzerrt das Gesicht und sie sah auf seine Hände. Blut lief zwischen seinen Fingern hindurch und seine Handflächen herab. Nancys Herz setzte einen Schlag aus.

»Der Wichser«, stöhnte Mike, »hat mir ein Messer …«

Daraufhin ging er ein paar Schritte zurück, lehnte sich an die Litfaßsäule und sackte auf den Hintern. Nancy hockte sich zu ihm, fingerte mit zittrigen Händen ihr Handy aus der Jackentasche und rief den Notruf.

Panisch erzählte Nancy, was passiert war, und flehte unter Tränen, dass sie sich beeilen sollten. Mike wurde in der Zwischenzeit immer blasser und schwächer. Seine Hände rutschten herab, das Blut sprudelte seicht heraus und es bildete sich eine Lache. Nancy raffte so viel von seinem Shirt, wie sie konnte, zu einem Knäuel zusammen und presste es auf und in die Wunde. Es sog sich schnell voll und sie spürte das warme, klebrige Blut durchsickern.

»Mike!«, rief sie. Er machte die Augen auf, hatte aber sichtlich Probleme, sie geöffnet zu halten. »Bleib wach!«, schrie sie verzweifelt. »Bleib bei mir! Bitte! Bitte! Bleib bei mir! Bitte!«

Aus der Ferne konnte sie Sirenen hören und sah kurz darauf das sich nähernde Blaulicht.

»Nancy«, murmelte Mike.

»Es wird alles wieder gut«, flüsterte sie. »Der Rettungswagen ist gleich da. Ich liebe dich.«

Kapitel 41

Nancy saß im Flur der Notaufnahme und starrte auf die große Schiebetür gegenüber. Dahinter befand sich der Schockraum, in dem gerade versucht wurde, Mikes Leben zu retten.

Kaum waren Rettungswagen und Notarzt da gewesen, war alles sehr schnell gegangen. So schnell, dass Nancy kaum mitbekommen hatte, wie sie überhaupt hierhergekommen war. Sie hatte eine vage Erinnerung daran, dass die Polizei auch dagewesen war und dass sie ein paar Fragen beantwortet hatte. Sie wusste noch, dass sie ihnen erzählt hatte, was passiert war, aber nicht, dass sie wusste, wer es gewesen war. Warum Nancy das verschwiegen hatte, wusste sie selbst nicht genau.

»Frau Armstrong?«, fragte eine junge Pflegerin, die sich ein Klemmbrett vor die Brust hielt.

Nancy beachtete sie nicht weiter, sondern hielt den Blick starr auf die Schiebetür gerichtet.

»Wir sollten Ihre Hände waschen, finden Sie nicht auch?«

Nancy sah auf ihre Hände herab. Mikes Blut war mittlerweile getrocknet und bildete eine dunkelrote Kruste, die wie eine zweite Haut komplett ihre Hände überzog. Nancy schüttelte den Kopf.

Die Pflegerin beugte sich zu ihr herab. »Okay, gut«, sagte sie leicht verunsichert. »Können Sie mir vielleicht ein paar Fragen zu Ihrem Freund beantworten?«

Nancy nickte und starrte wieder auf die Schiebetür. Als könnte sie so den Verlauf dahinter beeinflussen.

Die Pflegerin setzte sich neben Nancy. »Hat er Vorerkrankungen?«

»Nicht, dass ich wüsste.«

»Nimmt er irgendwelche Medikamente?«

»Nicht, dass ich wüsste.«

»Allergien?«

»Nicht, dass ich wüsste.«

Die Pflegerin seufzte. »Okay, wer wüsste so was?«

»Seine Mutter.«

Wie aufs Stichwort ging die Tür am Eingang der Notaufnahme auf, und Nancy konnte Molly den ganzen Flur entlang keifen hören: »Wo ist mein Sohn? *Where's me fucking son?*«

Sowohl Nancy als auch die Pflegerin drehten den Kopf in ihre Richtung. »Das ist wohl seine Mutter?«, fragte sie, und Nancy nickte. Wild gestikulierend schrie Molly eine ältere Krankenschwester an, die wohl versucht hatte, sie zu beruhigen. Hinter ihr traten Angus und Ruby-Jean durch die Tür. Kaum hatte Ruby-Jean Nancy entdeckt, kam sie auf sie zugelaufen.

»O Gott, Mäuschen«, sagte sie und keuchte. »Was ist passiert?« Ihr Blick fiel auf Nancys blutverschmierte Hände und Kleidung. Sie schlug erschrocken die Hand vor den Mund und ließ sie auf die Brust herabgleiten. »Komm, wir machen dich sauber.«

»Nein, ich will hier sitzen bleiben«, erwiderte Nancy und machte eine Kopfbewegung zum Schockraum. Die Tür ging zur Hälfte auf, und Nancy konnte einen kurzen Blick hineinwerfen. Sie sah, wie Mike mit einem Beutel beatmet und auf der Trage durch eine Tür an der Seite hinausgeschoben wurde.

Eine Ärztin trat heraus und kam auf sie zu. »Sind Sie die Angehörigen?«, fragte sie, und sowohl Nancy als auch Ruby-Jean nickten. Mittlerweile hatten Molly und Angus sie erreicht.

»Was ist mit meinem Sohn?«, fragte Molly aufgebracht.

»Er wird gerade in den OP gebracht. Er hat eine Menge Blut verloren, aber wir konnten seinen Kreislauf so weit stabilisieren.«

Molly schlug sich die Hände vors Gesicht und brach heulend zusammen. Angus hockte sich neben sie und versuchte, sie zu trösten. »Es wird alles wieder gut, die kriegen das schon hin«, versicherte er seiner Schwester, und Nancy sah, dass er mit den aufsteigenden Tränen zu kämpfen hatte.

»Komm«, flüsterte Ruby-Jean Nancy zu, »wir waschen jetzt endlich deine Hände.«

Wortlos stand Nancy auf und ließ sich von ihr zur Toilette führen.

»Was ist genau passiert?«, fragte Ruby-Jean, stellte den Wasserhahn an und hielt Nancys Hände darunter.

»Der Ex-Freund von Nina«, antwortete sie mit tonloser Stimme. »Der kam und wollte auf mich los. Er hatte ein Messer. Aber Mike ist dazwischengegangen.«

Ruby-Jean seifte Nancys Hände kräftig ein und spülte sie ab. Das Blut löste sich nur schwer von ihrer Haut, darum wiederholte Ruby-Jean den Vorgang mehrere Male. Doch das Blut unter den Fingernägeln ließ sich so nicht entfernen. »Ah, Scheiße, wir bräuchten eine Bürste«, murmelte Ruby-Jean, nahm mehrere Blatt Papiertücher und versuchte, damit so viel wie möglich unter den Fingernägeln wegzuschrubben. »Besser wird es leider nicht«, sagte sie schließlich.

Nancy war es egal. Sie fühlte sich, als wäre sie nur körperlich anwesend. In Gedanken war sie bei Mike. In ihrer Vorstellung hatte sie das Bild klar vor Augen, wie er auf einem Operationstisch lag, einen Beatmungsschlauch im Hals und alle möglichen Infusionsschläuche im Arm.

Sie traten aus der Toilette. Mittlerweile saß Molly auf dem Stuhl, auf dem Nancy vorher gesessen hatte. Sie war vornübergebeugt und weinte in ihre Hände hinein. Angus saß neben ihr und hatte seinen Arm um sie gelegt.

»Erst sein Vater«, wimmerte Molly. »Und jetzt er …«

»Pscht«, machte Angus. »Mike ist in guten Händen. Das wird wieder.«

Die junge Pflegerin kam mit ihrem Klemmbrett zurück und fragte leise: »Frau Finnegan? Ich weiß, es ist ein ungünstiger Zeitpunkt. Aber könnten Sie ein paar Fragen zu Ihrem Sohn beantworten?«

Molly sah auf und nickte schniefend. Die Pflegerin wiederholte die Fragen, die sie bereits Nancy gestellt hatte.

»Vorerkrankungen hat er keine«, antwortete Molly. »Medikamente nimmt er auch keine, soweit ich weiß. Er hat eine Penicillinallergie und von braunem Pflaster kriegt er Ausschlag.«

»Okay, gut.« Die Pflegerin notierte alles und reichte ihr das Klemmbrett und einen Kugelschreiber. »Könnten Sie dann noch diesen Bogen ausfüllen? Ihre Kontaktdaten, damit wir Sie erreichen können?«

»Ja, natürlich.«

Nancy sah zum Schockraum. Die Tür stand offen und sie beobachtete einen Pfleger dabei, wie er aufräumte. Er sammelte von einer Arbeitsplatte unzählige Plastikverpackungen ein und stopfte sie in einen Mülleimer. Auf dem Boden lagen vereinzelt blutdurchtränkte Kompressen, die er aufhob.

Alle hatten hier eine Aufgabe. Alle trugen dazu bei, Mike zu retten. Nancy kam sich so nutzlos vor. Sie hatte nicht einmal mit Gewissheit die Fragen der Pflegerin beantworten können. Nancy hatte bisher gar nicht die Gelegenheit gehabt, Mike so genau kennenzulernen.

Und es könnte bereits zu spät sein.

Angus stand auf und sagte zu seiner Schwester: »Ich geh mal eben frische Luft schnappen, wenn das okay ist.«

»Ja, mach ruhig.«

»Ich bleib hier«, sagte Ruby-Jean und setzte sich auf seinen Platz.

Angus nickte und wandte sich an Nancy: »Komm mit.«

Sie gingen durch den Haupteingang nach draußen und Angus drehte sich eine Zigarette.

»Weißt du, wer das war?«, fragte er und zündete sie sich an. Nancy nickte stumm. »Und? Wer war es?«

»Ich hab dir doch von dem erzählt, der sich in die Hose gepisst hat. Der die Tänzerin verprügelt hat. Der war es.

Dennis heißt er.«

»Hast du es der Polizei gesagt?«

Sie schüttelte den Kopf, woraufhin er sich mit einer Hand mehrmals durch den langen Bart strich. Eine Geste, die er immer machte, wenn er nachdachte.

»Vielleicht besser so«, sagte er schließlich. »Dann können wir uns selbst um ihn kümmern. Polizei verkompliziert alles nur. Wer war den Abend alles dabei?«

»Pulverfässchen und Manni.«

»Okay, ich muss mal eben telefonieren.«

Angus ging ein paar Meter weg, um zu telefonieren. Nancy sah zum Gebäude hinauf und fragte sich, wo sich die Operationssäle befanden und ob sie sie von hier aus sehen könnte. Auf dem Weg nach draußen hatte sie auf einem Wegweiser gesehen, dass sie im ersten Stock waren. Genauso wie die Intensivstation.

»Wie hieß die Tänzerin?«, rief Angus in ihre Richtung.

»Nina«, antwortete Nancy, den Blick immer noch nach oben gerichtet. Wie lange die Operation wohl dauern würde? Sie wünschte sich, dass sie das Messer in den Bauch gerammt bekommen hätte. Mike hatte das nicht verdient, schließlich war Nancy das Ziel gewesen und er hatte sie nur beschützt. Sie müsste eigentlich da oben liegen.

Dann kam Nancy sich egoistisch vor, denn dann wäre sie sediert und beatmet, würde es gar nicht bewusst wahrnehmen, wenn sie vom Leben in den Tod rutschen würde. Dann würde Mike bangen und die Schmerzen ertragen müssen.

Nancy war mit ihren eigenen Gedanken überfordert, hielt sich den Kopf und vergrub ihre Finger in den Haaren. Wäre es wirklich besser, selbst zu sterben, als den Verlust zu ertragen? Würde Mike sterben?

Sie sackte auf die Knie und gab einen gequälten Laut von sich. Angus eilte auf sie zu. Der Schmerz in ihrer Brust war unerträglich und ließ sie wimmern.

»Es ist alles meine Schuld!«, stieß sie heulend aus.

Angus kniete sich neben sie und nahm sie in den Arm. »Du kannst doch nichts dafür«, sagte er sanft und wiegte sie in seinen Armen. Sie wollte ihm widersprechen, doch sie brachte nur tränenerstickte Laute hervor.

Kapitel 42

»Nancy!«, stieß Ruby-Jean aus und eilte zu ihnen.

»Sie hat einen Nervenzusammenbruch«, sagte Angus.

Mittlerweile hatte Nancy sich wieder beruhigt und fühlte sich leer und dumpf. Als hätte sie sämtliche Gefühle herausgeheult. Die Spuren ihrer Tränen trockneten auf ihren Wangen und bildeten eine Salzkruste, die bei jeglicher Mimik spannte.

»Geht's wieder?«, fragte Angus.

Nancy nickte. Ächzend erhob sich Angus und half dann Nancy auf. Ruby-Jean streichelte ihr über den Rücken.

»Gibt's was Neues?«, fragte Angus und klopfte seine Hose ab.

»Sie haben nach unseren Blutgruppen gefragt, wegen Spenden. Mike hat B negativ, die ist wohl selten. Ich hab A positiv und falle leider raus.«

»Ich weiß gar nicht, welche ich habe«, sagte Angus.

»Die testen dich, dauert auch nicht lange. Mollys Blutgruppe passt auf jeden Fall und sie sind gerade dabei, ihr welches abzuzapfen.«

»Dann könnte meine auch passen.«

Nancy kannte ihre Blutgruppe auch nicht, hoffte aber, dass sie kompatibel war. Dann könnte sie einen Beitrag dazu leisten, Mike zu helfen.

Sie gingen zurück zur Notaufnahme, und nach einem kurzen Gespräch mit einem Pfleger wurden Nancy und Angus in einen Behandlungsraum gebracht, um ihnen Blut abzunehmen.

»Also«, sagte der Pfleger und zeigte ihnen das Ergebnis des Schnelltests. »Herr Murphy, Ihre Blutgruppe ist ebenfalls B negativ und die von Frau Armstrong ist 0 negativ. Sie können beide spenden. Ich hole nur mal eben die Transfusionssets.« Dann verschwand er aus dem Raum.

»Wie geht es dir?«, fragte Angus.

Nancy zuckte mit den Achseln. »Ehrlich gesagt, ein bisschen besser. Weil mein Blut passt.«

»Ja, man fühlt sich nicht mehr so hilf- und nutzlos.«

Der Pfleger kam zurück. »Oh, Frau Armstrong. Sie sehen aber nicht gut aus. Sind Sie sicher, dass Sie spenden können?«

Energisch nickte Nancy. Sie wollte unbedingt helfen, und wenn es das Letzte war, was sie tat. »Ich bin nur durch den Wind wegen des Ganzen. Mir geht es gut.«

»Ich kontrolliere trotzdem Ihre Vitalzeichen.«

Nancy ließ die ganze Prozedur über sich ergehen. Blutdruck, Puls, Temperatur und sogar Sauerstoffsättigung wurden gemessen.

»Okay, Ihre Werte sehen in Ordnung aus. Legen Sie sich bitte auf die Trage. Herr Murphy, gehen Sie bitte auf den Flur. Ihre Schwester müsste gleich fertig sein, dann können Sie in das Zimmer.« Angus nickte und ging hinaus. Der Pfleger desinfizierte Nancys rechte Armbeuge und hielt die Kanüle hoch. »Das wird jetzt ziemlich piksen. Die Nadel ist ein bisschen größer als bei normalen Infusionen.«

Ihr war das egal. Hauptsache, sie konnte helfen. Ohne eine Miene zu verziehen, ließ sie sich stechen und beobachtete, wie sich erst der Schlauch und dann der Beutel am Ende füllte.

»Alles in Ordnung?«, fragte der Pfleger, und Nancy bejahte. Sie konzentrierte sich auf den Beutel, als könnte sie ihn so schneller füllen. »Sie sind übrigens Universalspenderin. Ihre Gruppe kann jeder empfangen. Nur wenn Sie mal Blut bräuchten, wird es schwierig, weil nur Ihre eigene passt.«

»Also könnte ich von Mike kein Blut bekommen?«

»Sie meinen den Patienten, für den das Blut ist? Nein, geht nur in die eine Richtung.« Der Pfleger sah auf den Beutel. »Mensch, Sie gehören aber auch zu der fixen Sorte«, sagte er, drückte eine Kompresse auf die Kanüle und zog sie heraus.

»Einmal fest drücken.«

Nancy tat, wie ihr geheißen, und drückte die Kompresse fest auf die Einstichstelle.

»Bleiben Sie noch eine Weile liegen. Ich bringe die Konserve weg und schaue dann noch mal nach Ihnen.«

Der Pfleger verschwand mit der Blutkonserve und Nancy starrte hinauf zur Decke. Sie fühlte sich schrecklich müde und hatte Schwierigkeiten, die Augen offen zu halten.

Nancy musste kurz eingenickt sein, denn als der Pfleger wiederkam, schreckte sie hoch. »Wie geht es Ihnen?«, fragte er.

»Ganz okay. Darf ich jetzt aufstehen?«

Der Pfleger nickte. »Aber machen Sie langsam.«

Nancy setzte sich auf die Kante und ein leichter Schwindel überkam sie, der aber genauso schnell wieder verschwand.

Während sie aufstand, fasste der Pfleger an ihre Schulter. »Geht es?«, fragte er.

»Ja, wo sind die anderen?«

»Die sind vorne. Ich bringe Sie hin.«

Im Wartebereich vor der Notaufnahme saßen Ruby-Jean, Angus und Molly nebeneinander. Molly hatte die Hände im Schoß gefaltet, hielt den Kopf gesenkt und murmelte etwas. Als Nancy näher trat, verstand sie, dass Molly auf Englisch betete. »*Though I pass through a gloomy valley, beside me your rod and your staff are there, to hearten me …* «

Nancy setzte sich neben Ruby-Jean, die sie kurz mit einem Lächeln bedachte, bei dem die Augen traurig blieben, und drückte ihre Hand.

Kapitel 43

Während sie warteten, ging Angus ungefähr ein Dutzend Mal vor die Tür, um zu rauchen. Etwa genauso oft zitierte Molly flüsternd den Psalm 23. Ruby-Jean stand auch mehrmals auf und holte Kaffee aus einem Automaten.

Nur Nancy saß die meiste Zeit still da und starrte auf den Boden vor sich. Sie hatte jegliches Zeitgefühl verloren und wollte auch gar nicht wissen, wie lange sie da bereits warteten. Denn es würde keinen Unterschied machen, ob sie bereits zwei oder zwanzig Stunden da saßen.

Die Tür der Notaufnahme ging auf, und Nancy hob erwartungsvoll den Kopf. Zwei Ärzte traten heraus und bogen direkt links in einen Gang ein. Man konnte hören, dass sie sich unterhielten, und einer lachte kurz.

»Das dauert aber ziemlich lange«, sagte Ruby-Jean und sah auf ihre Armbanduhr.

»Es dauert halt so lange, wie es dauert«, erwiderte Angus und lehnte sich mit verschränkten Armen zurück.

Die Tür ging wieder auf, und dieses Mal kam eine junge Pflegerin heraus, die direkt auf sie zukam.

»Sind Sie die Angehörigen von Herrn Finnegan?«, fragte sie, und alle standen zeitgleich auf und nickten. »Die Operation ist beendet, und er ist jetzt auf der Intensivstation. Die befindet sich im ersten Stock. Wenn Sie den Aufzug nehmen …« Die Pflegerin zeigte in die Richtung, in der sich die Aufzüge befanden. »… müssen Sie auf der rechten Seite aussteigen und dann links den Gang hinunter. Dann klingeln Sie. Aber es dürfen immer nur zwei gleichzeitig rein.«

»Wie geht es ihm?«, fragte Molly. »Ist alles gut?«

»Der zuständige Chirurg wird gleich mit Ihnen reden.«

»Vielen Dank«, sagte Angus.

Sie waren der Beschreibung der Pflegerin gefolgt und standen jetzt vor der Tür der Intensivstation. Daneben befand sich ein Kasten mit Zahlenfeld und einer großen Taste, auf der *Klingel* stand. Molly drückte sie, es läutete, und kurz darauf erklang eine Frauenstimme. »Wie kann ich Ihnen helfen?«

Molly räusperte sich und antwortete: »Mein Sohn, Michéal Finnegan, wurde operiert und liegt bei Ihnen.«

»Nehmen Sie bitte im Wartezimmer Platz. Der Arzt kommt gleich raus.«

»Okay.«

Rechts von der Tür war das Wartezimmer und sie gingen hinein. Doch anscheinend war keinem nach Sitzen zumute, denn sie blieben alle stehen.

Es dauerte nicht lange, da kam ein Arzt in das Zimmer. Ehe er etwas sagen konnte, ging Molly auf ihn zu und fragte verzweifelt: »Wie geht es meinem Sohn?«

»Er ist stabil, aber noch geschwächt. Er hatte einen sehr hohen Blutverlust und bekommt jetzt bereits die vierte Blutkonserve. Zum Glück wurde nur ein kleiner Teil des Dickdarms verletzt und wir konnten es übernähen. Ansonsten wurden keine Organe verletzt. Außerdem bekommt er Antibiotika, um einer Peritonitis vorzubeugen.«

»Können wir zu ihm?«, fragte Angus.

»Ja, aber er ist noch sediert und beatmet.«

Der Arzt ging aus dem Wartezimmer und Molly folgte ihm. Nancy sah fragend zu Angus und er flüsterte: »Los, geh mit. Wir warten hier.«

Während Molly direkt zu ihrem Sohn eilte, blieb Nancy in der Tür stehen und zögerte, näher heranzutreten. Eine zusammenfaltbare Trennwand verstellte die Sicht auf Mike. Das Zimmer war halbdunkel, nur über seinem Bett war Licht an, und es herrschte eine andächtige Stimmung. Als wäre Mike aufgebahrt.

Sie hörte das gleichmäßige Rauschen des Beatmungsgeräts und sie sah zu dem Monitor über dem Bett, welcher die Vitalzeichen anzeigte. Sie hatte keine Ahnung, was die ganzen Zahlen genau bedeuteten, aber dass die EKG-Linie anscheinend regelmäßig war und nichts Alarm schlug, deutete sie als ein gutes Zeichen.

»My baby«, flüsterte Molly.

Nancy sammelte ihren ganzen Mut zusammen und ging langsam und bedächtig zum Bett. Als müsste sie sich vorsichtig heranschleichen, weil sie sonst irgendetwas kaputt machen würde.

Als Nancy am Fußende stand, stockte ihr der Atem. Der Anblick war für sie nur schwer zu ertragen, obwohl sie schon geahnt hatte, was sie erwartete.

Mike lag auf dem Rücken, die Arme neben sich auf der Decke. In seinem Mund steckte der Beatmungsschlauch. Oberhalb seines rechten Schlüsselbeins waren mehrere dünne Schläuche, über die verschiedene Infusionen verabreicht wurden. Von seiner Brust aus gingen mehrere Kabel zu dem Monitor. An seinem linken Arm lag eine Blutdruckmanschette, die sich gerade ratternd aufpumpte. An der Seite des Bettes hingen zwei verschiedene Beutel, der eine war wohl für Urin und in dem anderen war eine rosafarbene Flüssigkeit.

Molly tätschelte Mikes Hand und weinte stumm. Nancy traute sich nicht, Mike zu berühren, denn er sah so blass und zerbrechlich aus. Wie eine Porzellanpuppe. Ihr Blick wanderte zu den ganzen Infusionen und sie entdeckte die Blutkonserve. Sie trat ein wenig näher heran und sah auf dem Etikett, dass es 0 negativ war. Wahrscheinlich Nancys Blut, woraufhin sie kurz lächeln musste. Der Gedanke, dass ein Teil von ihr gerade in Mikes Venen floss und ihm dabei half, zu überleben, gab ihr Trost.

Molly wischte sich die Tränen von den Wangen und küsste Mike behutsam auf die Stirn. Nancy wünschte sich, dass sie dazu den Mut hätte aufbringen können. Stattdessen sah sie

Mike, die Apparate und die Schläuche mit einer tiefen Ehrfurcht an.

»Ich will noch mal mit dem Arzt reden«, brach Molly das Schweigen und verließ das Zimmer. Jetzt, wo sie mit ihm allein war, konnte sie sich dazu überwinden, ihn zu berühren. Zaghaft streckte sie die Hand aus und strich mit den Fingerspitzen über seinen Handrücken. Seine Haut war kühl, und Nancy legte sachte ihre Hand auf seine, um sie zu wärmen. Sein Zeigefinger zuckte mehrere Male leicht. Nancy ließ erschrocken von ihm ab, denn sie befürchtete, ihn zu stören.

»Es tut mir so leid«, murmelte sie, und ihr Herz versackte in ihrer Brust.

Kapitel 44

Als Nancy und Molly die Intensivstation verließen, standen Angus und Ruby-Jean bereits vor der Tür. »Es scheint ihm den Umständen entsprechend gut zu gehen«, sagte Molly, während sie die Tür aufhielt. Ihre Mundwinkel zuckten nach oben und sie deutete ein Lächeln an. »Ich habe noch mal mit dem Arzt gesprochen. Sein Kreislauf ist zwar stabil, aber noch sehr schwach. Sie müssen sehen, wie es sich entwickelt, bevor sie ihn aufwecken und die Beatmung entfernen. Im Moment ist es so besser, sagt der Doktor. Er soll sich wegen der Wunde auch erst mal nicht bewegen, und er könnte sonst auch Schmerzen haben.«

»Also ist er über den Berg?«, fragte Angus.

Molly verzog kurz das Gesicht. »Der Arzt hat gesagt, dass sie abwarten müssen, ob nicht irgendwo noch eine Blutung entsteht oder eine Infektion, weil sein Darm ja verletzt wurde. Bisher sieht aber wohl alles gut aus.«

Seufzend stieß Angus den Atem aus und sah kurz zu Ruby-Jean, dann gingen sie hinein. Molly setzte sich ins Wartezimmer, Nancy folgte ihr und nahm ihr gegenüber Platz. Sie wirkte um zehn Jahre gealtert und war sichtlich erschöpft. Nancy tat es leid, sie so zu sehen.

»Es ist meine Schuld«, sagte Nancy leise.

Molly sah sie verwirrt an. »Sag doch so was nicht«, erwiderte sie. »Schuld trägt das Arschloch mit dem Messer.«

»Wäre ich nicht gewesen, dann wäre das erst gar nicht passiert. Mike hat mich nur beschützt.«

Molly legte die Stirn in Falten und sah Nancy ernst an. »Dann trage ich genauso viel Schuld«, sagte sie. »Hätte ich ihm vertraut, dann wäre er nicht abgehauen. Wenn es danach ginge, könnten wir immer so weitermachen, bis wir zu dem Zeitpunkt kämen, an dem ich seinen Vater kennengelernt hatte.«

Nancy war erleichtert darüber, dass Molly nicht wütend auf sie war. Trotzdem konnten ihre Worte sie nicht überzeugen. Die Schuldgefühle blieben.

»Möchtest du bei mir übernachten?«, fragte Molly. Das Angebot überraschte Nancy. »Ich möchte ehrlich gesagt nicht allein bleiben«, fügte Molly hinzu. »Mein Bruder hat Ruby-Jean, die sich um ihn kümmert. Außerdem werden sie mich als Erstes anrufen, wenn etwas mit Mike ist.«

Nancy nickte, und Mollys Gesicht hellte sich auf, dann hielt sie inne und fasste sich an die Stirn.

»Oh, *for fuck's sake*!«, stieß sie aus.

»Was ist los?«, fragte Nancy.

»Mareike! Sie ist immer noch im Pub! Wie spät ist es?«

Nancy sah zur Uhr über Molly. »Es ist genau vier Uhr zweiundvierzig.«

»O Gott … Sie hat keinen Schlüssel. Entweder hat sie den Laden offen gelassen oder sie sitzt da immer noch.«

»Weiß sie, was passiert ist?«

»Nichts Genaues, ich hab nur gesagt, dass ich wegmuss. Und dann haben mich Ruby-Jean und Angus abgeholt. Sie weiß nicht, dass etwas mit Mike ist. Der Mini steht auch noch bei euch, aber ich habe mir von einer Schwester seinen Autoschlüssel geben lassen.«

»Kannst du sie nicht anrufen?«

»Ich habe mein Handy nicht mit.«

Nancy holte ihrs aus ihrer Jackentasche und musste feststellen, dass der Akku leer war.

»Sorry«, seufzte sie. »Ich vergesse immer, dass bei den Smartphones die Akkus nicht so lange halten wie bei den alten Handys.«

»Schon gut. Angus und Ruby-Jean müssten ja auch eins haben.«

Die Tür der Intensivstation ging auf, und Ruby-Jean und Angus kamen heraus.

»Das ist nicht fair …«, murmelte Angus angespannt. »Der Junge hat das nicht verdient.«

Ruby-Jean streichelte ihm über den Rücken. Molly stand auf und umarmte ihren Bruder.

»Wird Zeit, dass wir nach Hause gehen«, sagte Molly. »Es ist schon fast fünf Uhr morgens und ich habe Mareike allein gelassen. Angus, könnte ich dein Handy kurz haben?«

Auf dem Weg zum Ausgang versuchte Molly, im Pub anzurufen. »*For fuck's sake.* Der Anrufbeantworter springt gleich an. Ich hab ganz vergessen, dass der zeitgesteuert ist. Hoffentlich ist alles in Ordnung.«

»Bestimmt«, versuchte Ruby-Jean sie zu beruhigen.

Als sie das Krankenhaus verließen, war der Himmel noch schwarz, doch es dauerte nicht mehr lange bis zur Dämmerung. Obwohl sie schon so lange auf den Beinen war, war Nancy nicht müde.

Angus blieb kurz stehen, um sich eine Zigarette zu drehen, und Nancy steckte sich ebenfalls einen Zigarillo an. Sie sah wieder zu den Fenstern hinauf, und wenn ihre Orientierung sie nicht täuschte, dann konnte sie Mikes Zimmer sehen.

»*Dá fhada an lá tagann an tráthnóna*«, sagte Angus und legte seine Hand auf Nancys Schulter.

»Was?«, fragte sie verwirrt.

»Das ist Irisch und bedeutet so viel wie: *Egal wie lang der Tag, der Abend kommt.*«

Kapitel 45

Die Autofahrt über sprach niemand ein Wort. Leise lief das Radio, um die Stille zu übertönen. Nancy hörte aber nicht hin. Sie blickte aus dem Seitenfenster und war in Gedanken noch bei Mike. In ihrer Vorstellung sah sie, wie Pflegerinnen und Pfleger sich um ihn kümmerten. Wie sie Infusionen wechselten, die Vitalwerte und den Verband kontrollierten. Sie fragte sich, wie es für ihn wohl war. Als würde er einfach schlafen? Vielleicht träumte er sogar. Oder war er einfach bewusstlos?

Die Sorge, dass es Komplikationen geben könnte, kroch in Nancy hoch. Das Bild, dass der Monitor Alarm schlug und aus dem gleichmäßig gezackten Muster des EKGs eine gerade Linie wurde, quälte sie.

Nancy wünschte, dass sie etwas tun könnte. Aber ihr blieb nichts anderes übrig, als abzuwarten und darauf zu vertrauen, dass alles wieder gut wurde.

Ruby-Jean hielt neben dem Mini unweit vom *Ruby's Rooms*. Molly verabschiedete sich, bedankte sich fürs Fahren und stieg aus.

»Ich fahr mit zu Molly«, sagte Nancy, ehe sie ausstieg. »Falls etwas mit Mike ist, rufen sie sie als Erstes an.«

»Okay, aber solltest du dir nicht vorher etwas Frisches zum Anziehen mitnehmen?«, fragte Ruby-Jean.

»Keine Zeit«, erwiderte Nancy. »Wir müssen gucken, was mit dem Pub ist. Ich nehme mir was von Mikes Klamotten.«

»Gut. Dann hören wir voneinander. Versuch zu schlafen. Ich hab dich lieb.«

»Ich hab dich auch lieb, Mutti.«

Molly saß bereits hinterm Steuer und Nancy stieg ein. »Mein Gott«, sagte Molly und griff unter den Sitz. »Hat der Junge lange Beine.« Sie rückte mit dem Sitz weiter nach vorn.

Es war für Nancy ungewohnt, dass nicht Mike am Lenkrad saß, und überhaupt war es seltsam, mit Molly allein zu sein. Sie steckte den Schlüssel ein, und damit ging auch gleich die Zündung an. Der CD-Player spielte das Lied *Cold Feelings* von *Social Distortion*, und Molly war im Begriff, auf Radio umzuschalten, aber Nancy hielt sie davon ab. »Bitte lass es laufen«, sagte sie. »Das ist seine Lieblingsband.«

Verständnisvoll lächelte Molly und startete den Motor. »Ich weiß gar nicht, wie oft ich das Lied schon hören musste«, sagte sie und schmunzelte. »Das und die ganzen anderen von denen. Die haben ja dieses Jahr ein neues Album herausgebracht und Mike hat bestimmt zwei Wochen am Stück nichts anderes gehört.«

»Oh ja, ich erinnere mich. Er hat über nichts anderes geredet und mir die CD kopiert und geradezu aufgedrängt.«

Molly lachte kurz. »Ja, das konnte er schon immer gut. Wenn er von etwas begeistert ist, dann hat er kein anderes Thema und muss allen davon erzählen.«

»Und das ausführlich. Aber selbst wenn es mich eigentlich gar nicht interessiert, bringe ich es nicht übers Herz, es ihm zu sagen. Er sieht dann immer so glücklich aus, und dann freue ich mich so für ihn.«

»Sein Vater konnte das auch. Manchmal erschreckt es mich, wie ähnlich Mike ihm ist. Obwohl er ja ohne ihn aufwachsen musste.«

Nancy sah, dass Mollys Augen feucht wurden, und sie überlegte, was sie sagen konnte, um das Thema zu wechseln.

Bevor ihr etwas einfiel, sagte Molly: »Aber genug davon. Ich bin ja mal gespannt, was uns gleich im Pub erwartet. Für gewöhnlich ist gegen zwei, spätestens um drei Uhr Feierabend. Je nachdem, wie viel noch los ist. Aber es wird bald hell.«

Am Horizont hatte sich bereits ein hellblauer Streifen

gebildet, der sich allmählich ausbreitete und die Dunkelheit verdrängte. Nancy mochte diese Tageszeit sehr, vor allem im Sommer. Dieser Zustand genau zwischen Tag und Nacht hatte eine besondere Stimmung.

Im Krankenhaus war es so ruhig gewesen, und sie hatte fast das Gefühl gehabt, dass sie die Einzigen dort gewesen waren. Aber bald würde der hektische Alltag dort einsetzen. Schichtwechsel, Frühstück würde verteilt werden, Untersuchungen und Operationen durchgeführt.

Auch auf den Straßen würden die Menschen allmählich ihren Tag beginnen. Nur Mike würde weiterschlafen. Wie lange es wohl noch dauern würde, bis sie ihn weckten?

Sie fuhren am dunklen Pub vorbei und bogen auf den Parkplatz ein. »Scheint niemand da zu sein«, sagte Molly. »Licht ist auf jeden Fall aus.«

Nachdem sie das Auto abgestellt hatte und sie ausgestiegen waren, konnte Nancy die Vögel zwitschern hören. Mittlerweile war alles in ein blaues Licht getaucht, und am Himmel war kaum eine Wolke. Heute würde ein sonniger Tag werden.

Molly ging voran zum Hintereingang, und wie zu erwarten gewesen war, war die Tür nicht abgeschlossen. Nancy folgte Mikes Mutter hinein. Drinnen war es zu dunkel, um etwas zu erkennen, aber nachdem Molly das Licht eingeschaltet hatte, sah Nancy Mareike an einem der Tische sitzen, den Kopf auf den verschränkten Armen abgelegt. Anscheinend schlief sie. Behutsam berührte Molly sie an der Schulter, und Mareike schreckte hoch.

»Frau Finnegan«, murmelte sie, noch nicht ganz wach, und rieb sich die Augen. »Ich habe versucht, Sie und Mike anzurufen, aber ich habe keinen erreicht. Was ist passiert?«

Molly setzte sich neben sie an den Tisch. »Es tut mir so leid, dass ich dich allein gelassen habe. Ich hoffe, du bist klargekommen.«

»Ja, es ging«, erwiderte sie und gähnte. »So ab eins wurde

es allmählich ruhiger.« Dann sah sie sich um und ihr Blick fiel auf Nancy. »Wo ist Mike?«, fragte sie.

Molly biss sich auf die Unterlippe und senkte den Blick. Nancy trat näher.

»Er ist«, begann Molly und sah dann auf, »schon im Bett.«

»Oh, okay.«

»Du musst endlich Feierabend machen«, sagte Molly, stand auf und ging hinter die Theke. »Wir reden ein anderes Mal darüber.« Sie öffnete die Lade der Kasse, nahm mehrere Scheine heraus und ging zu Mareike zurück. »Hier«, sagte sie und reichte ihr ungefähr hundert Euro, »für deine Überstunden. Wir sehen uns heute Abend.«

Leicht verdattert sah Mareike sie an, nahm aber wortlos das Geld entgegen, stand auf und holte ihre Sachen von hinten. Dann verabschiedete sie sich und ging.

»Da hast du aber gerade die Wahrheit ein bisschen verdreht«, sagte Nancy.

Molly seufzte. »Hätte ich ihr die Wahrheit gesagt, dann wären wir sie nicht so leicht losgeworden. Und ich habe keine Kraft mehr, sie zu trösten.«

»Verständlich.«

Molly sah sich um und sagte: »Ich muss gestehen, ich bin positiv überrascht. Auf den ersten Blick sieht alles gut aus. Hätte ich ihr ehrlich gesagt nicht zugetraut.«

»Ich auch nicht.«

Nachdem Molly noch mal alles kontrolliert hatte, machte sie das Licht aus, und sie verließen den Pub durch die Hintertür.

Kapitel 46

In der Wohnung angekommen sagte Molly: »Du kannst auf der Couch oder in Mikes Zimmer schlafen, wie du möchtest.«

Nancy hielt vor seinem Zimmer inne. Die Tür stand offen und sie sah hinein. »Ich denke, ich werde in seinem Bett schlafen«, sagte sie, und Molly nickte.

»Brauchst du noch irgendetwas?«

Nancy schüttelte den Kopf. »Nein, danke.«

»Gut, dann versuchen wir mal, zu schlafen, *aye*?«

Molly ging in ihr Schlafzimmer und Nancy in Mikes. Mittlerweile war die Sonne über den Häuserdächern zu sehen. Nancy trat ans Fenster. Sie konnte auf die Straße vor dem Pub sehen und hatte die Innenstadt vor sich.

Dann drehte sie sich um und sah aufs Bett. Die Decke war zurückgeschlagen, als wäre Mike eben erst aufgestanden. Eins seiner weißen Unterhemden lag darauf. Sie ging aufs Bett zu, hob das Hemd auf und schmiegte ihre Wange daran. Es erinnerte sie an das Gefühl, mit dem Kopf auf seiner Brust einzuschlafen. Es trieb ihr die Tränen in die Augen und sie befürchtete, das Unterhemd vollzuheulen. Sie legte es auf dem Schreibtischstuhl ab. Über die Rückenlehne drapiert lagen das T-Shirt und die Jogginghose, die er ihr gegeben hatte.

Nancy ließ das Rollo herab, nahm die Kleidung vom Stuhl und zog sich um, dann setzte sie sich auf die Bettkante und schloss ihr Handy an das Ladegerät auf dem Nachttisch an. Allmählich wurde sie müde, trotzdem graute es ihr vorm Schlafen. Sie befürchtete, dass etwas mit Mike sein und sie es verpassen könnte. Außerdem hatte sie Angst davor, die Augen zu schließen.

Denn dann könnten die Bilder und Erinnerungen auftauchen. Aber die Erschöpfung zwang sie dazu, endlich zu schlafen.

Nancy legte sich ins Bett und deckte sich zu. Das Kopfkissen roch nach Mike, und das vertraute Gefühl der Bettwäsche gab ihr ein wenig Trost. Doch das reichte ihr nicht. Sie stand auf, nahm das Unterhemd vom Stuhl und ging damit wieder ins Bett.

Für einen kurzen Moment – genau während dieses Übergangs von Schlaf zu Wachsein – glaubte Nancy, in ihrem eigenen Bett zu liegen. Doch kaum hatte sie die Augen geöffnet, fiel ihr alles wieder ein. Sie merkte, dass sie das Unterhemd noch in der Hand hielt, und presste es an ihren Körper. Sie lag auf dem Rücken und sah zur Decke hinauf, dann zur Tür. Sie hörte die Toilettenspülung rauschen, und obwohl sie wusste, dass es Molly gewesen war, hoffte sie, dass Mike gleich ins Zimmer kam.

Schwerfällig setzte sich Nancy auf die Bettkante und sah auf die Uhr auf dem Nachtschrank. Es war fast Mittag. Obwohl sie so lange wach gewesen war, hatte sie nur etwa sechs Stunden geschlafen.

Beim Aufstehen wurde Nancy schwindlig und ihr Magen schmerzte. Ihr wurde bewusst, dass sie seit bald vierundzwanzig Stunden nichts mehr gegessen hatte. Trotzdem verspürte sie keinen richtigen Hunger und schon gar keinen Appetit.

»Ich hoffe, ich hab dich mit dem Kessel nicht geweckt«, sagte Molly, als Nancy in die Küche kam, und goss Wasser in einen Becher.

»Nein, ich war vorher schon wach.«

»Dann bin ich ja beruhigt. Ach ja, du trinkst ja Kaffee. Ist löslicher okay?«

»Ja, natürlich.«

Molly nickte lächelnd und suchte aus einem der Hängeschränke das Glas löslichen Kaffee. Nancy setzte sich an den

Küchentisch und beobachtete Molly dabei, wie sie den Kaffee in den Becher löffelte und aufgoss. Anschließend stellte sie ihn vor Nancy ab. »Zucker steht auf dem Tisch. Brauchst du Milch?«

»Danke, nur Zucker.« Nancy ließ zwei Würfel in ihren Kaffee plumpsen und rührte um.

Molly widmete sich wieder ihrem Tee. Mit einem Löffel fischte sie den fadenlosen Beutel aus dem Becher und warf ihn in die Spüle. Dann ging sie zum Kühlschrank, gab einen Schuss Milch in ihren Tee und setzte sich zu Nancy.

»Wie hast du geschlafen?«, fragte Molly und trank einen Schluck.

»Überraschend gut, ehrlich gesagt.«

»Der Tag war auch lang. Der Körper holt sich, was er braucht.«

»Wie hast du denn geschlafen?«

Molly seufzte und rieb sich die Stirn. »So gut wie gar nicht. Jedes Mal, wenn ich die Augen zugemacht habe, musste ich daran denken, wie Mike da im Bett lag.«

»Was meinst du, wann er aufwacht?«

»Der Arzt konnte es mir nicht genau sagen. Er hat mir gesagt, dass sie mich auf jeden Fall anrufen, sobald sie Mike geweckt haben.«

Nancy trank einen Schluck Kaffee, der ihren leeren Magen beruhigte.

»Möchtest du etwas essen?«, fragte Molly und stand auf. Nancy nickte. »Okay, ich hab noch etwas *Shepherd's Pie* im Kühlschrank, den kann ich warm machen. Oder möchtest du etwas anderes?«

»Nein, das klingt gut. Mach dir meinetwegen bloß keine Umstände.«

Molly lächelte, holte den Auflauf aus dem Kühlschrank und schob ihn in den Backofen. »Der braucht jetzt ungefähr eine halbe Stunde.«

»Ich geh dann mal auf den Balkon, eine rauchen«, sagte

Nancy und stand auf.

Als sie auf dem Weg zum Balkon durch das Wohnzimmer ging, hielt sie an einem gerahmten Foto an der Wand inne. Es war das gleiche Foto, das auch Nancy hatte. Es zeigte Molly mit Mike und Gloria mit Nancy auf dem Arm vor dem *Rose in the Heather*. Damals war Nancy ein Jahr alt gewesen und Mike ungefähr vier.

Wäre dieses Foto nicht gewesen, dann hätte sie Mike nicht wiedergetroffen. Lächelnd betrachtete sie es, und plötzlich spürte sie einen Stich im Herzen.

Hätte sie das Foto nicht bei den Sachen ihrer verstorbenen Mutter gefunden, dann hätte Mike kein Messer in den Bauch bekommen und würde jetzt nicht auf der Intensivstation liegen.

Nancy löste sich von dem Foto und ging auf den Balkon. Sie steckte sich einen Zigarillo an und inhalierte tief den Rauch. Sie versuchte, sich Mollys Worte vor Augen zu halten, dass es nicht Nancys Schuld war.

Es hatte sie sowieso gewundert, dass Molly so viel Nachsicht ihr gegenüber gezeigt hatte. Dann hatte sie eine Vermutung, weshalb: Molly hatte gar keine Ahnung, was Nancy genau im *Ruby's Rooms* tat und wie gefährlich ihr Leben tatsächlich war. Sie hatte es ihr nie erzählt und Mike anscheinend auch nicht.

Nancy steckte ihren aufgerauchten Zigarillo in die Erde im Blumenkasten. Genau neben den Stummel, den sie das letzte Mal hinterlassen hatte. Dann zündete sich den nächsten an.

Seitdem sie zusammen waren, war sie immer darauf bedacht gewesen, Mike aus ihren Angelegenheiten herauszuhalten. Es war alles im Gleichgewicht gewesen, bis es gestört wurde. Bis Mareike aufgetaucht war und alles durcheinandergebracht hatte. Nancy wurde wütend, dass sie auf ihre Psychotricks hereingefallen war.

Sie hätte standhaft bleiben sollen.

Kapitel 47

Als Nancy die Küche betrat, saß Molly an dem bereits gedeckten Tisch. Die Auflaufform stand mit Alufolie abgedeckt in der Mitte.

»Kommst genau pünktlich«, sagte Molly und nahm die Folie ab. »Hab ihn gerade aus dem Ofen geholt.«

Nancy setzte sich an den Tisch. »Riecht wirklich gut«, sagte sie, und Molly tat ihr eine Portion auf den Teller, ehe sie sich selbst eine auffüllte.

»Ich hoffe, es schmeckt dir«, sagte Molly lächelnd.

Nancy aß einen Bissen. Allmählich kam mit dem Essen auch der Appetit. Der Auflauf aus Hackfleisch und Kartoffelbrei tat Nancy gut, aber obwohl es ihr wirklich gut schmeckte, bekam sie nicht viel herunter. Zu ausgehungert war ihr Magen vom langen Fasten.

»Möchtest du noch etwas?«, fragte Molly.

»Nein, danke. Es schmeckt echt gut, aber ich bin leider schon satt.«

»Nach so einem Tag ist das kein Wunder.« Sie sah zum Backofen, zwischen den Knöpfen war ein Display mit Digitaluhr. »Gestern um diese Zeit hab ich den *Shepherd's Pie* gemacht. Mike hat die Kartoffeln gestampft.« Mollys Augen wurden feucht. »Er hat mehr Kraft und der Brei wird viel feiner, als wenn ich es mache.« Mit beiden Händen wischte sie sich die Tränen von den Wangen. »Gott weiß, ich schimpfe viel über den Jungen, und er treibt mich manchmal in den Wahnsinn. Aber er ist alles, was ich noch habe.«

Nancy sah auf den leeren Teller vor sich und wusste nicht, was sie sagen sollte. Molly so aufgelöst zu sehen, brach ihr das Herz.

»Das letzte Mal, dass ich mir solche Sorgen um ihn gemacht habe«, sagte Molly und schniefte, »war bei seiner Geburt. Er kam zehn Wochen zu früh und sah so zerbrechlich aus. Er wog gerade mal 1400 Gramm. Ihn jetzt mit den Schläuchen zu sehen, hat mich so an damals erinnert. Die ersten Tage musste er über eine Sonde gefüttert werden und brauchte Sauerstoff.«

Nancy sah auf. »Das wusste ich gar nicht.«

»Wenn ich ihn jetzt so sehe«, sagte Molly und lächelte, »kann ich es selbst kaum glauben, dass er so klein und dünn auf die Welt kam.«

Nancy erinnerte sich noch daran, dass sie es, als sie Mike kennengelernt hatte, schon etwas seltsam fand, dass er noch bei seiner Mutter lebte. Sie hatte zwar nicht darüber geurteilt, denn ihre eigene Wohnsituation war ebenfalls unkonventionell, und sie verstand auch, dass es so bequemer für ihn war. Aber jetzt wurde es noch einmal in ein anderes Licht gerückt.

Vor Nancy saß eine Mutter, die Angst gehabt haben musste, ihr Baby zu verlieren. Eine Witwe, die ihren Sohn allein großziehen musste. Eine Nordirin, die ihr Heimatland für immer verlassen musste. Die Schwester eines Kriminellen, der sie auch schon mehrmals im Stich gelassen hatte.

Es wunderte Nancy nicht, dass Molly Mike gegenüber des Öfteren so streng war. Sie wollte das Beste für ihn, und daher mischte sie sich so sehr bei ihm ein.

»Um ehrlich zu sein«, sagte Molly, stand auf und nahm die Teller vom Tisch, »fällt es mir schwer, allein zu sein.« Sie stellte das Geschirr in die Spülmaschine. »Ich meine, ich würde mich niemals in den Weg stellen, wenn Mike ausziehen wollen würde. Es ist nur so …« Sie lehnte sich mit dem Rücken an die Arbeitsplatte und seufzte, ehe sie weitersprach: »Ich würde es schon vermissen, wenn er weg wäre. Klingt das seltsam?«

»Finde ich nicht. Ich weiß nicht, wie es ist, Mutter zu sein. Ich weiß nicht einmal wirklich, wie es ist, eine Mutter zu haben. Klar, auf den ersten Blick ist das schon ungewöhnlich, dass Mike noch bei dir wohnt. Aber eure ganze – ich nenne es mal – Familienbiografie ist ungewöhnlich.«

Molly blickte auf den Boden und lächelte.

»Glaub mir«, sagte Nancy, »ich habe schon richtige Muttersöhnchen gesehen. Männer in den Vierzigern, die von ihren Müttern gleichzeitig verhätschelt, aber auch kleingehalten werden. Da haben mir Prostituierte schon Storys von manchen Kunden erzählt … Wirklich schräges Zeug.«

»Dann habe ich ja bei Mike nicht komplett versagt als Mutter. Aber ich glaube, ich sollte ihm doch mehr Freiraum geben und mich nicht mehr zu sehr einmischen. Kein Wunder, dass er gestern Abend so wütend abgehauen ist.«

»Was war denn eigentlich los? Er hat mir nur gesagt, dass du und Mareike ihn genervt habt.«

Molly setzte sich wieder an den Tisch und seufzte. »Es war so dämlich von mir.« Sie rieb sich über die Stirn. »Er war kurz mit ihr im Lagerraum und da bin ich … vom Schlimmsten ausgegangen. Daraufhin wurde er stinkwütend und ist abgehauen.«

Nancys Magen verknotete sich bei der Vorstellung, dass Mike mit Mareike allein gewesen war.

»Eigentlich weiß ich, dass Mike nichts Dummes anstellen würde. Es ist nur so … Damals war er ihretwegen so am Boden und ist danach noch weiter abgestürzt. Obwohl ich weiß, dass das Ganze lange her ist und er mittlerweile so viel reifer ist, kommt mir das alles von früher hoch.«

»Willst du ihr erzählen, was mit Mike passiert ist?«

»Bleibt mir ja wohl nichts anderes übrig. Wenn sie heute Abend zur Arbeit kommt, wird sie mich fragen, und ich kann sie ja nicht dauernd anlügen.«

»Du willst heute Abend wirklich arbeiten?«

Molly nickte. »Es ist Samstag, da wird viel los sein. Wir brauchen die Einnahmen. Wer weiß, wie lange Mike ausfallen wird. Ich werde die Öffnungszeiten anpassen müssen, sodass wir nur noch abends offen haben, da sich das tagsüber eh kaum noch lohnt. Der Einzige, der schon ab morgens gearbeitet hat, war Mike.«

»Dann solltest du Mareike das aber erst nach Feierabend erzählen, sonst wird sie zu nichts zu gebrauchen sein.«

»Da hast du recht.« Molly sah zur Uhr am Herd. »Ich glaube, ich werde versuchen, mich ein wenig hinzulegen. Sonst schaff ich das heute Abend nicht. Ich hoffe, es ist ein gutes Zeichen, dass sich das Krankenhaus bisher nicht gemeldet hatte.«

»Hoffe ich auch.«

Kapitel 48

Nancy legte sich in Mikes Bett. Sie fühlte sich auf einmal so einsam, dass es körperlich schmerzte und sie sich unter der Decke zusammenkrümmte.

Sie könnte Mike für immer verlieren. Gestern Abend hatte er seinen Körper noch gegen ihren gedrückt und sie zärtlich geküsst. Letzte Nacht konnte Nancy nicht einmal mehr seine Hand berühren. Den Gedanken, dass ihre letzte Unterhaltung ein Streit wegen dieser dusseligen Pute gewesen war, konnte Nancy kaum ertragen.

Sie fragte sich, ob Mike ihr das alles verzeihen konnte. Die Eifersucht, den Streit, den Angriff. Hatte er sie bewusst beschützt oder war es eher instinktiv gewesen?

Nancy wusste, dass sie dasselbe für ihn getan hätte, und wünschte, sie hätte es auch. Ihr Herz drohte zu platzen vor lauter Kummer.

Ihr Handy vibrierte. Sie griff danach und sah, dass Ruby-Jean anrief.

»Ja?«, fragte Nancy.

»Wie geht es dir? Gibt es schon etwas Neues wegen Mike?«

»Bisher hat das Krankenhaus nicht angerufen.«

»Wie geht es Molly?«

»Sie hat sich noch mal hingelegt. Hat so gut wie nicht geschlafen. Sie will doch heute Abend ernsthaft arbeiten.«

»Wirklich?«, fragte Ruby-Jean ungläubig. »Na gut, ich kann verstehen, dass sie Beschäftigung braucht, um sich abzulenken. Im Moment können wir ja eh nichts tun.«

»Hast recht. Ich glaub, ich komme nach Hause. Ich brauche frische Klamotten und ich weiß im Moment auch nichts mit mir anzufangen. Wie geht es eigentlich Angus?«

»Ich habe keine Ahnung, wo er steckt. Ich bin vorhin aufgestanden und da war er weg.«

»Wahrscheinlich muss er sich auch irgendwie ablenken.«

»Denke ich auch. Übrigens, die Polizei war vorhin noch mal hier. Unter anderem diese unsägliche Kommissarin.«

»Was wollten die?«

»Haben noch mal nach Zeugen gefragt. Aber außer dir hat niemand was gesehen. Erst als der Rettungswagen kam. Aber diese Kommissarin ... die hat so was Komisches gesagt.«

»Was denn?«

Eine Pause entstand. »Ich krieg's nicht mehr ganz zusammen. Ich hab das auch nur durch Zufall mitgehört, als sie telefoniert hat. Irgendwas von wegen, dass ihr das ja in den Kram passt. Wahrscheinlich will sie uns einen Strick draus drehen. Ich hab bei ihr ein ungutes Gefühl.«

Nancy seufzte. »Na großartig. Jetzt haben wir die noch am Arsch kleben.«

»Ich glaube, es war wirklich gut, dass du gestern nicht gesagt hast, wer das war. Wenn die spitzkriegt, dass du ihn vorher bedroht hast, dann spielt ihr das bestimmt noch irgendwie rein.«

»Allerdings. Na gut, ich komme eh gleich nach Hause. Dann können wir ja noch mal darüber sprechen.«

»Ja, bis gleich.«

»Scheiße«, zischte Nancy und stand auf. Sie war so in Sorge gewesen wegen Mike, dass sie den Typen völlig ausgeblendet hatte. Da sie der Polizei nichts gesagt hatte und es auch dabei belassen wollte, mussten sie sich selbst darum kümmern. Wahrscheinlich war deswegen Angus unterwegs, und Nancy hoffte, dass er ihn fand.

Ihr Kummer wurde von einer unbändigen Wut verdrängt. Sie atmete schwer, und Tränen stiegen in ihr auf.

Mike hatte das alles nicht verdient. Er hatte Nancy immer gut behandelt, war fürsorglich und so verständnisvoll ihr gegenüber. Mehr, als sie eigentlich verdient hatte.

Kapitel 49

Bevor Nancy nach Hause ging, hinterließ sie Molly eine Notiz auf dem Küchentisch. Sie bedankte sich darin für den Kaffee und das Essen und dafür, dass sie bei ihr schlafen konnte. Außerdem schrieb sie ihre Handynummer auf, weil sie sich nicht sicher war, dass Molly sie hatte.

Nancy trat aus dem Haus und steckte sich einen Zigarillo an. Als sie den Blick wieder hob, stand Mareike vor ihr.

»Leck mich doch am Arsch«, murmelte Nancy und fixierte sie. Obwohl sie wahrscheinlich später im Bett gewesen war als Molly und Nancy, sah sie topgestylt und kein bisschen übermüdet aus.

Verunsichert starrte Mareike sie an.

»Was willst du hier?«, fragte Nancy und blies den Rauch durch die Nase.

»Ich wollte zu Mike. Er geht nicht an sein Handy.«

Nancy behielt den Zigarillo im Mundwinkel und verschränkte die Arme vor der Brust. »Er ist gerade … *unpässlich.*«

»Un… was?«, fragte sie. »Geht es ihm nicht gut? Ist er krank?«

»Ich wüsste nicht, was dich das angeht.«

Mareike presste die Lippen zusammen und verschränkte ebenfalls die Arme. »Was ist dein Problem?«

»Dein Gesicht«, erwiderte Nancy trocken.

»Ooh«, sagte Mareike gedehnt. »Ist da etwa jemand eifersüchtig? Ich kann doch nichts dafür, dass du aussiehst wie ein Rollmops. Ich frag mich immer noch, was Mike geritten hat, mit jemandem wie *dir* zusammen zu sein. Du bist doch deutlich unter seinem Niveau.« Mareike stützte ihre Arme in die Hüfte, kam auf Nancy zu und sagte ihr dicht ins Gesicht: »Du bist nichts weiter als eine kleine, fette, hässliche Punkerin.«

»Danke«, erwiderte Nancy grinsend und schnippte ihren Zigarillo weg. »Das wollte ich jetzt hören.«

Dann griff sie Mareike in die Haare, packte fest zu und zwang sie so in die Knie. Mareike schrie auf. Nancy ging in die Hocke und quetschte ihren Mund mit der freien Hand zusammen.

»Halt deine Scheißfresse«, zischte sie. »Schrei hier rum und du bist tot.«

Mareikes Augen füllten sich mit Angst und Tränen.

»Du Miststück hast keine Ahnung, mit wem du dich hier angelegt hast. Schlampen wie dich kenne ich von früher. Immer andere beleidigt und gemobbt. Nie Konsequenzen gehabt. Los, aufstehen.«

Nancy hatte ihre Haare noch fest im Griff und zog Mareike hoch. Sie drängte sie ein paar Schritte zum Müllcontainer, dann ließ sie sie los und schubste sie mit voller Wucht Richtung Container. Mareike landete auf dem Boden und robbte auf dem Hintern in die Ecke zwischen Wand und Container. Nancy stapfte auf sie zu und holte mit der geballten Faust aus. Mareike hob abwehrend die Hände. »Bitte«, flehte sie unter Tränen. »Bitte tu mir nichts. Bitte.« Sie wimmerte.

Nancy verharrte in der Position. Ihre Muskeln vibrierten unter der Anspannung. Bettelten darum, endlich zuzuschlagen, damit die aufgestaute Energie entladen werden konnte.

Doch Nancy konnte es nicht.

Langsam senkte sie ihren Arm und löste die Faust. Mareike drückte sich dicht in die Ecke und flennte zitternd mit zusammengekniffenen Augen.

»Fuck«, murmelte Nancy. Es wäre falsch, sie jetzt zusammenzuschlagen. Sie hockte da im Dreck wie ein Häuflein Elend. Völlig wehrlos und verängstigt.

Sie überlegte, Mareike einfach da sitzen zu lassen und zu gehen. Aber sie wollte noch einmal nachtreten.

»Du bist so erbärmlich«, sagte Nancy verächtlich. »Erst

große Fresse und jetzt heulen wie ein kleines Kind. Na, kein Gift mehr über zum Versprühen?«

Mareike schniefte und wischte sich über das Gesicht. Zu Nancys Überraschung war nichts von ihrem Make-up verschmiert, und wenn sie nicht so eine Scheißwut auf sie gehabt hätte, hätte sie sie gefragt, welche Marke sie verwendete.

»Denkst wohl auch, nur weil du hübsch bist, kannste dir alles erlauben, was?«

Kaum merklich schüttelte Mareike den Kopf.

»Ah«, sagte Nancy, »bist wohl doch nicht ganz so dämlich.«

»Hör auf …«, murmelte sie.

»Was? Ich versteh dich nicht.«

»Hör auf«, wiederholte sie etwas lauter.

»Womit? Dir die Wahrheit zu sagen? Dass du nichts weiter als ein kleines, dummes, verwöhntes Püppchen bist?«

»Hör auf!«, schrie Mareike. »Hör auf, das zu sagen!«

»Warum sollte ich? Du hast doch angefangen! Hast du echt gedacht, dass du einfach so auftauchen und dich zwischen mich und Mike drängen kannst? Du hattest deine Chance und hast es gründlich verkackt, leb damit!«

»Ich weiß!«, heulte sie auf. »Er war der Einzige, der mich nicht wie ein dummes Püppchen behandelt hat! Hast du eine Ahnung, wie das ist, wenn die Leute dir nichts zutrauen? Dir alles abnehmen, weil sie denken, du kriegst es eh nicht hin? Mike war nie so. Er hat mich wie einen Menschen behandelt, nicht nur wie eine Trophäe. So wie die ganzen anderen Typen.«

Nancy machte verblüfft den Mund auf und wieder zu. Damit hatte sie jetzt nicht gerechnet. Mareike stand auf und klopfte den Dreck von ihrer Hose.

»Hübsch zu sein hat nicht nur Vorteile. Männer geiern dich nur an und wollen dich ins Bett bekommen. Frauen hassen dich sofort, weil sie neidisch sind, und denken, du seist eingebildet. Irgendwann hast du das verinnerlicht. Nachdem mein letzter Freund mich rausgeworfen hat, weil ich keine Lust mehr hatte, für ihn nur noch ein hübsches Ding zu sein, wurde mir klar, wie schäbig ich Mike behandelt hatte, und ich hatte gehofft, es noch mal mit ihm versuchen zu können. Aber als ich euch zusammen gesehen habe ... Wie er dich zwischendurch ansieht. Da wusste ich, dass ich keine Chance habe.«

Nancy seufzte und zündete sich einen Zigarillo an. Es ärgerte sie, dass sie so etwas wie Mitgefühl für Mareike empfand. Sie wusste selbst, wie mies es sich anfühlte, ständig mit Vorurteilen konfrontiert zu sein. Und dass man diese irgendwann selbst glaubte.

»Dass ich auf den Job angewiesen bin, war nicht gelogen«, sagte Mareike schließlich. »Ich habe kaum Geld. Mein Freund hat alles bezahlt und glaubte deswegen, über mich bestimmen zu können. Da ich weder Ausbildung noch Erfahrung habe, bin ich zu Mike. Aber so wie es gestern lief, werde ich wohl arbeitslos. Was ist jetzt eigentlich mit ihm? Ist er krank?«

Nancy biss sich auf die Unterlippe, sah kurz zur Seite und dann zu Mareike. »Mike ist im Krankenhaus.«

Mareike glotzte sie ungläubig an und hauchte: »Was?«

»Gestern Abend hat ihn jemand angegriffen und mit einem Messer verletzt. Weil du ja unbedingt Streit zwischen uns provozieren musstest, ist er mir nach. Dann kam so ein Typ und ... dann ist es passiert.«

»O Gott« Mareike schlug die Hand vor den Mund und war den Tränen nahe.

»Er liegt auf der Intensivstation. Er ist stabil, aber noch sediert.«

Mareike vergrub ihr Gesicht in den Händen und schluchzte: »Hätte ich nicht ... dann ...«

»Nein, ach ... So war das nicht ...« Nancy seufzte. »Es ist nicht deine Schuld«, versicherte sie ihr und meinte es aufrichtig. Denn sie wusste, wie unerträglich diese Schuldgefühle waren. Dann zitierte sie Molly: »Schuld trägt das Arschloch mit dem Messer.«

Mareike sah auf und wischte sich mit den Handrücken die

Tränen von den Wangen. »Ich weiß, das klingt blöd«, sagte sie leise. »Aber was ist mit der Arbeit heute?«

»Molly will heute arbeiten. Aber tu mir einen Gefallen, bitte.«

»Was denn?«

»Du weißt nichts davon. Wenn Molly es dir erzählt, okay. Aber das hier hat nie stattgefunden, verstanden? Wenn das alles vorbei ist, dann suchst du dir was Neues und lässt dich nie wieder hier blicken.«

Stumm nickte Mareike.

Kapitel 50

Auf dem Weg von der Bushaltestelle zum *Ruby's Rooms* hielt Nancy ein paar Meter vor der Litfaßsäule inne. Auf den Gehwegplatten davor sah man einen großen, rostbraunen Fleck.

Mikes getrocknetes Blut.

Obwohl es keine vierundzwanzig Stunden her war, kam es ihr bereits so unwirklich vor. Sie erinnerte sich an den Anblick des aus seinem Bauch sprudelnden Blutes. Wie klebrig und geradezu heiß es sich an ihren Händen angefühlt hatte, während sie verzweifelt versucht hatte, die Blutung zu stillen.

Nancy starrte auf den Fleck und wünschte sich, dass es regnen würde, damit es weggespült wurde, aber das Wetter tat ihr diesen Gefallen nicht. Sie schloss die Augen, atmete tief ein und wieder aus und ging dann nach Hause.

»Nancy?«, rief Ruby-Jean aus der Küche.

»Ja«, erwiderte sie und hängte ihre Jacke an die Garderobe. Es roch nach Essen und sie hörte die Eieruhr ticken. »Angus immer noch unterwegs?«, fragte Nancy, als sie die Küche betrat.

Ruby-Jean saß am Tisch und nickte, dann zündete sie sich eine Zigarette an. »Ich hab eine Fertig-Lasagne im Ofen«, sagte sie. »Falls du Hunger hast.«

»Danke, aber ich hab bei Molly gegessen. Ich geh gleich erst mal duschen.«

Nancy ging ins Badezimmer. Sie fragte sich, ob Angus den Mistkerl fand und was sie dann mit ihm machen würden. Im Krankenhaus war Angus so ruhig und gelassen geblieben, dass es geradezu besorgniserregend war. Wahrscheinlich würde er alles an diesem Dennis auslassen.

Nach der Dusche ging Nancy wieder in ihr Zimmer und zog sich an. Dann nahm sie ihr Handy in die Hand, um zu sehen, ob sich irgendjemand bei ihr gemeldet hatte.

Siewollte es gerade wieder beiseitelegen, da vibrierte es. Ein Anruf von Angus. Ohne zu zögern, drückte sie auf den grünen Hörer.

»Nancy? Ich hab den Schweinebuckel. Komm ins Clubhaus.«

»Okay.«

Ehe Nancy noch etwas sagen konnte, hatte er bereits aufgelegt. Ihr Herz klopfte und sie atmete mehrmals tief ein und wieder aus. Sie ging zu ihrem Bett, hob am Kopfende das Laken von der Matratze und griff in einen Schlitz, den sie reingeschnitten hatte. Daraus zog sie ihren stupsnasigen Revolver hervor und legte ihn auf dem Schreibtisch ab. Aus der hintersten Ecke einer Schublade holte sie eine Bollchendose aus Metall. Sie befühlte die eingepackten Bonbons und suchte so die Patronen dazwischen heraus, die sie zur Tarnung in Bonbonpapier eingewickelt hatte.

Es waren vielleicht nicht die allersichersten Verstecke, aber seitdem die Polizei da gewesen war, verspürte Nancy eine gewisse Paranoia und wollte es ihnen nicht zu leicht machen. Obwohl es sehr unwahrscheinlich war, dass die Polizei in ihr Zimmer kam, da sie ohne triftigen Grund keine Hausdurchsuchungen machen durften.

Nachdem Nancy die Patronen ausgewickelt hatte, lud sie den Revolver und ging noch mal ins Badezimmer, um sich die Haare zu föhnen. Bei der Gelegenheit putzte sie sich die Zähne und schminkte sich.

Für Nancy war der schwarze Lidschatten nicht einfach nur Make-up, heute war er auch eine Kriegsbemalung.

»Mutti«, rief Nancy, als sie bereits an der Wohnungstür stand. »Ich gehe ein bisschen spazieren, um den Kopf frei zu kriegen.«

»Ist gut«, erwiderte Ruby-Jean.

Kapitel 51

Da das Clubhaus der *Sick Boys* etwas abgelegen war, ging Nancy zu Fuß. Sie hätte Dieter anrufen können, aber sie traute ihm immer noch nicht. Außerdem wusste sie nicht, wie es mit Dennis ausgehen würde, daher war es besser, wenn so wenig Leute wie möglich davon wussten.

Mittlerweile war es früher Abend und die Sonne stand bereits so tief, dass die hohen Bäume weite Schatten warfen. Hier draußen, kurz vorm Wald, war es so ruhig, dass Nancy nur gelegentliches Krächzen der Krähen in den Bäumen hörte.

Vor dem Clubhaus stand der alte Opel Diplomat von Angus. Sonst war anscheinend niemand da.

Angus trat aus der Tür und steckte sich eine Zigarette an. Als Nancy näher kam, sah sie, dass die Knöchel seiner rechten Hand gerötet und mehrere Schrammen darauf waren.

Wortlos nickten Nancy und Angus sich zur Begrüßung zu, und sie steckte sich einen Zigarillo an.

»Hast ihn aber schnell gefunden«, sagte Nancy schließlich.

»War auch ziemlich einfach«, erwiderte er.

»Wo war er denn?«

»Bei Nina. Gestern kam er bei ihr angeschissen, hat ihr etwas vorgeheult, dass er sie liebt, es ihm leidtut und so weiter. Als ich mit den Jungs vor der Tür stand, dachte sie erst, dass wir ihn ihretwegen einkassieren wollten. Hat ihn in Schutz genommen. Aber als ich ihr sagte, warum wir ihn holen, ist sie ausgerastet und hat ihn uns geradezu ausgeliefert.«

»Wer war denn noch dabei?«

»Manni und Christoph, die hab ich aber dann weggeschickt. Das hier ist eine Familienangelegenheit.«

»Wo ist er jetzt?«

»Im Keller.«

Angus schnippte die aufgerauchte Kippe weg. Nancy ließ ihren Zigarillo fallen und trat ihn aus. Sie gingen in das Clubhaus und er führte sie in den Keller.

Es war ein kleiner Raum und die Neonröhre an der Decke tauchte alles in ein kaltweißes Licht. Die Wände waren nackter Beton, ebenso der Boden.

Gegenüber saß Dennis auf einem Holzstuhl. Er war gefesselt, der Mund mit einem Streifen Panzertape verschlossen. Unter seinem linken Auge war ein Bluterguss und über seinem Wangenknochen eine kleine Platzwunde.

Mit weit aufgerissenen Augen sah er Nancy an.

»Na, du Wichser«, sagte sie und ging auf ihn zu. »Ich hab dir doch gesagt, dass ich Leute habe.«

Panisch gab er gedämpfte Laute von sich.

Nancy legte den Kopf schief. »Du willst uns wohl was sagen, wie?« Sie riss das Klebeband von seinem Mund.

»Es tut mir leid!«, stieß er aus. »Ich wollte nicht –«

Nancy holte aus und verpasste ihm mit dem Handrücken mit voller Wucht eine Ohrfeige, sodass er mit dem Stuhl fast umkippte. »Bullshit!«, brüllte sie. »Du bist mit voller Absicht gestern auf mich los! Du hast ganz genau gewusst, was du tust! Darum hattest du auch das Messer dabei!«

»Ich war betrunken, ich wollte nur …«

»Nur was?«, keifte sie. »Beweisen, was für ein starker Mann du bist?«

Dennis hielt den Kopf gesenkt und schwieg. Nancy drehte sich zu Angus um, der mit verschränkten Armen an die Wand gelehnt dastand.

»Mach ihn los«, sagte sie ruhig, und Angus hob überrascht die Augenbrauen.

»Bist du dir sicher?«

»Ja, bin ich.«

»Was hast du vor?«

»Wirst du schon sehen.«

Angus zog ein Klappmesser aus der Tasche seiner Kutte und schnitt die Fesseln aus Panzertape auf. Dennis rieb sich die Handgelenke.

»So, Freundchen«, sagte sie kühl, zog ihre Jacke aus und warf sie in eine Ecke. »Jetzt haben wir faire Bedingungen.«

Sie knackte ihre Fingerknöchel und trat einen Schritt auf Dennis zu. Obwohl er fast einen Kopf größer war als sie, sah er sie verunsichert an, und sein Blick wanderte zu Angus, der nur mit den Schultern zuckte.

»Was ist los?«, fragte Nancy herausfordernd. »Hast doch sonst keine Probleme damit, Frauen zu schlagen. Keine Bange, er hält sich raus.« Sie zeigte kurz auf Angus. »Nur du und ich. Das ist es doch, was du wolltest.« Ihr Angebot schien Dennis noch nicht ganz zu überzeugen, also versuchte sie es weiter. Sie stellte sich dicht vor ihn, sah ihm direkt in die Augen und fragte: »Oder pisst du dich vor Angst gleich wieder ein?« Sie hielt den Blickkontakt und sah die aufsteigende Wut in Dennis' Augen.

In dem Augenblick, in dem er zum Schlag ausholte, ließ Nancy sich auf ein Knie fallen und wich so seiner Faust aus. Sie boxte ihm in den Schritt, und während er sich vor Schmerzen vornüberbeugte, stand Nancy auf und verpasste ihm mit dem Ellenbogen einen Schlag zwischen die Schulterblätter. Er verlor das Gleichgewicht und fiel nach vorn.

»Steh auf«, sagte sie und umkreiste ihn. »Oder war das schon alles?«

Er rappelte sich auf und schnaubte. »Du miese Schlampe.«

Nancy grinste und ging weiter rückwärts um ihn herum. Er behielt sie im Blick, machte einen Ausfallschritt, um sie zu packen, doch sie war schneller und schlug ihm mit dem Handballen gegen die Nase. Sie spürte, wie sie dabei den Knorpel knackend zur Seite schob. Er taumelte ein paar Schritte zurück und hielt sich fluchend die Nase. Blut tropfte herab.

Jetzt hatte Nancy ihn endgültig zur Weißglut getrieben, denn er stürmte auf sie los. Er zielte mit der Faust auf ihren

Kopf, aber Nancy drehte sich rechtzeitig weg und hob den Arm, sodass er ihren linken Oberarm traf. Es tat höllisch weh und sie verlor kurz die Balance, konnte sich aber halten. Der nächste Treffer erwischte sie seitlich am Brustkorb und sie spürte, wie die Luft aus ihrer Lunge geprügelt wurde. Das steckte sie nicht so leicht weg und rang keuchend nach Luft. Beim zweiten Schlag wurde ihr kurz schwarz vor Augen und sie fiel zu Boden.

Aus dem Augenwinkel sah sie, dass Angus einige Schritte auf sie zukam, aber Nancy wollte das nicht. Der Schmerz trieb sie an. Ehe Dennis zutreten konnte, rollte sie zur Seite weg, stand zügig auf und verschaffte sich etwas Abstand von ihm. Nancy fixierte ihn und sammelte all die Wut, die in ihr loderte.

Vor ihr stand der Mann, der Mike fast getötet hatte. In Bruchteilen von Sekunden schossen die Bilder des letzten Abends und der Nacht durch ihre Gedanken. Unwillkürlich stieß sie einen Schrei aus und preschte vor, warf sich mit ihrem ganzen Gewicht gegen ihn, sodass sie stürzten. Ihre Faust hämmerte auf sein Gesicht ein und ihr Blickfeld wurde von einem immer dichter werdenden schwarzen Nebel verengt. Das Rauschen ihres Blutes dröhnte in ihren Ohren.

Angus zog Nancy von ihm weg, sagte irgendetwas, aber sie verstand es nicht. Sie wehrte sich, riss sich los und trat mehrmals auf Dennis ein, der mittlerweile zusammengekrümmt auf dem Boden lag. Erneut packte Angus sie, schubste sie leicht beiseite. »Genug!«, brüllte er, doch es war für Nancy nicht genug.

Sie eilte zu ihrer Jacke, zog aus der Innentasche den geladenen Revolver und stellte sich über Dennis, der röchelnd Blut hochwürgte. Ihre Hand zitterte vom Adrenalin, während sie auf ihn zielte und den Hahn spannte.

Ihre Sicht verschwamm von den aufsteigenden Tränen. »Du verfluchtes Arschloch!«, keifte sie, und ihre Stimme überschlug sich vor Wut. Im Schein des Neonlichts glänzte der kurze Lauf ihres Revolvers. Der gebürstete Edelstahl schimmerte wie

Mikes Augen im Sonnenlicht. Wie seine Zahnkrone, die zu sehen war, wenn er lächelte.

Würde er Nancy noch lieben, wenn sie eine Mörderin wäre? Solange Mike lebte, hatte sie etwas zu verlieren.

Sie senkte den Revolver und entspannte den Hahn.

Kapitel 52

»Das war die richtige Entscheidung«, sagte Angus und zündete sich eine Zigarette an. Nancy saß an die Wand gelehnt, die Knie zur Brust gezogen und die Arme darauf abgestützt. Sie sah auf ihren rechten Handrücken. Die Knöchel waren gerötet und leicht geschwollen. Sie streckte die Finger aus. Jede Bewegung schmerzte.

»Ihn umzubringen, wäre unpraktisch«, sagte Nancy und sah hinüber zu Dennis, der aufstöhnte. »Leichen verkomplizieren alles. Polizei und der ganze Scheiß.«

Angus nickte zustimmend. »Hast ihm aber ordentlich die Fresse poliert, alle Achtung.«

Nancy lachte auf. »Das nächste Mal verlang ich Eintritt. Es wundert mich, dass du ihm nicht noch welche verpassen wolltest.«

»So wie du auf ihn eingedroschen hast, reicht das für uns beide. Ich bin in einem Alter, da reicht mir das Zugucken. Ich war mir erst nicht sicher, ob das so eine gute Idee von dir war, dich allein mit ihm anzulegen. Aber ich muss zugeben, dass ich neugierig war, wie du dich schlägst.«

Sie hievte sich hoch, rieb sich den linken Arm und zog zischend die Luft durch die Zähne. Jetzt, da das Adrenalin verebbte, spürte sie die Schmerzen umso mehr.

»Fuck«, stöhnte sie leise. »Da werde ich noch eine Weile was von haben.«

Angus zeigte auf Dennis. »Frag ihn mal.«

»Was machen wir jetzt mit ihm?« Nancy schleppte sich zu ihrer Jacke, hob sie vom Boden auf und fummelte ihre Zigarillos aus der Tasche.

»Ich werd ihn irgendwo abladen«, antwortete Angus. »Mittlerweile müsste es auch dunkel sein.«

Nancy steckte sich einen Zigarillo an. »*Ich*? Also ohne mich?«

»Ich ruf meine Jungs an, die helfen mir. Du gehst nach Hause. Ich lass es aussehen, als wäre er überfallen worden. Falls wir erwischt werden, ist es besser, dass du nicht dabei bist. Vor allem, da du deinen Revolver mithast.«

»Das ist echt … lieb von dir, dass du das für mich machst.«

Angus grinste breit. »Natürlich«, sagte er, »du gehörst zur Familie.«

Nancy lächelte und zog sich unter Schmerzen die Jacke an. Sie war erschöpft und wollte nur noch ins Bett.

Nancy ging mit dem Zigarillo im Mundwinkel nach draußen. Jetzt, da die Sonne untergegangen war, wurde es kühl, und Nancy merkte, dass sie verschwitzt war.

Auf dem Weg nach Hause hallten Angus' Worte in Nancys Kopf nach. *Du gehörst zur Familie.* Es war ein schönes Gefühl, dazuzugehören.

Sie erinnerte sich daran, wie Mike in der Anfangszeit stoisch an Nancys Seite geblieben war. Obwohl einige Situationen gefährlich gewesen waren.

Wie damals, als eine zugekokste Prostituierte mit einem Messer auf Nancy losgegangen war und Mike sie zu Boden gerissen hatte. Oder als einer der *Sick Boys* sie überfallen hatte. Dieser Überfall war auch der Grund, dass Nancy sich viel mit Selbstverteidigungstechniken auseinandergesetzt und mit den Türstehern ein paar schmutzige Tricks geübt hatte.

Darum war Nancy vorhin auch in der Lage gewesen, Dennis so lange in Schach zu halten und ihm üble Treffer zu verpassen.

»Scheiße«, zischte Nancy, als sie in die Straße des *Ruby's Rooms* einbog. Bereits von Weitem konnte sie einen Streifenwagen sehen. Sie fragte sich, was das zu bedeuten hatte, und befühlte reflexartig ihren Revolver durch ihre Jacke, als müsste sie sichergehen, dass er noch da war. Sie war froh darüber, dass sie sich gegen ihren als Strumpfband getarnten Oberschenkelholster entschieden hatte.

Sie wartete an der Straßenecke und beobachtete den Streifenwagen. Die Warnlichter waren ausgeschaltet und es sah auch so aus, als hätten sie das Auto nicht verlassen. Kurz darauf wurde der Motor gestartet und der Wagen fuhr davon. Als er außer Sichtweite war, lief Nancy zum *Ruby's Rooms*.

Kalle stand am Eingang zur Bar, und Nancy fragte: »Was war los?«

»Keine Ahnung«, antwortete er. »Die Bullen sind einfach aufgetaucht, standen hier vielleicht zehn oder fünfzehn Minuten und sind eben wieder weg. Ist auch keiner ausgestiegen oder so.«

»Weiß Ruby-Jean davon?«

Kalle nickte. »Sie wollte die erst fragen, was die hier machen. Ich hab sie aber davon abgehalten. Besser ist das.«

Nancy eilte in die Bar und direkt zum Büro. Ohne anzuklopfen, öffnete sie die Tür.

Ruby-Jean zuckte an ihrem Schreibtisch zusammen. »Hast du mich erschreckt!«, herrschte sie Nancy an.

»Sorry«, erwiderte sie und schloss bedächtig die Tür hinter sich.

»Ich dachte schon, jetzt kommt das SEK.« Ruby-Jean rieb sich die Stirn.

»Ich hab den Streifenwagen gesehen«, sagte Nancy. »Hast du eine Ahnung, was das soll?«

Ruby-Jean schüttelte den Kopf. »Ich hab eine Vermutung«, sagte sie schließlich und zündete sich eine Zigarette an. »Die wollen Druck machen. Präsenz zeigen. Diese Kommissarin will ihre Macht demonstrieren oder so. Uns sagen: *Wir haben euch auf dem Kieker*. Eine andere Erklärung wüsste ich nicht.«

Nancy setzte sich auf den Stuhl vor dem Schreibtisch und stützte sich mit den Unterarmen auf den Oberschenkeln ab.

Vorgebeugt sah sie vor sich auf den Boden und fluchte leise. »Und jetzt?«, fragte sie und hob den Kopf.

Ruby-Jean seufzte und verzog das Gesicht. »Ich weiß es nicht.«

Nancy lehnte sich zurück und ließ ihren Blick von der Decke herunter auf den Schreibtisch wandern. Zwischen den ganzen Papieren lagen ein paar Flyer. Sie griff danach und sah sie sich genau an.

»Ach ja«, stöhnte Ruby-Jean. »Der Kommissar war letztens noch mal da und hat mich ja darum gebeten, sie hier zu verteilen. Ich bin komplett davon abgekommen.«

Auf dem Flyer war das Foto des vermissten Mädchens. Der Grund, warum sie jetzt die Polizei am Arsch kleben hatten. Nancy sah es sich genau an und las die Beschreibung. Ihr Name war Jasmin, fünfzehn Jahre alt, braune Haare, grüne Augen, Bauchnabelpiercing.

Nancy deckte mit einer Hand die untere Gesichtshälfte ab und betrachtete die Augen genauer. »Leck mich doch am ...«, murmelte Nancy, denn sie erkannte sie jetzt. Es war die Blondine des Drogendealers.

»Was ist los?«, fragte Ruby-Jean verwirrt.

»Das Mädchen. Ich glaub, ich weiß, wo es ist.«

»Was?« Ruby-Jean ließ fast ihre Zigarette fallen. »Woher?«

Nervös knetete Nancy ihre Finger und überlegte, ob sie ihr von Angus' Nebengeschäften erzählen sollte. »Ich kann dir das gerade nicht erklären.«

»Grundgütiger!«, stieß Ruby-Jean aus und ließ sich gegen die Stuhllehne zurückfallen. »Was ist denn jetzt wieder? Erzählt mir eigentlich hier irgendjemand noch irgendetwas?«

Nancy zuckte zusammen.

Genervt seufzte Ruby-Jean und drückte ihre Zigarette aus. »Ich schwöre bei Gott«, sagte sie, »wenn du mich oder das *Ruby's Rooms* in die Scheiße reitest, dann gibt es gewaltigen Ärger.«

»Ich verspreche dir, es wird alles gut.« Nancy machte mit

den Händen eine beschwichtigende Geste. »Bis dahin – bitte, bitte, bitte, vertrau mir.«

»Fein«, sagte Ruby-Jean und verschränkte die Arme vor der Brust. »Aber wehe, das beißt uns in den Arsch.«

Kapitel 53

Unruhig lief Nancy in ihrem Zimmer auf und ab und versuchte mehrmals, Angus anzurufen. Aber jedes Mal ging gleich die Mailbox ran. Sie wollte ihm dringend von dem Streifenwagen erzählen und dass das vermisste Mädchen bei dem Drogendealer war. Vielleicht würden sie dann auch Ruhe vor der Polizei haben, wenn Nancy das Mädchen ablieferte. Sie brauchte einen Plan, doch sie konnte sich nicht konzentrieren. Ihr Gehirn war wie ein Klumpen Kaugummi – zerkaut, zäh und klebrig.

Sie ließ sich erschöpft auf die Bettkante plumpsen. Sie brauchte dringend Schlaf. Leise prasselten einzelne Regentropfen gegen das Fenster. Nancy ließ sich aufs Bett zurückfallen. Mit geschlossenen Augen lauschte sie dem sanften Stakkato und driftete in den Schlaf.

Als der Regen von einem Moment auf den anderen stärker wurde, riss Nancy vom Lärm die Augen auf. Starker Wind peitschte die Tropfen gegen die Fensterscheibe. Müde stand sie auf und schloss das Fenster, welches noch auf Kipp stand.

Sie dachte an den Blutfleck bei der Litfaßsäule und fragte sich, ob der Regen ausreichte, um ihn wegzuspülen. Sie hoffte, dass es Mike gut ging und er bald wieder wach war.

Am nächsten Tag regnete es immer noch. Das Licht war fahl und kalt. Nancy fiel es schwer, aufzustehen und überhaupt die Augen offen zu halten. Am liebsten wäre sie einfach liegen geblieben und hätte darauf gewartet, dass sich all ihre Probleme von allein lösten.

Ächzend stand Nancy auf. Ihr Oberkörper schmerzte. Sie stellte sich vor den Spiegel an ihrem Kleiderschrank und zog ihr T-Shirt zur Hälfte aus. Sowohl auf ihrem linken Oberarm als auch auf ihrem Brustkorb waren Blutergüsse zusehen. »Warum muss so was immer erst am nächsten Tag so richtig wehtun?«, fragte sie sich selbst und zog behutsam das T-Shirt wieder an.

Nancy nahm eine Ibuprofen, ging in die Küche und setzte Kaffee auf. Ruby-Jean schlief anscheinend noch. Sie sah hoch zur Uhr über der Tür. Es war erst halb sieben.

»Guten Morgen«, sagte Ruby-Jean von der Tür aus und gähnte. »Schon wach?«

»Morgen. Ich hab auch schon Kaffee gekocht.«

Ruby-Jean nickte und ging Richtung Badezimmer. Nancy füllte zwei Becher Kaffee und stellte einen für Ruby-Jean auf dem Tisch bereit. Sie steckte sich einen Zigarillo an.

»Hast du eigentlich was von Angus gehört?«, fragte Ruby-Jean, als sie die Küche betrat. Nancy schüttelte den Kopf. Ruby-Jean seufzte, nahm aus dem Kühlschrank Milch und goss sich einen Schuss in den Kaffee. Sie stellte den Karton auf dem Tisch ab und setzte sich. »Er geht nicht an sein Handy, reagiert auf keine Nachricht«, sagte sie und trank einen Schluck. »Was der wohl wieder treibt? Mit mir redet ja niemand.« Sie warf Nancy einen ernsten Blick zu.

»Angus ist ein ziemlicher Eigenbrötler«, erwiderte Nancy. »Er braucht wohl die Zeit allein, um mit Mikes Situation umzugehen. Jeder ist da ja anders. Manche wollen getröstet werden, andere brauchen Ruhe.«

»Wahrscheinlich hast du recht«, sagte Ruby-Jean und sah traurig in ihren Kaffee. »Ich komme mir nur gerade so … nutzlos vor.«

»Du bist doch nicht nutzlos.«

»Ja, aber ich fühle mich in letzter Zeit ausgeschlossen. Du bist so zurückgezogen, erzählst mir nichts, und jetzt fängt Angus auch so an.«

Es klingelte an der Wohnungstür, und Ruby-Jean drehte sich zur Uhr. »Wer mag das um die Uhrzeit sein?«, fragte sie und stand auf. »Hoffentlich nicht die Polizei.«

Gespannt sah Nancy Richtung Flur.

»Ach, guck mal einer schau«, hörte sie Ruby-Jean sagen. »Schön, dass du dich auch mal blicken lässt.«

»Es tut mir leid«, sagte Angus. »Ich brauchte etwas Zeit für mich.«

Nancy stand auf und ging zur Tür, um die beiden besser verstehen zu können.

»Das verstehe ich ja«, sagte Ruby-Jean, »aber du hättest mir das ruhig mal sagen können. Verschwindest einfach wortlos.«

»Ich hab doch gesagt, dass es mir leidtut.«

»Ich weiß, dass die Situation mit Mike belastend ist. Aber rede mit mir! Herrgott noch mal!«

»Was gibt es da zu reden? Der Junge liegt auf der Intensivstation, wir können nur abwarten.«

»Lass mich doch wenigstens für dich da sein.«

»Soll ich mich jetzt hinsetzen und heulen? Erwartest du das von mir?«

»Nein, aber dass du wenigstens mit mir redest! Nancy genauso. Hat mir gesagt, dass sie weiß, wo das vermisste Mädchen sein könnte, sagt mir aber nicht wo und woher sie das weiß. Hast du damit irgendetwas zu tun?«

»Ich weiß nicht, wovon du redest.«

»Ach nein?«, fragte sie mit einem Tonfall, der ihm zu verstehen geben sollte, dass sie ihm das nicht abkaufte.

Nancy lugte vorsichtig aus der Küchentür hervor. Angus' Blick traf sie, woraufhin Ruby-Jean herumwirbelte.

»Ich habe keine Ahnung«, sagte sie und sah abwechselnd zu Nancy und Angus, »was ihr mir hier verheimlicht. Aber ich weiß ganz genau, dass ihr unter einer Decke steckt.«

Nancy presste die Lippen zusammen, sah herab und dann zu Angus. Sie wünschte sich, dass er etwas dazu sagen würde.

Ruby-Jean schlug ihre Hände seitlich gegen ihre Schenkel. »Großartig!«, stieß sie aus. »Ich habe hier die Polizei am Arsch kleben! Würde jetzt einer von euch mal mit der Sprache herausrücken?«

»Die Polizei?«, fragte Angus.

»Ja!« Ruby-Jean wurde immer wütender und ihre Stimme damit höher. »Die verdammte Polizei!«

Nancy zuckte zusammen.

»Was wollten die hier?«

»Wahrscheinlich Druck machen. Diese Kommissarin kann uns anscheinend eh nicht leiden. Würde mich nicht wundern, wenn die irgendetwas suchen, um uns einen Strick draus zu drehen. Dass keine hundert Meter vom Bordell entfernt jemand ein Messer in den Bauch bekommen hat, lässt uns auch nicht gut dastehen.«

Angus strich sich durch den Bart und sah dann zu Nancy. »Und du weißt, wo das Mädchen ist?«

Zögernd nickte sie. »Als ich diese eine … *Sache* für dich erledigt habe. Die Blondine, weißt du noch? Ich glaube, das ist sie.«

»Sache? Blondine?«, fragte Ruby-Jean ungeduldig und verschränkte die Arme vor der Brust. Angus seufzte und trottete an ihnen vorbei in die Küche. Er setzte sich an den Tisch und drehte sich eine Zigarette. Fassungslos sah Ruby-Jean ihm nach und dann zu Nancy. Sie wusste allerdings auch nicht, was sie sagen sollte, und folgte ihm in die Küche.

»Angus«, sagte sie leise, »du solltest es ihr sagen.«

»Ich weiß«, brummte er und zog an seiner Zigarette.

Ruby-Jean stand in der Tür und sah ihn auffordernd an.

»Es ist so«, sagte er und sah auf den Aschenbecher vor sich. »Ich verkauf Gras.«

»Und? Daraus machst du so ein Geheimnis?«

»Unter anderem hier im Bordell.«

Ruby-Jeans Augen weiteten sich und verengten sich blitzschnell wieder. »Hast du den verdammten Arsch offen?«, keifte sie und fasste sich daraufhin an die Stirn. »Es ist mir egal, wenn du mit Organen handeln würdest. Aber halte *meinen* Laden da raus! Ich fasse es nicht! Du weißt ganz genau, dass ich versuche, alles so sauber wie möglich zu halten, und dann kommst du und pinkelst mir auf meinen verdammten Teppich!«

»Keine Bange, ich sag meinen Jungs, dass sie das nicht mehr machen sollen.«

»*Keine Bange*?«, wiederholte Ruby-Jean ungefähr zwei Oktaven höher. Nancy befürchtete, dass die Gläser im Schrank zerspringen würden.

»Ja«, erwiderte Angus ruhig, »es tut mir leid, dass es so gelaufen ist. Ich werde mich darum kümmern.«

»Hoffentlich! Und was ist jetzt mit dieser Blondine?«

Nancy räusperte sich. »Ich hab Angus bei was geholfen. Ihm wurde Gras geklaut, und der Typ hatte bei sich in der Wohnung so 'ne junge Frau. Ich glaub, das ist sie.«

»Ach, so ist das also! Ich sitze hier, mache mir ständig Sorgen um dich, weil du sonst wo bist. Dabei treibst du irgendwelche krummen Sachen hinter meinem Rücken! Na, vielen Dank auch!«

Betreten sah Nancy auf den Boden. Ruby-Jean die ganze Zeit so angelogen und beschissen zu haben, trieb ihr glühende Scham in die Wangen.

»Jetzt sei mal nicht so streng zu ihr«, warf Angus ein. »Ich hab sie da mit reingezogen.«

Ruby-Jean schnaubte verächtlich. »Und sie hat sich reinziehen lassen.«

»Nancy ist doch hier unterfordert. Sie hat Potenzial, und das sollte sie auch nutzen.«

»Sie hat vor allem keine Vorstrafen.«

Angus seufzte. »Du lässt sie hier doch als Rausschmeißerin arbeiten.«

»Ja, und letztes Jahr hat uns das ziemlich in den Arsch gebissen. Ich hab gehofft, dass mit deinen Jungs hier mal ein wenig Ruhe reinkommt, und nicht, dass du es noch schlimmer machst!«

Nancy überlegte, ob sie sich einmischen sollte. Schließlich

ging es um sie. Aber sie war ein wenig froh darüber, dass sich Ruby-Jeans Wut nicht mehr auf sie entlud. Dennoch hatte sie ein schlechtes Gewissen.

»Mutti«, sagte sie leise. »Es war meine Entscheidung. Ich habe mich nirgendwo reinziehen lassen, im Gegenteil. Ich *wollte* Angus helfen. Es tut mir leid, dich angelogen zu haben. Wirklich.«

Angus stand auf und ging auf Ruby-Jean zu. »Es tut mir auch leid«, sagte er. »Wir kümmern uns darum und halten dich da raus.«

»Fein«, erwiderte Ruby-Jean, »euer Wort in Gottes Ohr. Ich gehe jetzt duschen. Jetzt will *ich* mal meine Ruhe haben!« Dann rauschte sie aus der Küche.

»Zieh dir was an«, sagte Angus zu Nancy. »Wir gehen einen Kaffee trinken.«

Kapitel 54

Nancy fuhr mit Angus in seinem Opel Diplomat zu einer Tankstelle. Der Himmel war grau bedeckt, es nieselte durchgehend, und es schien nicht so, als würde es heute noch aufhören. Im Autoradio lief leise irgendein Lied von Johnny Cash.

»Da haben wir ja was angerichtet«, sagte Angus und bog auf die Tankstelle ein.

»Allerdings. Ich glaube, sie ist wütender darüber, dass wir nicht ehrlich zu ihr waren, als über die Sache mit dem Gras.«

»Und sie scheint wirklich Schiss um deine Sicherheit zu haben.« Angus stellte das Auto ab. »Dabei hast du erst gestern bewiesen, wie *schlagfertig* zu bist. Vielleicht sollte ich dich in den Club aufnehmen. Wir nehmen zwar keine Frauen, aber bei dir würde ich glatt 'ne Ausnahme machen.«

»Müsste ich dafür nicht Motorrad fahren?«

Angus nickte grinsend, und Nancy kräuselte die Lippen zu einem Lächeln.

»Danke, aber ich passe. Keine zehn Pferde kriegen mich noch mal auf so ein Ding.«

Angus lachte auf und stieg aus dem Auto. Nancy folgte ihm. Neben der Schiebetür hing ebenfalls ein Flyer von dem vermissten Mädchen. Angus holte zwei Kaffee zum Mitnehmen und sie gingen zu einem Müllcontainer abseits der Zapfsäulen.

»Und du bist dir sicher, dass es die Kleine ist?«, fragte Angus.

»So ziemlich«, antwortete Nancy. »Es würde auch passen. Sie sah ziemlich jung aus, *zu* jung.«

»Vielleicht lassen uns die Bullen dann in Ruhe.«

»Geben wir der Polizei den Tipp oder kümmern wir uns

selbst darum?«, fragte sie und nippte an ihrem Kaffee.

Angus strich sich durch den Bart. »Ich rede ungern mit der Polizei. Selbst anonym. Was ist, wenn er denen von dem Kilo Gras erzählt und uns noch ankacken will?«

»Meinst du, das würde er tun?«

»Keine Ahnung. Aber angenommen, die Bullen tauchen da auf, finden irgendwelche Drogen und ermitteln in die Richtung, dann kann es passieren, dass sie auf mich und auch auf dich kommen könnten. Erfahrungsgemäß weiß ich, je weniger man mit der Polizei zu tun hat, desto besser. Was hast du denn für einen Eindruck von ihm gehabt? Ist er gefährlich?«

»Er ist definitiv kein Pablo Escobar mit einer Privatarmee. Durchschnittstyp. Vielleicht um die zwanzig. Hochgewachsen, aber kein Pumper.«

»Dann sollten wir ihm mal einen Besuch abstatten.« Angus' Handy klingelte und er ging ran. »Ja? Was? Wirklich?« Sein Gesicht hellte sich auf. Er hörte eine Weile zu, ehe er sagte: »Ja, ich sag ihnen Bescheid … Ja, Gott sei Dank … Wann noch mal? Okay, bye.« Er legte auf und sah Nancy an, und sie meinte, dass seine Augen feucht glänzten. »Das war Molly. Mike ist wach.«

Die Erleichterung trieb auch Nancy die Tränen in die Augen. »Wann können wir zu ihm?«, fragte sie und schniefte lächelnd.

»Heute Nachmittag. Ab sechzehn Uhr. Er ist noch etwas benommen von der Sedierung. Aber sonst geht es ihm gut.«

Nancy sah auf ihr Handy. Mittlerweile war es zwölf Uhr mittags. Bis sie Mike besuchen konnten, dauerte es immer noch vier Stunden. Am liebsten wäre sie sofort ins Krankenhaus gefahren. Sie fragte sich, an wie viel von dem Abend er sich erinnern konnte. Wahrscheinlich würde es nicht lange dauern, bis die Polizei ihn befragen würde. Nancy hoffte, dass sie vorher mit ihm sprechen konnte, nur um sicherzugehen, dass er der Polizei nicht zu viel verriet. Schließlich hatten Nancy und Angus sich bereits um den Typen gekümmert.

»Noch einen Kaffee?«, fragte Angus. »Wir haben ja noch einiges an Zeit totzuschlagen, bis wir zu Mike können.«

Nancy nickte und zündete sich einen Zigarillo an.

Kapitel 55

»Was ist das für eine Station?«, fragte Nancy.

Auf der Tür, zu der sie geschickt worden waren, stand IMC und darunter *Intermediate Care*.

»*Intermediate*«, sagte Molly und drückte die Klingel, »das heißt *zwischen*.«

Dieses Mal meldete sich ein Pfleger.

»Mein Sohn, Michéal Finnegan, liegt bei Ihnen.«

»Einen Moment.« Kurz darauf ging die Tür auf und der Pfleger nahm Molly und Nancy in Empfang. Er führte sie den Gang hinab zu Mikes Zimmer. Nancy war auch dieses Mal nervös, aber anders nervös. Es kam ihr vor, als hätte sie Mike seit Jahren nicht mehr gesehen, obwohl es keine zwei Tage her war. Ihr kam auch der Gedanke, dass er wütend auf sie sein könnte, weil er ihretwegen überhaupt erst hier gelandet war.

Während Molly rechts in das Zimmer einbog, auf das der Pfleger zeigte, blieb Nancy abrupt stehen. Sie hatte das Gefühl, als würden ihre Sohlen eins mit dem Linoleumboden. Selbst wenn sie wollte, sie könnte nicht einmal weglaufen.

Molly lugte aus dem Zimmer, sah zu Nancy und fragte: »Was ist los?«

»Mein Schnürsenkel war auf«, antwortete sie und sammelte ihren ganzen Mut, um ebenfalls ins Zimmer zu gehen. Selbst wenn Mike sauer auf sie sein sollte, hätte es keinen Sinn wegzulaufen.

Sie blieb in der Tür stehen und sah zu Mike, der im vorderen Bett aufrecht lag. Molly saß auf der Bettkante. Er sah an seiner Mutter vorbei zu Nancy und lächelte. Ihre Sicht verschwamm von den aufsteigenden Tränen, und sie konnte sie auch nicht mehr aufhalten.

»Hey«, sagte er sanft.

Sie hätte gern etwas gesagt, aber sie hatte einen Kloß im Hals. Stattdessen ging sie auf ihn zu und Molly stand auf. Nancy setzte sich auf die Bettkante und Mike umarmte sie, so gut er im Sitzen mit den ganzen Kabeln und Schläuchen konnte. Nancy traute sich nicht, die Umarmung zu erwidern, weil sie befürchtete, irgendetwas kaputt zu machen.

»Du brauchst doch nicht zu weinen«, sagte er und wischte ihr mit einer Hand die Tränen von den Wangen.

»Ich geh mal mit dem Arzt sprechen«, sagte Molly lächelnd und ging hinaus.

»Es tut mir so leid«, sagte Nancy leise, »nur meinetwegen ist das passiert.«

Mike streichelte weiter über ihre Wange. »Schon gut. Ich weiß, du hättest das Gleiche für mich getan.«

Nancy schniefte lächelnd. »Ja, das hätte ich.«

Sie sahen sich tief in die Augen und küssten sich. Seine Bartstoppeln kratzten sie am Kinn und sie musste darüber schmunzeln.

»Was ist los?«, fragte er und grinste.

Nancy streichelte seine Wange. »Deine Stoppeln haben mich gekitzelt.«

Mike lachte kurz auf und hielt sich sofort den Bauch. »Aua«, sagte er, »ich darf nicht lachen, das fühlt sich sonst an, als würde was in mir aufplatzen.«

»Wie geht es dir sonst?«

»Ganz okay. Die Kabel und Schläuche nerven. Wenigstens bin ich den Katheter los, obwohl es auch nicht unbedingt besser ist, in eine Flasche zu pinkeln. Aber die Wunddrainage muss noch ein paar Tage bleiben. Und mein Hals kratzt noch ein bisschen vom Beatmungsschlauch.«

»Hast du Schmerzen?«

»Nur wenn ich eine falsche Bewegung mache. Das Zeug, das sie mir über die Infusion geben, ist schon geil.«

Nancy lächelte. »Sag mal, an wie viel von dem Abend

kannst du dich eigentlich noch erinnern?«

Mike sah zur Decke hinauf. »Ich weiß noch, dass wir uns gestritten haben und dann dieser Typ ankam und Stress machte. Der wollte irgendetwas von dir, glaube ich, und da bin ich dazwischen und dann … dieser stechende Schmerz.«

»War die Polizei schon bei dir?«

Mike schüttelte den Kopf. »Gut«, sagte Nancy, »wenn sie dich befragen, dann sag ihnen bitte nicht, dass er auf mich loswollte. Sag einfach, dass ein besoffener Spinner uns angegriffen hat. Bleib so vage wie möglich. Auch wenn sie dich fragen, wie er aussah. Schieb es zur Not darauf, dass alles so schnell passiert ist, und auf den Blutverlust.«

»Warum?«

Molly kam zurück ins Zimmer.

»Erkläre ich dir ein anderes Mal«, flüsterte Nancy.

»Der Arzt hat mir gesagt, dass du noch ein paar Tage hierbleiben musst«, sagte Molly, »bis sie sicher sind, dass alles abgeheilt ist. Bisher sieht aber alles gut aus. Wie fühlst du dich?«

»Als hätte ich ein Messer in den Bauch bekommen«, antwortete Mike und grinste.

»*Oh, for fuck's sake*«, stöhnte Molly, und Nancy kicherte kurz.

»Ich hab auch ein grelles Licht gesehen«, sagte er und sah kurz hoch zur Decke. »Obwohl … wenn ich es mir recht überlege, war es wahrscheinlich die Taschenlampe, mit der mir der Notarzt in die Augen geleuchtet hat.«

»Darüber macht man keine Witze«, erwiderte Molly und verschränkte die Arme vor der Brust.

»Hey, wenn jemand Witze darüber machen darf, dann ja wohl ich.«

»Du solltest deine Mutter nicht so ärgern«, sagte Nancy sanft zu ihm.

»Ich weiß.«

»Dir scheint es ja wirklich wieder gut zu gehen«, sagte

Molly. »Brauchst du irgendwas?«

Mike schien kurz zu überlegen. »Unterhosen wären nett. Ich darf zwar eh noch nicht aufstehen, aber die ganze Zeit so nackig untenrum, das fühlt sich komisch an.«

»Ich komme morgen Vormittag noch mal vorbei und bringe dir welche«, sagte sie und wandte sich dann an Nancy. »Wenn du möchtest, kann ich dich mitnehmen.«

»Ja, gerne.«

»Wir sollten jetzt auch so langsam los. Angus und Ruby-Jean warten draußen.«

Molly ging zu Mike, beugte sich über ihn und gab ihm einen Kuss auf die Stirn.

»Mum, doch nicht vor meiner Freundin«, witzelte er, »ist ja peinlich.«

»*You're such a wit*«, sagte sie lächelnd und ging Richtung Tür.

Nancy stand auf und Mike hielt ihre Hand, während sie sich herunterbeugte, um ihn zu küssen.

»Bis morgen«, flüsterte sie, »ich liebe dich.«

»Ich liebe dich auch«, erwiderte er. »Bis morgen.«

Er hielt ihre Hand, solange es ging, und gab sie schließlich frei.

Es fiel Nancy schwer, sich von ihm zu trennen.

Kapitel 56

Mike hatte sich sehr darüber gefreut, Nancy und seine Mutter zu sehen, und war umso trauriger, als sie wieder gehen mussten. Er lüftete die Decke, hob das Krankenhaushemd und sah auf den Verband und den flachen Schlauch. Er fragte sich, wie die Narbe wohl aussehen würde.

Jemand klopfte an den Türrahmen. »Hey, na?«, begrüßte sein Onkel ihn und trat ein.

Ruby-Jean folgte ihm. »Wie geht's?«

»So weit gut.« Mike rutschte im Bett hoch, um besser sitzen zu können. Dabei spürte er einen ziehenden Schmerz im Bauch.

»Sehr schön. Hast uns ja einen ganz schönen Schrecken eingejagt.«

Verlegen lächelte Mike.

»Das erste Mal ist immer das schlimmste.« Angus hob sein T-Shirt. Auf seinem dicken Bauch waren mehrere Narben zu sehen.

»Muss das sein?«, fragte Ruby-Jean. »Zieh das Shirt wieder runter.«

»Was denn? Ich zeige doch nur Solidarität.«

Ruby-Jean verdrehte die Augen, und Mike musste sich das Lachen verkneifen, weil es sonst wieder wehgetan hätte.

»Ich hoffe, dass es bei dem einen Mal bleibt«, sagte Mike. »Ich bin ja nicht so gut gepolstert wie du.«

Angus schmunzelte und rieb sich über die Wampe. »Ja, bei so was ist das schon praktisch.«

Lächelnd schüttelte Ruby-Jean den Kopf.

»Sag mal«, begann Angus, »war die Polizei schon bei dir?«

»Nee, noch nicht.«

»Gut. Wenn die dich befragen, sag denen, dass du dich nicht erinnern kannst, wie der Typ aussah.«

Mike legte den Kopf schief. »Nancy hat mir vorhin das Gleiche gesagt.«

Sein Onkel nickte. »Sehr gut.«

»Darf ich fragen, warum?«

Angus rieb sich über die Knöchel der rechten Hand. »Ich sag's mal so, wir haben uns um ihn gekümmert.«

Mike riss die Augen auf. »Ihr habt ihn doch nicht etwa …«

Angus winkte ab. »Nee, nee. Er lebt noch.«

Erleichtert atmete Mike auf.

»Ach?«, fragte Ruby-Jean. »Da hast du also gestern den ganzen Tag gesteckt. Warum hast du mir das nicht erzählt?«

»Hab ich dir doch gerade. Außerdem wollte ich dich nicht aufregen.«

»Hat ja wunderbar funktioniert, nicht wahr? Was verheimlichst du mir noch alles?«

»Lass uns darüber zu Hause reden. Nicht vor dem Jungen.«

»Danke«, sagte Mike, »sehr rücksichtsvoll.«

Eine Pflegerin kam ins Zimmer, kontrollierte die Werte der Geräte und trug sie auf einen großen Bogen Papier ein, der auf einem Tischchen am Fußende lag. »Ich möchte Sie nicht rausschmeißen«, sagte sie und sah auf ihre kleine Uhr, die an ihrem Kasak befestigt war. »Aber leider ist die Besuchszeit bald um.« Dann wandte sie sich an Mike. »Welchen Tee möchten Sie zum Abendbrot?«

»Gibt es schwarzen?«

Die Pflegerin verneinte und sagte: »Sie wurden am Darm operiert und schwarzer Tee stopft. Außerdem, ist es nicht ein bisschen spät dafür? Sonst können Sie die Nacht nicht schlafen.«

»Ich hab über vierundzwanzig Stunden geschlafen.«

Die Pflegerin lächelte verständnisvoll. »Ist Früchtetee in Ordnung?«

Mike nickte und verkniff es sich zu sagen, dass Früchtetee

eigentlich kein richtiger Tee war. Die Pflegerin huschte wieder aus dem Zimmer.

»Na gut«, sagte Angus, beugte sich vor und klopfte ihm sachte auf die Schulter. »Wir sehen uns morgen.«

»Bye«, sagte Ruby-Jean lächelnd und winkte mit den Fingern.

Kaum hatten sie das Zimmer verlassen, kam die Pflegerin mit einem Tablett herein und stellte es auf dem Beistelltisch ab. Wirklich Appetit oder gar Hunger hatte Mike nicht, und als sie den Deckel lüftete, wurde es auch nicht besser.

»So, Herr Finnegan«, sagte sie und schob den Tisch zurecht, »heute gibt es erst einmal Schonkost. Weil Sie ja –«

»Am Darm operiert wurden«, beendete Mike ihren Satz und seufzte. »Jaja, ich weiß …«

Resigniert sah er auf die Schüssel vor sich. Irgendeine weißgraue, unidentifizierbare Suppe. Lustlos rührte er mit dem Löffel darin herum.

»Guten Appetit«, sagte die Pflegerin und verließ das Zimmer. Mike fragte sich, ob sie das ernst oder sarkastisch gemeint hatte.

»Besser als nichts«, murmelte er und löffelte die Suppe widerwillig. Wenigstens schmeckte sie nicht so scheußlich, wie sie aussah. Trotzdem aß er sie nicht auf, weil er überraschend schnell satt war. Er stellte den Deckel wieder auf die Schüssel und schob den Tisch beiseite.

Er hörte Stimmen auf dem Flur und sah die Pflegerin. Sie unterhielt sich wohl mit jemandem, er konnte aber nicht verstehen, was sie sagte. Kurz darauf kam sie ins Zimmer und sagte: »Herr Finnegan, da sind zwei Polizisten und möchten mit Ihnen sprechen. Ist das in Ordnung für Sie?«

Mike nickte und wurde ein wenig nervös. Ihm fielen die Kabel auf seiner Brust wieder ein und er sah hinauf zu dem Monitor. Von seiner Position aus konnte er die Werte nicht erkennen. Hoffentlich verriet sein Puls nichts.

Eine Frau in hellblauer Bluse und cremefarbenem Trench-

226

coat betrat das Zimmer, gefolgt von einem uniformierten Polizisten. »Guten Abend, Herr Finnegan«, sagte sie sehr freundlich, fast zu freundlich. »Ich bin Kommissarin Müller. Wie geht es Ihnen?«

»Ganz gut.«

Lächelnd nickte sie. »Das freut mich zu hören. Können Sie mir ein paar Fragen zu dem Vorfall beantworten?«

»Denke schon.«

»Sehr schön. Woran können Sie sich noch erinnern?«

»Nicht viel. Ich stand da, dann kam so ein Typ und ist auf uns los. Dann hatte ich ein Messer im Bauch.«

»Uns? Wer war noch dabei?«

»Meine Freundin.«

»Nancy Armstrong?«

Mike nickte und fragte sich, ob er zu viel verraten hatte. Aber sie müssten ja wissen, dass Nancy dabei gewesen war. Schließlich hatte sie den Notruf gewählt.

»Sie sind also liiert?«

»Ja.«

»Soso. Und können Sie Angaben zu dem Angreifer machen?«

»Puh«, machte Mike und sagte dann: »Es war dunkel und es ging auch ziemlich schnell. Irgendein Typ. Vielleicht um die dreißig oder so.«

»Haarfarbe? Augenfarbe? Irgendetwas?«

»Er trug eine Mütze, und wie gesagt, es war dunkel.«

»Okay«, erwiderte sie und notierte sich etwas in einem Notizbuch. »Was haben Sie eigentlich den Abend dort gemacht?«

»Meine Freundin besucht. Tut das was zur Sache?«

Die Kommissarin sah hinauf zum Monitor und dann wieder zu Mike. »Ich versuche nur, den Abend zu rekonstruieren. Jedes Detail könnte dabei helfen. Hat der Angreifer etwas zu Ihnen gesagt?«

»Weiß ich ehrlich gesagt nicht mehr. Er schien besoffen zu

sein und hat ziemlich genuschelt.«

»War er zu Fuß unterwegs?«

»Nein, mit einem Auto.«

»Wissen Sie, was für eins das war? Marke? Modell? Farbe?«

Mike wusste es tatsächlich nicht mehr und schüttelte den Kopf.

»Und Sie haben keine Ahnung, wer das war und was sein Motiv war?«

»Alles, was ich weiß, hab ich Ihnen gesagt.«

»Okay, gut«, sagte sie und schrieb noch etwas in ihr Notizbuch, ehe sie es zuklappte. »Das wäre dann erst einmal alles.« Sie reichte ihm eine Visitenkarte. »Falls Ihnen noch etwas einfällt, melden Sie sich. Dann wünsche ich Ihnen gute Besserung.«

Mike nahm die Karte entgegen und bedankte sich. Nachdem die Kommissarin und der Polizist hinausgegangen waren, lehnte Mike sich zurück und sah seufzend zur Decke. Er hatte bei ihr ein ungutes Gefühl und hoffte, dass er nichts Falsches gesagt hatte, was Nancy oder Angus in Schwierigkeiten bringen könnte. Aber eigentlich sollte er sich keine Sorgen machen, letztendlich hatte er nur die Wahrheit gesagt.

Mike wusste wirklich nicht, wieso der Typ auf Nancy losgehen wollte, und kannte ihn auch nicht. Außerdem hatte er tatsächlich nur eine vage Erinnerung daran, wie er aussah. Schließlich hatte Mike laut dem Chirurgen schätzungsweise fast zwei Liter Blut verloren. Er hatte auch gesagt, dass nicht mehr viel gefehlt hätte, dann wäre sein Herz stehen geblieben.

Woran sich Mike sehr gut erinnern konnte, war, wie kalt ihm gewesen war und dass er gespürt hatte, wie das Leben wortwörtlich aus ihm herauslief. Und dass Nancy ihm noch gesagt hatte, dass sie ihn liebte. Danach hatte ihn eine bleierne Müdigkeit überkommen, eine, die er so nicht gekannt hatte. Eine, die sich so endgültig angefühlt hatte.

Jetzt hatte Mike eine Ahnung davon, wie sich Sterben anfühlte.

Kapitel 57

Ruby-Jean drehte sich mit dem Topf in der Hand um und wollte ihn auf dem Tisch abstellen, hielt aber inne. »Ach ja, hier ist nicht genug Platz für drei. Nancy, wärst du so lieb und deckst den Esstisch im Wohnzimmer?«

»Ja«, antwortete sie und nahm Besteck und Geschirr, welches auf der Arbeitsplatte bereitstand, und brachte es ins Wohnzimmer. Während sie den Tisch deckte, dachte sie an Mike und fühlte sich glücklich. Es ging ihm den Umständen entsprechend gut und sie freute sich schon darauf, ihn morgen zu besuchen.

Ruby-Jean kam mit dem Topf und einem Untersetzer. »Ravioli aus der Dose«, sagte sie und stellte ihn ab. »Ich hab leider nichts anderes da, das für drei Leute reicht.«

»Passt schon, Mutti«, sagte Nancy schmunzelnd und setzte sich an den Tisch. »Du bist echt die Mutter in dem Wort Puffmutter.«

Zufrieden lächelte Ruby-Jean und tat jedem etwas auf. Mittlerweile hatte sich Angus auch hingesetzt.

»Ich bin ja so erleichtert, dass mit Mike alles gut gegangen ist«, sagte Ruby-Jean.

»Ich hab doch gesagt«, erwiderte Angus zwischen zwei Bissen, »dass sie es hinkriegen.«

Nach dem Essen zog sich Nancy in ihr Zimmer zurück, weil Ruby-Jean und Angus sich wieder fast stritten. Im Grunde ging es immer noch darum, dass Angus Ruby-Jean nicht alles erzählt hatte.

Nancy legte sich auf ihr Bett und dachte darüber nach, dass sie morgen das Mädchen da herausholen würden. Sie erinnerte sich daran, wie Jasmin geheult und gefleht hatte, dass die Polizei sie und ihren Freund nicht trennen sollte. Also war sie freiwillig bei ihm. Obwohl das Wort *freiwillig* eigentlich zu großzügig gewählt wäre. Schließlich war sie erst fünfzehn und er bestimmt um die zwanzig Jahre alt. Zumindest wurde sie nicht gefesselt gefangen gehalten. Trotzdem war das keine Umgebung für sie, und wer wusste schon, was er ihr möglicherweise bereits angetan hatte.

Sie stand auf und wollte ins Wohnzimmer, um mit Angus die Details für morgen zu besprechen. Kaum hatte sie die Tür aufgemacht, hielt sie inne, drehte sich um und machte die Tür hinter sich wieder zu.

Denn Ruby-Jean und Angus waren dabei, sich auf der Couch zu *versöhnen*. Zwar waren beide noch vollständig bekleidet, aber Nancy wollte sie trotzdem nicht stören.

Sie nahm ihre Jacke von der Garderobe und ging hinunter in die Bar. Nach dem Wochenende hatte sie sich einen Drink verdient, außerdem wusste sie, dass es nicht mehr lange dauerte, bis es zwischen den beiden richtig zur Sache ging. Und Gott wusste, dass Nancy das nicht mitanhören wollte.

Viel war in der Bar an diesem Sonntag so spät nicht mehr los. Nancy setzte sich an ihren Stammplatz an der Theke und bestellte sich bei Rosie einen Whiskey Cola.

»Ich hab gehört, was Freitagabend mit Mike passiert ist«, sagte sie und stellte Nancy den Drink hin. »Ich hab mir ja solche Sorgen gemacht. Wie geht es ihm?«

»Den Umständen entsprechend gut. Wir haben ihn heute besucht.«

»Dann bin ich ja erleichtert. Wie geht es dir? Ich hab dich ja auch ein paar Tage nicht gesehen.«

Nancy nippte an ihrem Drink und erzählte im Groben, was passiert war.

»Und was ist mit dem Typen?«, fragte Rosie und wischte über die Theke.

Nancy steckte sich einen Zigarillo an, beugte sich zu ihr vor und flüsterte: »Haben wir uns drum gekümmert.«

Verschwörerisch grinste Rosie und sagte: »Gut so.«

Nancy sah sich kurz in der Bar um. Mittlerweile saßen nur noch zwei Gäste vor der Bühne und sahen sich die Show an. Dann sah sie hinauf zur Uhr. Es war bereits dreiundzwanzig Uhr.

»Ich denke, ich mach gleich Feierabend«, sagte Rosie. »Möchtest du noch einen?«

Nancy nickte und trank ihr Glas in einem Zug leer. »Ja, einer geht noch. Hoffentlich sind die dann da oben fertig, ansonsten hilft mir der Drink vielleicht, es auszuhalten.«

»Wer womit fertig?«, fragte Rosie und schenkte Nancy nach.

»Ruby-Jean und Angus. Na, du weißt schon.«

Die Barfrau lachte kurz auf. »Die Wohnung wird wohl allmählich zu klein für euch drei, was?«

»Allerdings. Mike hat sich übrigens eine Wohnung angesehen. Mal sehen, was daraus wird.«

»Willst du mit ihm zusammenziehen?«

»Weiß ich ehrlich gesagt noch nicht. Ist schon ein großer Schritt. Obwohl …« Nancy nahm einen ausgiebigen Schluck. »Nach der Scheiße jetzt wird einem erst mal wieder richtig bewusst, wie vergänglich alles doch ist.« Sie schnippte einmal mit den Fingern. »So schnell kann alles vorbei sein. Ich schließe es im Moment zumindest nicht aus. Erst mal abwarten, wann Mike wieder vollständig auf den Beinen ist.«

Für einen Moment starrte Nancy auf den Aschenbecher vor sich. Fast hätte sie Mike verloren, für immer. Wie es ihm wohl damit ging? Schließlich war er derjenige, der fast verblutet wäre. Dass er das überlebt hatte, war keine Selbstverständlichkeit. Es gab so viele Faktoren, die eine Rolle gespielt hatten. Wäre davon nur eine Kleinigkeit abgewichen, wäre er jetzt tot.

Ein Schauer rieselte Nancys Rücken herab und breitete sich als Gänsehaut auf ihren Armen aus.

»Alles okay?«, fragte Rosie und riss Nancy aus ihren Gedanken.

»Ja, alles gut«, antwortete sie, trank ihren Whiskey Cola in einem Zug aus und drückte ihren aufgerauchten Zigarillo aus. »Ich werde dann auch mal los. Schönen Feierabend.«

»Schön, dass du da warst, und richte Mike gute Besserung von mir aus.«

»Mach ich«, sagte Nancy und stieg vom Hocker.

Bevor sie in die Wohnung zurückkehrte, ging Nancy vor die Tür, um frische Luft zu schnappen.

Pulverfässchen nickte ihr zum Gruß zu. Er warf ihr einen wissenden Blick zu, sagte jedoch nichts weiter.

Es nieselte immer noch und die kühle, feuchte Luft tat gut. Sie trat näher an die Straße und sah hinüber zur Litfaßsäule. Im Schein der Straßenlaterne konnte sie erkennen, dass der Blutfleck vom Regen weggespült worden war, und unwillkürlich musste Nancy darüber lächeln.

Als sie wieder in der Wohnung war, stellte sie zu ihrem Glück fest, dass Ruby-Jean und Angus sich in ihr Schlafzimmer zurückgezogen hatten. Trotzdem konnte sie explizite Geräusche hören und verschwand daher in ihr Zimmer. Sie machte sich Musik an, um es zu übertönen. Im Player befand sich noch die CD, die Mike ihr gebrannt hatte. *Road Zombie* von *Social Distortion* lief, und Nancy drehte die Lautstärke gerade so weit auf, bis sie von den beiden nichts mehr hören konnte.

Da sie müde war und keine Ahnung hatte, wie lange sie noch brauchten, zog Nancy sich für die Nacht um und ging ins Bett. Während sie dem Album lauschte, dachte sie an Mike und hoffte, dass er gut schlafen konnte.

Das letzte Lied, das sie noch bewusst wahrnahm, bevor sie einschlief, war *Machine Gun Blues*.

Am nächsten Morgen wurde Nancy von fröhlichem Pfeifen geweckt. Sie schlug die Decke zurück, setzte sich auf die Bettkante und streckte sich gähnend. Dann nahm sie ihr Handy vom Nachtschrank und sah, dass Molly ihr geschrieben hatte: »Ich fahr um elf los.«

Nancy rieb sich die Augen und antwortete: »Okay.«

Dann sah sie zum Radiowecker, jetzt war es gerade mal sieben Uhr. Sie stand auf und ging in die Küche. Ruby-Jean stand im Bademantel am Herd und machte Rührei. Leise lief das Radio, und Ruby-Jean pfiff zur Melodie.

»Morgen, Mäuschen«, sagte sie lächelnd. »Kaffee ist in der Maschine.«

»Morgen«, erwiderte Nancy. »Bist aber früh wach.«

»Ich hab ja auch so gut geschlafen wie lange nicht mehr.«

Grinsend holte Nancy einen Becher aus dem Schrank, nahm sich einen Kaffee und setzte sich an den Tisch. Angus kam in die Küche, wünschte einen guten Morgen und umarmte Ruby-Jean von hinten. Dabei drückte er ihr einen Kuss auf den Hals und flüsterte irgendetwas, woraufhin Ruby-Jean kicherte.

»Habt eure Probleme wohl geklärt, was?«, sagte Nancy schmunzelnd.

Angus grinste, ließ von Ruby-Jean ab und nahm sich auch einen Becher Kaffee. Er setzte sich Nancy gegenüber an den Tisch und drehte sich eine Zigarette.

»Möchtest du auch frühstücken?«, fragte Ruby-Jean.

Nancy schüttelte den Kopf. »Molly will um elf los, mich abholen und Mike besuchen. «

Angus sah auf die Uhr. »Dann wird es Zeit, das Mädchen da herauszuholen.«

»Gut«, sagte Nancy und stand auf. »Ich geh mich fertig machen.«

Kapitel 58

»Du stellst dich dann neben die Tür, sodass er dich nicht sehen kann«, sagte Nancy.

Angus nickte. Ruckelnd hielt der Aufzug im neunten Stock. Irgendjemand hatte den Fahrstuhl in der Zwischenzeit gereinigt, denn er stank nicht mehr wie ein überlaufendes Pissoir. Als sie den Hausflur entlanggingen, sagte Angus: »Das erinnert mich an meine erste Wohnung in Belfast, war auch so eine abgefuckte Gegend. Aber damals herrschte Bürgerkrieg.«

Vor der Wohnung angekommen stellte Angus sich rechts neben die Tür, und Nancy klingelte. Keine Reaktion. Also klingelte sie erneut und hielt den Knopf sekundenlang gedrückt. Als das nicht half, klopfte sie.

»Vielleicht ist er nicht zu Hause«, flüsterte Angus, und Nancy hoffte, dass er unrecht behielt. Das Licht, welches durch den Türspion fiel, wurde kurz verdeckt.

»Blaze«, sagte sie etwas lauter. »Pascal. Ich weiß, dass du zu Hause bist. Ich muss mit dir reden. Es geht um Jasmin.«

Der Name des Mädchens wirkte überraschenderweise wie ein Schlüssel, denn er öffnete die Tür mit vorgehängter Kette. »Was ist mit ihr?«, fragte er durch den Spalt.

»Dürfen wir reinkommen? Da kann man sich besser unterhalten als so.«

»Wir?«

Angus trat in sein Sichtfeld und man sah die Panik in Pascals Augen aufblitzen.

»Keine Bange«, versicherte Nancy ihm. »Wir tun dir nichts. Wir wollen zu Jasmin.«

»Sie ist nicht hier.«

»Verarsch uns nicht.««

Pascal schloss die Tür, hakte die Kette aus und öffnete sie. »Tu ich nicht! Sie ist nicht da, seht doch selber nach.«

Nancy und Angus betraten die Wohnung, und Nancy stellte fest, dass sie deutlich unordentlicher war als beim letzten Mal. Pascal führte sie ins Wohnzimmer und bot ihnen an, auf der Couch Platz zu nehmen.

»Also«, begann Nancy. »Wo ist sie?«

»Keine Ahnung. Vorgestern haben wir uns gestritten, da ist sie abgehauen. Ich weiß nicht, wohin. Warum hat sie mir das angetan?«

Nancy beobachtete sein Gesicht genau. Seine Augen waren gerötet und leicht verquollen. Es sah aus, als hätte er die ganze Nacht geweint.

»Worüber habt ihr gestritten?«

»Ich war pissig, weil sie dir das Gras einfach so gegeben hat. Ich wollte es verticken, weil ich uns mit dem Geld ein neues Leben aufbauen wollte. Als ich kurz weg war, um einzukaufen, hat sie all ihre Sachen gepackt und war weg.«

»Sag mal, wie alt bist du eigentlich?«

»Neunzehn. Ja, ich weiß. Jasmin ist erst fünfzehn, aber wir lieben uns. Wirklich.«

Nancy wägte ab, ob sie ihm glauben konnte. Er wirkte aufrichtig niedergeschlagen. Sie sah rüber zu Angus, der sich durch den langen Bart strich und schwieg.

Kurz darauf hörte man das Knacken des Türschlosses, und Pascal sprang auf. Nancy stand ebenfalls auf und sah ihm nach, wie er in den Flur eilte und Jasmin an der Tür in Empfang nahm. Er drückte sie fest an sich und sagte: »Babe, du hast mir solche Angst gemacht. Wo warst du?«

»Sorry«, schluchzte sie. »Ich war bei der netten alten Dame am Ende des Flurs. Ich hab es nicht ausgehalten, dass du so sauer auf mich warst.«

»Es tut mir leid. Lass uns nie wieder streiten. Versprochen?«

»Versprochen.«

Nancy räusperte sich und sagte: »Ich unterbreche euer

Wiedersehen nur ungern, aber Jasmin kann nicht hierbleiben.«

»Was wollen die hier?«, fragte Jasmin ängstlich.

Pascal stellte sich schützend vor sie und sagte: »Sie bleibt bei mir.«

Nancy seufzte. Mittlerweile war Angus aufgestanden und stand hinter ihr.

»Du bist erst fünfzehn. Du wirst seit fast zwei Wochen vermisst. Deine Eltern machen sich furchtbare Sorgen.«

»Gut!«, stieß Jasmin trotzig aus und trat neben Pascal. »Die haben sich eh einen Scheiß um mich gekümmert!«

»Das verstehe ich ja«, erwiderte Nancy ruhig, »sehr gut sogar. Aber wie stellst du dir das vor? Du bist erst fünfzehn, willst du dich jahrelang hier verstecken?«

»Ich werde nächsten Monat sechzehn. Und Pascal und ich wollen nach Spanien, ein neues Leben anfangen. Aber das wird ja wohl nix, weil du uns das Gras abgezogen hast.«

Nancy bemühte sich um ein verständnisvolles Lächeln und überlegte, wie sie sie überzeugen konnte mitzukommen. Damit das Ganze so friedlich wie möglich gelöst werden konnte. »Und dann? Wollt ihr dann ein Leben führen wie Bonnie und Clyde von der Resterampe? Jasmin ... Ich weiß, wie du dich fühlst. Ich hab es zu Hause auch nicht mehr ausgehalten und bin abgehauen, sobald ich konnte. Aber da war ich achtzehn. Wenn sie Pascal mit dir erwischen, kriegt er Riesenärger. Weil er volljährig ist.«

»Nächsten Monat ist das egal.«

»Das interessiert die Polizei aber *jetzt* nicht. Und dass er dir Drogen gibt, lässt ihn auch nicht gerade gut dastehen.« Nancy warf Pascal einen vorwurfsvollen Blick zu, und der junge Mann sah daraufhin zur Seite weg.

»Er hat mir keine Drogen gegeben!«, protestierte Jasmin.

»Als ich dich das erste Mal gesehen habe, sah das aber ganz anders aus.«

»Das war *ein* einziges Mal! Ich hab mir an dem Tag einen Joint genommen. Na und? Ich wollte es mal probieren. Aber

Pascal hat mir nichts gegeben. Im Gegenteil, er hat sogar mit mir geschimpft und gesagt, dass ich zu jung dafür bin.« »Wie dem auch sei: Wir haben zwei Möglichkeiten«, begann Nancy. »Du kommst mit uns mit und wir bringen dich zu deinen Eltern. Oder ich rufe die Polizei, dann sacken sie aber Pascal mit ein.«

Jasmin fing an zu weinen. »Aber ich will mich nicht trennen. Ich will nicht nach Hause. Ich will bei Pascal bleiben.«

Nancy biss sich auf die Unterlippe. Es tat ihr leid, sie so zu sehen, denn obwohl sie nicht wusste, wie ihre Eltern tatsächlich waren, konnte sie es nur zu gut nachvollziehen. Trotzdem hatte Nancy alles, was sie bisher gesagt hatte, aufrichtig gemeint. Jasmin würde wirklich ihre Zukunft wegwerfen, wenn sie jetzt an ihm festhielt.

»Jasmin, sie werden euch sowieso erwischen. Das ist die bessere Lösung. So kannst du ihn heraushalten. Und ihr müsst euch ja nicht trennen. Wie du selbst gesagt hast, in einem Monat ist es nicht mehr strafbar. So lange werdet ihr doch wohl warten können, oder?«

Heftig schüttelte Jasmin den Kopf und schrie: »Nein!«

»Babe«, sagte Pascal ruhig. »Ich glaube, das ist wirklich die bessere Option.«

»Ich will aber nicht«, flennte sie, und er nahm sie in den Arm.

»Ich werde auf dich warten, versprochen.« Sie küssten sich und umarmten sich fest, ehe er sie losließ. Schniefend wischte sie sich die Tränen vom Gesicht und nahm ihre Tasche.

»Ich liebe dich, Babe«, sagte sie zum Abschied.

Die Autofahrt über hatte Nancy ein schlechtes Gewissen, denn sie hatte keine Ahnung, in was für ein Elternhaus sie Jasmin brachten. Was war, wenn sie ihre Tochter misshandelten?

»Sag mal«, begann Nancy und sah in den Rückspiegel zu Jasmin. »Darf ich fragen, was an deinen Eltern so schrecklich ist?«

»Die kümmern sich einen Scheiß um mich. Immer nur Arbeit, Arbeit, Arbeit. Verbieten mir, Freunde zu treffen, wenn ich schlechte Noten habe, und schreien mich an, wenn ich fünf Minuten später als vereinbart zu Hause bin.«

Erleichtert stieß Nancy die Luft aus. Typische Teenagerprobleme und im schlimmsten Fall Wohlstandsverwahrlosung. Ihre Vermutung wurde bestärkt, als sie unweit von einem geräumigen Eigenheim mit einem schicken Mercedes in der Einfahrt hielten.

»Wir bleiben lieber außer Sichtweite«, sagte Angus und stellte das Auto ab.

»Vielleicht haben sie jetzt gelernt, dich besser wertzuschätzen«, sagte Nancy und drehte sich zu Jasmin um, die daraufhin mit den Schultern zuckte. »Weißt du«, fuhr sie fort, »manchmal merkt man erst, dass vieles nicht selbstverständlich ist, wenn man es fast verliert. Da spreche ich aus Erfahrung.«

»Vielleicht«, murmelte Jasmin, schnallte sich ab und stieg aus.

»Pass auf dich auf«, sagte Nancy zum Abschied durch die heruntergelassene Scheibe, und Jasmin nickte wortlos.

Während sie nach Hause trottete, sah Nancy ihr noch nach und wartete ab, bis sie drinnen war. Einerseits, um sicherzugehen, dass sie nicht abhaute, und andererseits, um die Reaktion der Eltern abzuwarten.

Jasmin stand vor der Tür, die kurz darauf geöffnet wurde. Ihre Mutter nahm sie fest in den Arm und Jasmin erwiderte die Umarmung. Dann gingen sie hinein.

»Das hast du schön gelöst«, sagte Angus und startete den Motor. »Ich hätte sie an den Haaren herausgeschleift.«

Nancy lachte auf. »Ich hab ihr gesagt, was sie hören wollte. Hätte ich mit erhobenem Zeigefinger den Moralapostel gespielt, dann wäre das nicht so friedlich vonstattengegangen. Außerdem weiß ich, wie sie sich fühlt. Hätte ich damals die Gelegenheit gehabt, wäre ich auch abgehauen. Wenn ich Mike damals schon gekannt hätte, wer weiß, vielleicht wäre ich mit ihm durchgebrannt. Und als ich fünfzehn war, war er auch schon achtzehn. Wäre auch grenzwertig gewesen. Apropos.« Nancy sah auf die Uhr. »Oh shit, schon halb elf durch. Ich muss schnell nach Hause.«

Kurz vor elf erreichten Nancy und Angus das *Ruby's Rooms*. »Ich werde gleich hier draußen auf Molly warten«, sagte sie beim Aussteigen.

»Grüß Mike von mir, ich werd heute Nachmittag mal nach ihm schauen. Ich berichte Ruby-Jean gleich mal von unserem Ausflug. Nicht, dass es wieder heißt, ich erzähle ihr nichts.«

»Mal sehen, ob es was gebracht hat und uns die Kommissarin jetzt in Ruhe lässt.« Nancy steckte sich einen Zigarillo an.

»Das hoffe ich. Na dann, bis später.« Angus ging zur Wohnungstür. Nancy hob die Hand zum Abschied und trat kurz daraufhin ihren Zigarillo aus, denn sie sah den Mini die Straße hinaufkommen.

Kapitel 59

Als Nancy und Molly das Zimmer betraten, saß Mike auf der Bettkante. An seiner Seite stand eine Frau in weißem Poloshirt. »Wir sind gerade fertig mit der Physio«, sagte sie und wandte sich dann Mike zu: »Denken Sie daran, noch nicht selbstständig aufstehen.«

»Geht ja auch schlecht, wenn ich so verkabelt bin, was?«, erwiderte er grinsend. Schmunzelnd verließ die Physiotherapeutin das Zimmer.

»Hier sind deine Unterhosen«, sagte Molly und hielt eine Tüte hoch. »Welcher Schrank ist deiner?«

»Ich glaube, der, wo *Tür* draufsteht. Aber kannst mir gleich eine geben. Wenn ihr weg seid, zieh ich mir eine an. In dem Flatterhemd weht ganz schön der Wind zwischen den Beinen.«

Molly reichte ihm eine Unterhose und legte die Tüte in den Schrank.

»Na?«, sagte Nancy, setzte sich neben ihn und küsste ihn zur Begrüßung. »Du darfst schon aufstehen?«

Mike nickte. »Ja, so allmählich. Aber solange ich die Drainage noch hab, muss ich aufpassen. Bei der Visite haben sie heute gesagt, dass sie den Schlauch voraussichtlich Mittwoch ziehen.«

»Dann dauerts ja nicht mehr lange, bis du entlassen wirst, nicht wahr?«, fragte Molly.

»Wenn alles gut geht, dann zum Wochenende. Blutwerte sehen auch super aus. Vor allem dieser Eisendingsbums-Wert, mit dem sie sehen, ob du genug rote Blutkörperchen hast.«

»Du bist auch nicht mehr so blass wie gestern«, sagte Nancy und streichelte über seine Wange. Mittlerweile hatte er einen Dreitagebart.

»Das war auch eine Gemeinschaftsleistung von uns«, sagte Molly lächelnd, und Mike sah sie verwirrt an. »Wir haben dir Blut gespendet. Angus, Nancy und ich.«

»Wirklich?«, fragte er und sah dann zu Nancy. Sie nickte.

»Noch während du im OP warst«, sagte sie mit einem leicht stolzen Unterton.

»Wow«, murmelte Mike. »Das ist ja … ich weiß nicht, was ich sagen soll. Außer danke.«

»Ist doch selbstverständlich«, erwiderte Molly lächelnd. »Mareike hat übrigens gekündigt. Heute Morgen. Sie hat was anderes gefunden. Zum Glück ist Simone seit heute aus dem Urlaub zurück.«

»Das ging ja schnell«, sagte Nancy überrascht und verspürte eine leichte Freude. Ein weiteres Problem, welches sich aufgelöst hatte. Jetzt musste sie nur doch abwarten, ob Kommissarin Müller sie tatsächlich in Ruhe lassen würde.

»Mal sehen, wann ich wieder arbeiten kann«, sagte Mike.

Seine Mutter erwiderte: »Du ruhst dich schön aus.«

»Ja, aber was soll ich dann den ganzen Tag machen?«

»Dich ausruhen.«

»Solange ich nicht schwer hebe, geht's doch.«

»Egal, du ruhst dich aus.«

Mike verdrehte die Augen. »Hör auf, mich wie ein Kind zu behandeln.«

»Wenn du aufhörst, dich wie eins zu benehmen.«

»Weil du mich wie eins behandelst.«

Nancy fing an zu lachen, bis ihr die Tränen kamen. Es war schön, zu sehen, dass sich manche Dinge wohl nie ändern würden, und es gab ihr ein Gefühl der Vertrautheit.

Etwas, das sie nie wieder als selbstverständlich ansehen würde.

Kapitel 60

»Und du bist dir sicher, dass du Bier trinken darfst?«, fragte Nancy und nippte an ihrem Whiskey Cola. Mike war heute Vormittag aus dem Krankenhaus entlassen worden, und obwohl er ein Riesentheater mit Molly deswegen gehabt hatte, hatte er darauf bestanden, den Abend mit Nancy in der Bar des *Ruby's Rooms* zu verbringen.

»Eins wird mich schon nicht umbringen«, antwortete er und nahm einen Schluck. »Nach der Woche hab ich mir das verdient. Du glaubst gar nicht, wie ätzend das war, dass die Schwestern mich dauernd gefragt haben, ob ich Stuhlgang hatte.«

Nancy kicherte und steckte sich einen Zigarillo an.

»Außerdem ist Freitag«, ergänzte Mike. »Da habe ich keine Lust, zu Hause die Decke anzustarren. Mir ist nämlich einiges bewusst geworden.« Sein Tonfall wurde ernster. »Ich meine, verdammte Scheiße, ich wäre fast draufgegangen. Das könnte mir heute Abend wieder passieren, aber ich werde mich deswegen nicht verkriechen.«

Nancy senkte den Blick auf ihr Whiskeyglas und glitt mit den Fingerspitzen den Rand entlang.

»Sorry, ich wollte die Stimmung nicht runterziehen«, sagte er. Nancy schüttelte den Kopf und sah ihn lächelnd von der Seite an. »Nein, das tust du nicht. Ich finde es schön, dass du da bist.«

Mike lächelte. »Ich hab dir damals schon gesagt: mitgefangen, mitgehangen.«

»Das stimmt.«

Sie beugten sich vor und küssten sich. Danach sahen sie sich tief in die Augen, und obwohl Mike lächelte, wirkte sein

Blick bekümmert. In Nancy wuchs die Sorge, dass er dieses Erlebnis nicht so leicht wegsteckte, wie er vorgab. Sie überlegte, was ihm wohl gerade durch den Kopf ging, und versuchte, die passende Frage zu formulieren.

»Mir geht's gut«, sagte Mike und trank einen Schluck. »Wirklich.«

Nancy sah kurz weg und nahm dann ihr Glas in die Hand.

»Ich seh doch, wie du mich ansiehst«, fügte er hinzu, »und wie es in deinem Hirn rattert. So hast du mich damals auch angesehen, wenn du befürchtet hast, dass ich'n Schuh mache, weil es mir zu viel werden könnte. Mittlerweile müsstest du wissen, dass du mich nicht mehr so einfach loswirst. Ja, es war beängstigend und knapp.«

Nancy fiel auf, dass seine Augen sich aufhellten, während er sprach.

»Ich liebe dich, und der Vorfall hat nichts daran geändert. Würde ich dich jetzt deswegen verlassen, dann käme mir alles so sinnlos vor. Als wäre es für nichts gewesen. Ich bin mit dir jetzt schon so weit gegangen. Ich bin fast gestorben. Für mich gibt es kein Zurück mehr.«

Er hob sein Hemd ein Stück und zeigte die circa fünf Zentimeter lange Narbe links an seinem Bauch.

»Das hier wird mich immer wieder daran erinnern. Daran, dass man alles von einem Moment auf den anderen verlieren kann und es umso wichtiger ist, es wertzuschätzen.«

»Ich habe die gleichen Gedanken gehabt«, sagte Nancy. »Wie schnell alles vorbei sein kann und dass man nicht alles als selbstverständlich sehen darf. Es rückt auch alles in eine andere Perspektive. Solche Sachen wie mit Mareike kommen mir auf einmal so nichtig vor.«

Mike nickte lächelnd und trank den letzten Schluck von seinem Bier. »Das ist wahr. Ich weiß nicht, wie ich es beschreiben soll. Diese Erfahrung ... Es kommt mir so vor, als könnte mir nichts Schlimmeres passieren. Außer halt tot zu sein, aber selbst das kann mir egal sein. Denn das würde ich ja nicht mal merken. Okay, das klingt jetzt echt schräg … «

»Nein, nein. Ich weiß, was du meinst. Ehrlich gesagt, ich hatte mir erst gewünscht, dass ich das Messer in den Bauch bekommen hätte. Aber dann kam ich mir so egoistisch vor, weil du dann mit der Angst und Trauer hättest leben müssen. Ich weiß nicht, was besser wäre.«

Mike lachte auf. »Das Gespräch ist gerade echt merkwürdig, oder? Wenn das einer mithören würde. Aber mich beruhigt es gerade, dass du genauso denkst.«

Nancy schmunzelte und trank ihr Glas leer. Kurz darauf hörte sie Gezeter.

»Scheiße, was ist da los?« Sie hörte genauer hin. Es kam vom Durchgang zum Bordell. »Ich geh mal gucken, was da los ist.« Nancy sprang vom Hocker.

»Ich komme mit«, sagte Mike und folgte ihr.

Im Eingangsbereich des Bordells stand eine Frau und fuhr Trude an: »Wo ist der Mistkerl? Wo?«

»Ist das nicht … «, fragte Mike.

Nancy antwortete: »Kommissarin Müller.«

Trude sah die Kommissarin mit großen Augen an und fasste sich an das rechte Ohr. Wahrscheinlich schaltete sie ihr Hörgerät ab. Nancy holte aus ihrer Jackentasche ihr Handy und filmte, wie die Kommissarin immer ungehaltener wurde.

»Das darf doch nicht wahr sein. Ich verlange, dass Sie mir jetzt sagen, ob mein Mann hier ist. Hallo? Hören Sie mir überhaupt zu?«

»Geh mal Kalle holen«, flüsterte Nancy Mike zu, der sich daraufhin davonschlich. Bisher hatte die Kommissarin sie nicht bemerkt, zu sehr war sie damit beschäftigt, sich in Rage zu reden.

»Ich weiß, dass du treuloser Hurensohn hier irgendwo bist!«, schrie sie die Treppe hoch.

Kalle kam angelaufen, gefolgt von Mike.

»Los«, wies Nancy ihn an und filmte weiter. »Lass sie nicht

die Treppe hoch.«

Kalle eilte zur Kommissarin, packte sie von hinten und bugsierte sie zum Ausgang. »Lassen Sie mich los!«, keifte sie und wehrte sich mit Händen und Füßen. »Ich bin Polizistin!«

Nancy trat näher heran und hielt mit der Kamera auf ihr Gesicht. »Schön lächeln, Frau Kommissarin«, sagte sie grinsend, und die Kommissarin starrte sie ungläubig an. Nancy amüsierte sich darüber, dass sie genau diesen Moment, in dem die Kommissarin die Tragweite des Ganzen begriff, auf Video hatte. Sie stoppte die Aufnahme, verstaute ihr Handy in der Innentasche ihrer Jacke und sagte zu Mike: »Dieses Geburtstagsgeschenk von dir ist wirklich Gold wert.« Dann wandte sie sich wieder der Kommissarin zu, die noch von Kalle festgehalten wurde. Sie hatte jeglichen Widerstand aufgegeben und ließ den Kopf hängen.

»Tja, das war's dann wohl«, sagte Nancy und zog einen Mundwinkel hoch. »Aber wir sind ja keine Unmenschen. Sie lassen mich, das *Ruby's Rooms* und alles, was dazugehört, jetzt in Ruhe. Oder ich werde demnächst ein interessantes Filmchen im Internet hochladen. Ich habe auch schon eine Idee für den Titel: *Eifersüchtige Polizistin randaliert im Puff.*«

»Das ist Erpressung!«, erwiderte sie trotzig. »Sie wissen, dass das strafbar ist?«

»Und wir haben Hausrecht. Wer Ärger macht, fliegt. Kalle, wärst du so freundlich, die Dame nach draußen zu begleiten?«

Kalle nickte. »Geht klar, Chefin.«

Nancy winkte ihr noch zum Abschied und drehte sich zu Mike um, der breit grinste.

»Was ist los?«, fragte sie.

»Ganz ehrlich?«, erwiderte er. »Wenn ich dich bei so was sehe, dann weiß ich, warum ich mich in dich verliebt habe.« Er umfasste ihr Gesicht und gab ihr einen zärtlichen Kuss.

»Dann wart mal ab, wenn ich dir erzähle, was ich mit dem Typen gemacht habe, der dich fast abgestochen hat. Meinst du, du verträgst noch ein Bier?«

Epilog

»Wieder eine einzelne Lilie?«, fragte die Verkäuferin gelangweilt.

Nancy schüttelte den Kopf. »Nein, dieses Mal möchte ich ein Dutzend weiße Tulpen.«

Überrascht hob die Verkäuferin die Brauen und ging um den Verkaufstresen herum zu den Blumenkübeln. »Sonst noch etwas?«, fragte sie und zählte die Blumen ab. »Wir haben heute Morgen wunderschöne Rosen hereinbekommen.«

Nancy winkte ab. »Ich brauch nur die Tulpen.«

Nachdem sie bezahlt hatte, machte sie sich auf den Weg zum Friedhof. Durch einen Anruf bei der Friedhofsverwaltung hatte sie erfahren, wo sich das Grab der jungen Prostituierten befand, die sich umgebracht hatte.

Nachdem sich der ganze Trubel um die Polizei und Mike gelegt hatte, war sie ihr wieder eingefallen, und sie hatte das Bedürfnis, ihr Blumen zu bringen. Auch weil sie sich sicher war, dass es niemand sonst tat. Zwar hatte Nancy sie nicht gekannt, aber wenn sie gewusst hätte, wie schäbig sie ihr Leben lang behandelt worden war, dann hätte sie versucht, ihr zu helfen.

Sie fühlte sich auch ein bisschen mit ihr verbunden, weil sie wusste, wie es war, nicht mehr leben zu wollen.

Nancy passierte das Grab ihrer Mutter und nickte ihm im Vorbeigehen zu. Heute war sie nicht an der Reihe, neue Blumen zu bekommen. Erst wieder im September an ihrem Todestag.

Mehr konnte und wollte Nancy ihr nicht zugestehen.

Nach kurzer Suche fand sie das Grab von Katharina. Es

hatte nur ein Holzkreuz mit ihrem Namen und den Daten ihres Geburts- und Todestags. Sie war ein Jahr jünger als Nancy gewesen.

»Hey«, sagte Nancy leise und legte die Blumen ab. »Es tut mir so leid. Wenn ich es gewusst hätte, hätte ich dir geholfen. Ich hoffe, du hast deinen Frieden gefunden. Auch wenn wir uns nicht wirklich kannten, ich werde dich nicht vergessen.«

Nancy machte eine Pause und wusste nicht so recht, was sie noch sagen sollte.

»Deiner Dreckstante habe ich übrigens den Arsch aufgerissen, falls dir das ein Trost ist. So wie es aussieht, macht sie es eh nicht mehr lange. Ein paar Kolleginnen von ihr haben mir erzählt, dass sie immer beschissener aussieht. Also, ich hoffe, wenn es ein Jenseits gibt, dass ihr euch dann nicht über den Weg lauft.«

Nancy wischte sich eine Träne aus dem Augenwinkel.

»Also dann ... «

Auf dem Rückweg kam sie wieder an dem Grab ihrer Mutter vorbei und hielt inne, als sie darauf einen frischen Strauß Blumen entdeckte.

»Was zur ... «, murmelte Nancy und sah sich um, aber es war niemand zu sehen. War Molly in der Zwischenzeit hier gewesen?

Nancy tat es damit ab, dass es noch andere Leute gab, die Gloria gekannt haben könnten. Vielleicht ein ehemaliger Mit-häftling.

Sie steckte sich einen Zigarillo an und sah auf die Uhr. Sie musste los, denn heute war Mikes Geburtstag und sie waren verabredet. Auf dem Weg musste sie noch sein Geschenk abholen – Tickets für *Social Distortion*

DANKSAGUNGEN

Folgenden Menschen bin ich dankbar, dass sie mich auf verschiedenen Arten unterstützt haben, dieses Buch zu schreiben:

Meinem Mann, der Verständnis zeigt, wenn ich mich in meinem Arbeitszimmer verkrieche und schreibe.

Meiner Lektorin Jessica Weber, dass sie so geduldig mit mir ist.

Meiner Freundin und Kollegin Sarah K. Broser, mit der ich mich wunderbar über das Schreiben unterhalten kann (Guckt euch unbedingt ihre *Kreideherzen*-Reihe an!).

Natürlich meiner Familie und Freunden, dass sie an mich glauben.

Den Blogger*innen auf Instagram, die den ersten Teil rezensiert und vorgestellt haben und damit dazu beigetragen haben, eine kleine Fanbase für mein Buch aufzubauen.

Und natürlich allen Leser*innen, die das erste Buch und dieses gekauft und gelesen haben.

Vielen Dank!

SOUNDTRACK

Far Side of Nowhere – Social Distortion
I'm Shipping up to Boston – Dropkick
Murphys
Baby did a bad bad Thing – Chris Isaak
Alles aus Liebe – Die Toten Hosen
The Bog – Fiddler's Green
Molly Malone – Fiddler's Green
Cold Feelings – Social Distortion
I won't back down – Johnny Cash
Road Zombie – Social Distortion
Machine Gun Blues – Social Distortion

KOMPLETTE PLAYLIST VERFÜGBAR AUF SPOTIFY!

ÜBER DIE AUTORIN

Jennifer Albrecht wurde 1991 in Salzgitter geboren, lebt dort und wird auch (nach eigener Aussage) ebenda sterben. Als Jugendliche entdeckte sie den Punkrock für sich und findet dort Inspiration für ihre Texte. Außerdem arbeitet sie an einem Soloprojekt als Singer/Songwriter unter dem Namen *Switchblade Beauty* und ist Mitglied der Schreibgruppe Wobbs.

Instagram: @switchblade_beauty
Facebook: www.facebook.com/JenniferA.utorin
Website: www.switchbladebeauty.wordpress.com

<u>In Vorbereitung:</u>

Revolver im Strumpfband Vol. III